殿下の騎士なのに「運命の紋章」が発現したけど、このまま男で通しちゃダメですか？

Denkano Kishinanoni "Ummeino Monsho" ga hatsugen shitakedo,
Konomama Otokode toshicha damedesuka

夜明星良

Illust.
さばるどろ

CONTENTS

プロローグ …… 005
第一章 運命の紋章 …… 006
第二章 運命の出会い …… 035
第三章 運命の計画 …… 074
第四章 運命のキス …… 111

Denkano Kishinanoni "Ummeino Monsho" ga hatsugen shitakedo,
Konomama Otokode toshicha damedesuka

第五章　運命の悪戯（いたずら）……141
第六章　運命の告白……174
第七章　運命の決断……223
第八章　運命の人……261
エピローグ……304

CHARACTERS

Denkano Kishinanoni "Ummeino Monsho" ga hatsugen shitakedo,
Konomama Otokode toshicha damedesuka

ヴィンフリート・リッターラント(18)

リアンが護衛騎士として
忠誠の誓いを立てている王太子殿下。
金髪を輝かせた絶世の美男子で
見るもの全てを魅了するとまで言われている。
同い年のリアンを「親友」と思ってくれている
心優しき王子様。

リアン・ゼーバルト(18)

女性であることを隠して、
王太子ヴィンフリートの護衛騎士を務める伯爵令嬢。
幼い頃からの憧れの騎士になるため
従兄弟のハロルドや双子の弟アヌーク、
親友のリタなどに協力してもらって
男のふりを続けている。

ハロルド・アンカー(28)

王太子のもう一人の専属護衛騎士を務める、
リアンの従兄弟で実の兄のような存在。リアンに剣を教え、
彼女が性別を偽ってまで騎士になる手助けもした。
殿下とリアンの関係を常に見守ってくれている。

アヌーク・ゼーバルト

伯爵令嬢として出席した舞踏会で、
リアンがヴィンフリートに名乗った仮の名前。
弟アヌークの名前を借りている。

　幼い少女は、一枚の挿絵に目を奪われていた。そこには愛する恋人を護るため、自分の身体の何十倍もある漆黒のドラゴンを前に臆することなく勇敢に立ち向かう、ひとりの騎士の姿が描かれていた。

「——恐ろしくは、ないのかしら」

「そりゃあ、恐ろしいだろうな」

「えっ？　だったらどうして、逃げださずに立ち向かってるの？」

「それは彼に、護りたいものがあるからだ」

「……護りたいもの？」

「騎士は、護るべきもののために命をかける。護るべきものがあるとき、人は最も強くなる。実際、この騎士も愛する聖女を護り抜いて、見事この魔物に打ち勝ったんだ。そして、この国を建てた。だからこの国の名は『騎士の国』というんだ」

　誇らしげに語る若い騎士の話は、少女の胸に深く大きな感動を呼び起こした。

　このとき少女の瞳に宿った小さな火は、時とともにその輝きを増し、彼女の歩む未来を照らし、いずれこの国の未来をも大きく変えることになるのだが——今はまだ、そのことを誰も知らない。

——誰(だれ)か、嘘(うそ)だと言ってくれ。

左手のひらにはっきりと浮かんでいる「それ」を私は呆然(ぼうぜん)とした心持ちで見つめる。確かに、昨夜まではなかったのだ。しかし一晩寝て、目が覚めたら……「それ」はあった。

お陰で、先程まで寝ぼけていた頭は一気に覚醒(かくせい)した。ひとまずこれがなにかの間違いでないことを確認すべく、指先で擦(こす)ってみる。もしや、誰かのいたずら——？　いや、それはないか。いくら睡眠時でも、私が侵入者に気づかぬはずがない。手にこんなものを描き込まれたなら、なおのこと。

一縷(いちる)の望みをかけ、石鹸(せっけん)で手を洗ってみる。……やはり落ちない。仕方ない、現実を受け入れよう。いつまでも現実逃避するような弱い人間であってはならない。私は、この国の王太子殿下(おうたいしでんか)の専属護衛騎士(ごえいきし)。誰よりも勇敢(ゆうかん)で、誰よりも強くあるべき人間ではないか。

第一、今どうこうできるような問題ではない。よし、これについては後でゆっくりと考えよう。幸い、魔法騎士のグローブをつければ綺麗(きれい)に隠せる。すぐ誰かに見つかることもないだろう。

王族の護衛騎士だけが着ることを許される特別な白い制服に袖(そで)を通し、腰に美しい魔法剣を携(たずさ)える。そしてふうとため息を吐(つ)きながら、左手でそっとそれを撫(な)でた。

「相棒(パートナー)なんて、お前だけで十分なのにね」

部屋を出て、そのまま王太子殿下の部屋へ向かう。部屋の前には殿下のもうひとりの専属護衛騎士である、夜間担当のハロルド・アンカーが立っている。私より十歳年上の二十八で黒髪に黒色の瞳のこのハンサム・ガイは私の従兄弟(いとこ)であり、しかし実際には実の兄のような存在だ。

「ハロルド、お疲れ。交代時間だ」

「ああ、ありがとう。あとは任せたぞ」

ハロルドとの交代後、殿下に挨拶(あいさつ)するため入室を求めるノックをするが――返事がない。いつもなら、ノックをするとすぐに返事くださるのだが。

「殿下、お取り込み中ですか？」

「あっ、リアンか!?　すまない、気づかなかった。入れ」

「失礼いたします」

入室すると、殿下はこちらを向くこともなく、ベッドに座ったまま何かを見つめている。

黄金のような金色の髪が、窓から差し込んだ朝の光にキラキラと輝く。巷(ちまた)では「見るもの全てを魅了する」などと噂(うわさ)される美しい紺碧(こんぺき)の空のような瞳は、今は手元を見つめていてよく見えない。しかしその姿には、神話の神が天から地上を見下ろすかのような美しさがあった。

――ふっ、美形は寝ぼけていても絵になるものだ。私の寝起きとは比べ物にならない、などと実にどうでもいいことを考えながら、私は再びこの見目麗(みめうるわ)しい王太子殿下に声をかける。

「殿下？　どうかなさいましたか？」

「いや、ただその……少し混乱はしている」

「……混乱、ですか？」

「ああ。実は、たった今これを見つけたんだ」

この国の至宝、ヴィンフリート殿下がふっと右手を挙げる。その手のひらにあるものを見つけて、私は戦慄した。

「……紋章」

「いわゆる『運命の紋章』で間違いないだろう。昨夜まで、確かになかったのだ。それが急に――」

困惑した表情を浮かべる殿下を前に私は自分が次に取るべき行動について必死で頭を働かせつつ、無意識に自分の左手を右手で握った。

間違いない、この紋章……全く同じだ。「運命の紋章」は「運命の相手」と同じタイミングで発現し、そして模様も同じとのこと。うわあ、なんてこった。つまり私の「運命の相手」は……。

どうして、よりによって殿下が相手なんだ⁉　あまりに想定外の展開に、思考停止寸前だ。

紋章は手のひらに出ているのだから、魔法騎士のグローブを外さない限り、見られることはない。だが、私は専属護衛騎士であるとともに、殿下のよき友でもある。殿下と食事をともにすることも多く、それ以外にも殿下の前でこのグローブを外すタイミングは多々ある。

今隠したところで、いずれバレる。後になって事実を隠した理由を問われれば、それこそ問題だ。殿下に忠誠を誓った騎士がこんな重要なことを秘密にするなど、決してあってはならないのだから。

――まあ、既に性別を偽りながら殿下の専属護衛騎士を拝命する私が、殿下に秘密を持つのがどうのと語る資格はない気もするが。

だがそうか、今の私は「男性」――。ほとんどの場合、「運命の紋章」というのは異性間に現れるが、ごく稀に同性間にも出現するという。そしてこの紋章は、現れたふたりの性別によって意味合いが大きく変わるらしい。異性の場合、ふたりの間に存在するのは「運命の愛」。しかし同性なら——そうだ、「運命の友情」を意味するのだ！　よし、これならうまく乗り切れるかもしれない……!!

「殿下、実はお見せしたいものがございます」

「……えっ？　いったいなにを？」

意を決した私は、表面的には完全なる平静を装いながら静かに左手のグローブを外した。

「なっ——！　リアン、お前それ……!!」

「どうやら私たちは、運命の相手だったようですね」

私のその言葉に、殿下は輝くような笑みを浮かべた。

「そうか！　リアン、お前か!!　はははっ！　こんなことあるんだな!?　『運命の相手』がまさか、俺の専属護衛騎士だとは！　素晴らしい奇跡だ!!　だが、どうりで……。お前とは初めて会った時から特別な感じがしたんだが、『運命の相手』だったからなんだな！　ああ、本当に嬉しいよ！」

屈託のないその笑顔に返す私の微笑は、後ろめたさのせいで相当ぎこちないはずだ。

「では、さっそく父上に報告しに行こう！　だが、よかった。紋章が発現したとなれば父上はすぐにも国中にお触れを出し俺の運命の相手とやらを探し出して、異性なら俺と婚姻を結ばせたに違いないからな。せっかく先日、結婚云々を先延ばしにしてもらったというのに……。でもなにより、相手がお前だというのが嬉しいよ！　まあそもそも専属護衛騎士だから一生の付き合いだが、これがあれば俺たちの絆はさらに強固なものになる！　そうだろ!?」

よかった、殿下は「運命の相手」が私だったことを心から喜んでくれているようだ。

ただ、罪悪感に胸が痛みもする。殿下のこの予想以上の好反応は、「運命の相手」が異性でなかったことで早急かつ選択肢なき婚姻を避けられることも理由のひとつであるだろう。だがそれ以上に、殿下が私という人間を心から信頼し、真の友であると思ってくれているからだと私は知っている。

私は、殿下からそんな信頼を得てよい人間ではないのに。私は最初から殿下を欺いているのだ、それも実に自分勝手な理由で。

「にしても——なあリアン、それをもう一度よく見せてくれないか？」

「えっ？　あ、これですか？」

左手のひらを殿下の前に差し出すと、とても嬉しそうに自分の右手のひらを隣に並べ、見比べる。

「おお……完全に一緒だな！　前に一度、ウェリントン伯爵夫妻のそれを見せていただいたことがあるが、俺たちのとは全く違う紋章だった。この紋章、本当に美しいと思わないか？　繊細な幾何学模様の中央に五芒星とは、実に神秘的だ。リアン、知ってるか？　同じ紋章同士を合わせると……」

「ええ、もちろん存じております」

「さっそく試してみないか？」

「……そうですね、せっかくですから」

「よし!!　それじゃあ——」

少年のような笑みを浮かべながら、手のひらを私のほうに向ける殿下。私はなんとも複雑な心境で、そっと手のひらを合わせる。その瞬間、まるで春の日の光に優しく包まれたように感じた。

「ああ――！　これはすごいな、本当に……これほどまでに心地よいものなのか」

手と手を合わせただけなのに、まるでなにかとても大きなものに抱かれたかのような安らぎだ。身体がじんわりと温かくなり、とても幸せな感覚で――可能なら、ずっとこのまま……。

ぱっと、手を離す。

「……リアン？」

自分でも、なぜ急に手を離したのかわからなかった。ただ、このままこの心地よさに身を任せてしまうことに対し、漠然とした不安を感じたのだ。

「その……このあと、ご公務などもございますので」

「あ、確かにそうだな。すまない、あまりに心地よくて、時を忘れるところだった。しかし紋章の『癒し』とはこれほどのものなのか。リアン、俺たちは幸運だな？　夜以外、俺たちはずっと一緒なんだ、疲れたらこうして互いを癒せるなど、最高じゃないか！」

「癒し」とは、「運命の紋章」が発現した「運命の相手」同士がその紋章を重ねることで得られる特別な効果。体験してわかった、これは本当にすごい力だ。朝イチということもあり疲労感などはもともとなかったが、「癒し」のおかげで身体がやけに軽い。絶好調だ。

正直、これはありがたい。護衛騎士というのは基本的に護衛対象のそばに立っているだけだが、有事に備え常に周囲を警戒している。そのため、想像以上に疲れるのだ。その疲労感は私に殿下の専属護衛騎士なのだという実感をもたらしてくれるので誇らしくもあるが、これまでは交代後、食事と読書を少ししたらあとはさっさと寝て、疲労回復に努めねばならなかった。

だが今後この「癒し」の効果を得られるなら、任務後に騎士訓練場でもうひと汗かくこともできる。これはいい。いや、ものすごくいいじゃないか！　今朝目覚めた時はどうなることかと思ったが、自分の護るべき存在である王太子殿下を癒す力を有し、自分もそれで癒されるとともに自分の自由時間まで充実させられ、さらに鍛錬を積んで強くなれるとしたら、最高じゃないか！

　我が国で現在この「運命の紋章」を有するのはたった八名。その稀少性もさることながら互いを癒せるという奇跡のような力を有することから神殿はこれを「神の祝福」であると説明し、発現は当人のみならず所属する共同体全体の素晴らしい吉事と見做す。ゆえに「運命の紋章」が発現した者には神殿への報告義務があり、もし私が普通に伯爵令嬢として生きていたら殿下の「運命の相手」であるとすぐにバレて、確実に王太子妃にさせられていたことだろう。

　だが、今の私は「男性」。ヴィンフリート王太子殿下の専属護衛騎士にして親友でもある、リアン・ゼーバルトだ！　ゆえに殿下の妃としてではなく殿下の騎士として、今後もお仕えできる——!!

　ってことで、今や私はこの現実を超楽観的に受け止めるに至り、「男性のふりをして生きてて本当によかった！」と心の中でガッツポーズを決め、殿下とともに本件の報告のために国王陛下との謁見に臨むことになったのだが……現実は、そんなに甘くはなかったようで。

「……は？　父上、それはいったい——」

「そのままの意味だ。『運命の紋章』が発現した以上、お前たちは互いを深く愛し合う運命にある。だがお前は王太子だ、世継ぎをもうける必要がある。それゆえ——」

「お、お待ちください、父上！　私がリアンと愛し合うとは、いったいどういうことなのです!?

私もリアンも、男ですよ!?」

「男色というものを知らぬわけではあるまい？　性別を超えた愛が生じることは、決して稀なことではないのだ。事実お前はこれまでも、騎士ゼーバルトを特別気に入っておったであろう？　お前がひとりの人間にこれほど執着したのを見たのは初めてだったが、よもや……」

「それはリアンが一人の人間として素晴らしい男だったからであって、恋愛感情とは別物です！　私たちの間にあるのは、友情だけです!!」

「お前は色恋沙汰に疎いであろう？　色欲狂いよりは遥かによいと気にしておらなんだが、まさか男色の気があったとはな……。しかし安心せい、私はそういうことに偏見を持っておらぬ。お前の叔父上も、同じ気を持っておったからな」

「ち、父上!?」

なんてこった、非常に困ったことになってしまった。私と殿下の認識、というか一般的な認識では、「運命の紋章」の発現は異性間と同性間で意味合いが違い、異性間なら「真の愛」、同性間なら「真の友情」が運命の相手同士を結ぶのだと思っていた。

しかし、どうやら事実は少し違うらしい。陛下曰く、「運命の紋章」というのは全て、明確な恋愛感情を伴うという。これまでにも同性間で出現した例が稀にあったが、それは全て同性愛者たちの間にであったらしい。ただ同性愛は一部の者たちから偏見を持たれている。

そのため国の方針として、同性間に「運命の紋章」が発現した場合、公的には「真の友情」故に発現したのだと説明することになっているという。そしてこの事実を知るのは紋章が発現した当人たちと国王陛下のほか、重鎮など一部の貴族たちのみとのこと。

……ううむ、これは困った。「運命の紋章」が王太子殿下とその専属護衛騎士である私に発現したとなれば、その事実を知る者にとって殿下は男色家という認識になってしまうわけだ。

もちろん、これは明らかな事実誤認である。だって私は、正真正銘「女」なのだから。

故に殿下の男色家疑惑を解く方法は、実に簡単。「陛下、殿下、実は私、女なんです！　ですから殿下は男色家ではなく、お世継ぎの問題も全く心配ございません！」とお伝えすればそれで万事解決だ。

だが、そんなことできるはずがない。そんなことをすれば騎士を続けられなくなるだけでなく、性別を偽って王立騎士団に入団し、王太子殿下の専属護衛騎士にまでなったことがバレる。

私は女だとバラす気もなければバレるつもりもないし、騎士をやめて王太子妃になる気もない。

つまり、ここで私がすべきことはただひとつ。

「国王陛下、どうかご安心ください。私とヴィンフリート殿下がそのような関係になることは決してございません。なぜなら私も殿下も、完全なる異性愛者だからです」

「ほう、そうなのか？　だが私の知る限り、ヴィンフリートは初恋もまだのはずだが」

「父上！」

「違うのか？」

「うっ……」

初恋、まだだったのか殿下。まあ、かくいう私も恋心などとは無縁で生きてきたわけだが。

「陛下、少なくとも私は同性を愛する気などございません。第一、ただでさえ『運命の紋章』の発現は珍しいことなのに、同性間の紋章の発現はさらに稀なことなのでございましょう？　でしたらまだ、サンプル数が極めて少ないということではございませんか。私と殿下の間に発現したそれが、これまでの例外という可能性も十分に考えられるはずです」

「うむ、まあその可能性もゼロではないだろう。……そうか、いや、確かにそうだな。お前たちがいずれ惹かれ合う運命にあるとしても、現時点で双方にそうした感情がないのであれば――ヴィンフリート、お前、さっさと結婚しなさい」

「……は？」

「お前ももう十八だ。できるだけ早く妃を迎え、世継ぎをもうけるのだ。現時点でお前に男色の気がないのであれば、妃を迎えること自体になんの問題もなかろう？」

「えっ⁉　いや、ですが結婚はまだ先でよいとつい先日お許しをいただいたでは……！」

「こうなったら、できるだけ早く舞踏会を開くことにしよう。そこに上位貴族である結婚適齢期の未婚女性を全員参加させるから、そのなかから気に入った女性を数名選び、妃候補とするように。そして半年後にはその内のひとりと結婚しなさい」

「は、半年ですか⁉　父上、それはあまりにも――！」

「異議は認めぬ。これは、王命だ」

「なっ……！」

これは……非常に申し訳ない展開だ。だが私が異性だとわかっていたとして「神の祝福」とかいうありがた迷惑なもののせいで殿下は私との婚姻を余儀なくされたろうから、あまり変わらないか。

「それからもうひとつ。接吻や性交渉は、ヴィンフリートが世継ぎをもうけるまではお前たちふたりの間では厳禁とするが、よいな？」

「「は……？」」

陛下の思いもよらぬ言葉に、思考停止する。

「ち、父上、いったい何を……」

「知らぬのか？ 『運命の相手』との粘膜接触や体液の交換を伴う行為は、通常の接触を遥かに凌駕する『癒し』と快感をもたらすのだ。それは『運命の紋章』を持つ者たちにとって喜ばしい事実だが、お前にとっては大きな問題だ。なぜなら、『運命の相手』と肉体的に結ばれるとその快感が強すぎるが故に『運命の相手』以外に欲情しなくなるからだ。つまり世継ぎをもうける前にお前たちが通じてしまうと、ヴィンフリートは妃を迎えても子作りができぬ。それは困るゆえ――」

「ち、父上!! 先程も申し上げましたが、そのようなことは私たちには決して起こりえません！」

「ああ、わかっておる。だが、念の為だ。既に『癒し』は経験したのであろう？ 接吻はあれの五倍以上、性交渉ともなると十倍以上の快感になるという。接吻までなら性交渉ができなくなるほどではないというが、快感に抗えず、そのまま関係を持ってしまう可能性も十分あるだろう？」

なんてこった。でもそうか、接吻でさえ通常の「癒し」の五倍以上。さっきのでさえ、あのままずっとああしていたいという強い欲求を感じたのだ。あれの五倍以上という接吻を経験した場合、確かにそれ以上を求めてしまう衝動を抑え切れるかどうか――。

……って、なに甘えたことを考えてるんだ!? たとえ性別を偽っていようとも、私は正真正銘の「騎士」なのだ！ 欲望に負けて主と関係を結ぶような、低俗な輩に落ちぶれてたまるか！

「陛下、ご安心くださいませ。先程も申し上げましたように、私と殿下は決してそのような関係にはなりません。それは、無事にお世継ぎがお生まれになっても変わらぬこと」

「その通りです、父上！　私たちの間にあるのは、本当に友情だけなのです！　それはこれまでも、これからも同じです！」

「うむ、私もお前たちの強い自制心を疑っているわけではない。だからこそ、全てを話したのだ。だが、わかっているな？　このことは誰にも知られてはならぬ。神殿にも知らせぬから、お前たちは常に手袋などを着用して『それ』を隠し、誰にも見られぬようになさい。もし知られればお前の王位継承に対し、反発する者が出てくるやもしれぬからな。決して、悟られてはならぬぞ。よいな？」


謁見を終え、私と殿下は陛下の執務室を後にしたが……今、私は気まずくて仕方がない。

私が男として生きていることで、殿下と私に共通するこの紋章は「運命の愛の証」などではなく、あくまで「運命の友情」を意味するものだと説明できると思っていた。だからこそあっさり紋章の存在を明かしたのに——今や、大どんでん返しときたものだ。

ああ、私のせいで、まさか殿下が実の親から男色家疑惑をかけられることになろうとは。本当に申し訳なさすぎる。とはいえ、女であると告白することはできない。国を欺くこの嘘がバレれば、私だけでなく私の家族にも厳罰が下るだろうし、そうでなくとも騎士をやめるなんて絶対に嫌だ。第一、一国の王太子妃など私に務まるはずがない。

殿下のことはすごく好きだし、心から尊敬もしている。極めて優秀な方なのに、謙虚で慈悲深く、国民からの人気も非常に高い（顔も超絶美形だし?）。私が騎士ではなく普通の令嬢として生きていたら、他の令嬢たちと同じように殿下に憧れていただろう。

でも私は殿下に忠誠を誓った騎士であるとともに、恐れ多くも身分と性別を超えた親友として、強固な絆で結ばれている。今更私たちの間に恋愛感情なんて浮ついたものが入り込む余地などない。

だがあんな話を聞けば、いくら私たちにそんな気持ちがなくとも気まずくなって当然だ。まして殿下は同性愛者でもないのに同性愛に目覚めるだろうことを示唆され(まあそれは誤解なんだけど)、その対象となる相手と日中常に共に過ごさねばならないなど、それだけで苦痛かもしれない。

きっと、これまでのような打ち解けた関係ではいられなくなる。私は小さくため息を吐いた。

王太子執務室に到着し、いつものようにふたりきりになった。殿下はすぐ公務に取り掛かられるだろうと、急ぎいつもの立ち位置に移動しようとしたのだが……。

「リアン」

「は、はいっ!?」

あれからずっと沈黙していた殿下に突然声をかけられたばかりか腕を摑まれ、思わず声が上ずってしまった。困惑しつつ表情を窺うと、殿下はなんとも複雑な表情を浮かべていた。

「……殿下?」

「その、すまなかったな」

「えっ? ええと、いったい何のことでしょうか?」

「いや、まさか父上からあんな話を聞かされるとは思わなくて。だがお前が言ったように、俺もお前に対しそういう感情を抱くことはない。そのうえでリアン、お前にひとつ、頼みがあるんだ」

「頼み、ですか?」

「今後の俺たちのことだが」

「……はい」

やはり、これまでのようにはいられないか。残念だが、これぱかりはどうしようも――。

「俺は、お前との関係性を変えたくないと思っている」

「……えっ？」

「俺にとって、お前は本当に大切な友人だ。だからこそ、『運命の紋章』などのせいで俺たちの友情に水を差されるのは嫌なんだ。前例がどうとか正直俺は気にしてないし、せっかくの紋章を厭わしいものとも思いたくない。俺たちが縁深い存在だということ自体は、やはり嬉しいことだしな？」

「殿下……」

「だから、これはやはり、俺たちの『友情の証』ってことにしないか？　で、変なことを意識するのはナシだ！　たとえ『運命の相手』なのだとしても俺は俺で、リアンはリアンだ。そうだろ？」

殿下のその言葉に、ふっと心が軽くなった。

「……正直、意外でした」

「意外？」

「ええ。てっきり、もう今までのようには私と接してくださらないかと思っておりましたので」

「なぜだ？」

「急に専属護衛騎士が『運命の相手』などと言われたら、不快に思われて当然ですから」

「お前が相手で嬉しいと、俺ははっきり言っただろ」

「ですが、先程陛下はそれが単なる友情では済まない可能性を示唆されました。いくら我々にその意思がなくとも、あのような話を聞かされてしまっては……」

「リアン、お前自身はどうなんだ？」

「えっ？」

「お前は、俺がお前の『運命の相手』だと知って、不快に思ったか？」

「まさか。私は殿下の臣下です、そのようなことを思うはずが――」

「そうではなく、ひとりの人間としてだ。主だとか臣下だとか関係なく、お前自身はどう感じた？」

殿下はやっぱり変わってる。そして、とても優しい方だ。王太子という特別な立場にありながら、一介の騎士にすぎない私の想いを尊重し、優先してくださるのだから。

「そういう意味だとしても、いえ、だったら尚のこと、不快に思うはずがありません。私にとって殿下は本当に大切なお方であり、烏滸がましくも私には殿下の親友という自負もございますから」

「……よかった。リアン、お前にそう言ってもらえて嬉しいよ。じゃあ、決まりだな！　俺たちはこれからも、最高の親友だ！」

私のその言葉に、殿下はとても嬉しそうににっこり微笑む。他意のない、純粋な笑顔。殿下が外で見せられる仮面のような笑顔とは全く違うそれは、どこかあどけなくさえ――。

ん……なんだろうこの感覚。胸が、急に苦しい。おかしい、変なものでも食べたかな。『癒し』のお陰で、今朝の体調は絶好調のはずなのに。

その後の殿下の様子は本当にいつもと変わらなかった。公務もその後の予定も滞りなく進められ、紋章のことなどもう忘れたようにすら見えた。そして一日最後には日課である私との剣の手合わせも終え、浴場で汗も流されたので、いつものようにすぐ食堂へ向かうのだろうと思った――のだが。

「殿下、どうなさったのですか？　移動もなさらず、そんな風にニヤニヤなさって」

「なんだ、わからないのか？　一日の仕事を終え、お前とのいつも通りハード過ぎる手合わせを終えて、俺はすっかり疲労困憊だ！」

「……？　ですから、早くご夕食へ――」

「まあ、待てって！」

殿下はニヤリと笑うと、少し勿体ぶった様子で真っ白な手袋を外した。

「さあリアン、俺を癒してくれ！」

差し出された手のひらに浮かぶ紋章を見つめ固まっていると、殿下は不思議そうに言った。

「なんだ？　嫌なのか？」

「え!?　い、いえ、そういうわけでは！　ですが、てっきりもうこういうことはしないのかと……」

「なぜだ？『運命の紋章』を授かった俺たちだけが持つせっかくの権利だろ？　使わないなんて、実にもったいないと思わないか？」

あんな話を聞かされたのだ。いくらこれを「友情の証」と捉えることにしたからって、あえて意識したいものではないだろうと思っていた。しかし、どうやら殿下は本当に紋章の存在を疎ましいなどとは思っていないらしい。その事実が、私にはなぜか無性に嬉しかった。

「……確かにそうですね。では、癒して差し上げます」

癒して差し上げるなんて言ったけど、実際は双方が癒されるわけだが――まあ、いいか。

殿下の大きな手のひらに、自分の手のひらをそっと重ねる。春風が優しく吹き抜けるような爽快感と、やわらかい木漏れ日を浴びたような穏やかな心地に、思わずため息が出る。今日一日の疲れがすうっと消えていくような、なんとも言えぬ不思議な感覚だ。

ふいに合わさっていた手のひらがほんの少しだけ斜めにズレたかと思うと、指と指を絡めるようにぎゅっと握られる。すると、先程よりさらにぴったりと紋章が触れ合うからだろう、癒しの力を一層強く感じられて、その感覚にうっとりしてしまって――。

「殿下、まだこちらですか？」

ノックの音とともに響いたハロルドの声に私たちは飛び上がるほど驚いて、ぱっと手を離した。

そうして初めて気づく。最初よりも顔の距離が、かなり近くなっていたことに。

「ははは、驚いた！　いつの間にか、こんなに近づいてしまっていたんだな」

本当にびっくりした。意識せず、あんなに接近してしまうとは。それに、あの手の合わせ方……。最初はそっと合わせているだけだったのに、殿下にぎゅっと手を握られたとき、気持ちよくて少しも拒めなかった。やはり陛下の仰っていたことは正しいかもしれない。この通常の「癒し」でさえ、この威力。まかり間違って接吻などしてしまったら簡単に流されそ……うん、危険すぎる。

殿下が入室を許可し、ハロルドが入ってきた。たぶんこの「癒し」のためにいつもより移動が遅れてしまったので、何かあったのではないかと気にしてくれたのだろう。

通常、私とハロルドは殿下の夕食のタイミングで引き継ぎなどを行う。夕食時には王室護衛騎士たちが護衛に付いてくれるため、その間が引き継ぎに最適なのだ。

「なにかあったのですか？」

「いや、実は今……あ、そうか！　まだお前にはこのことを報告していなかったな！」

おっと、そうでした。陛下にも、彼にだけはこの件を伝える許可をいただいたのだ。

「ハロルド、驚け！　俺とリアンは、『運命の相手』だったんだ！」

「……は？」

困惑するハロルドを前に殿下はとても嬉しそうに笑うと、私の手を掴んで自分と私の手のひらを上にして並べ、彼に見せた。その瞬間、ハロルドの目が大きく見開かれた。

「こ、これは……『運命の紋章』ですか⁉」

「すごいだろう⁉　今朝起きたら、これが突然右手に浮かび上がっていたんだ。『運命の紋章』がまさか自分の身に現れるなど夢にも思わなかったから当惑したのだが、俺がそれをリアンに告げたら、なんと彼にも同じようにこの紋章が現れたというじゃないか！　本当に、奇跡のような話だろ⁉」

「……ええ、そうですね。実に、奇跡のようなお話です」

屈託なく笑う殿下とは対照的に、ハロルドの笑顔は私に大いになにか言いたげではあるが――。

「その、この件は既に陛下にご報告を？」

「ああ、もちろんだ。だが、そのせいで舞踏会を開かされることになった。しかも、俺の妃を決めるための舞踏会をな」

「えっ⁉　ですが、殿下のご結婚の件は先延ばしにしていただけることになったのでは……！」

「そのはずだったんだが、これのせいで事情が変わってしまったのだ。というのもな――」

殿下は、陛下から聞いた話をハロルドに話して聞かせた。私にとって実の兄に等しいハロルドだが、私と同い年の殿下にとっても十歳上の彼は、友であるとともにやはり兄のような存在であり、同じ親友のような関係でも、私と殿下の関係性とは少し違っている。

殿下の話を全て聞き終えたハロルドは、なんとも言えない表情を浮かべている。もちろん彼には、私たちがそうした「特別な関係」になる気はなく、あくまでこれを「友情の証」として捉えるつもりだと伝えたわけだが――まあ、そう簡単には納得できないだろうな。特に彼は、殿下も知らない私の真実を知っているわけだし。

そのあと私たちは殿下を食堂にお連れしてその場を離れた。通常はこのタイミングでハロルドの部屋にて引き継ぎを行うのだが、今日はもちろん……。

「リアン、どういうことだ？」

「どうってその……」

「どうしてこんな事態になっているのに、お前はまだ『男』なんだ!?」

「だ、だって仕方ないでしょ!? 女だとバレたら、騎士でいられなくなってしまうし!!」

「やはり、意地でも隠し通すつもりか！ だがお前、わかっているのか!? 殿下の『運命の相手』だぞ!? 『運命の紋章』を授かったということは、殿下とお前は神がお認めになった特別な相手ということじゃないか！ それをお前……!!」

「意外……ハロルドったら、いつからそんなに信心深くなったの？ 神殿にだって、護衛の用事でしか行ったことないくせに」

「リアン!!」

叱られてしまった。でもハロルドの言うのはもっともだ。自分が「騎士」でいたいというエゴのために、神の定めた「運命の相手」と結ばれることを拒んでいるのだから。

「……わかってる。本当はこんなこと、許されないわよね。でも、隠し通すしかないのよ。こんな大きな嘘を吐いておいて今さら女でしたなんて、ただでは済まないでしょ？ 全部私の責任なのに、なにも知らないうちの家族や従兄弟で事情を全て知っている貴方にも——」

「俺のことなど、どうでもいい！　このまま黙っているなど、さらにその罪を大きくするだけだろうが！　まして、お妃選びの舞踏会が開かれるんだろ⁉　それも、殿下が男色家かもしれないなどという完全なる誤解のせいで‼　お前が女だということをお伝えすれば、そんなもの全て杞憂だと明らかにできるというのに……！」

「そう、杞憂なの。女の私が『運命の相手』なんだから、殿下は男色家じゃない。それはつまり、殿下が誰とでも問題なく結婚できるってことで、相手が必ずしも私である必要もないってことよ」

「なっ——⁉　だが、せっかく『運命の相手』同士だとわかっているのに……！」

「『運命の相手』だからって、必ずしも結婚する必要なんてないわ？　『癒し』の効果だけなら、紋章を合わせるだけでも得られるんだし」

「そういう問題では……！」

「ハロルド、貴方が一番よく知っているでしょう？　私に剣を教えてくれたのは、貴方だもの。私にとって剣は、生きがいよ。騎士であることは女であることよりも重要で、こんな大きな罪を犯してでも叶えたかった夢。それが『王太子専属護衛騎士』という最高の形で叶い、主であるヴィンフリート殿下にも信頼していただいてる。私はどうしても、殿下からのこの信頼を失いたくないの。性別を偽っている時点で殿下を欺いてはいるけれど、それ以外は全て本物よ。騎士としての実力もそうだし、想いもそう。私は殿下のことを心から敬愛しているし、この命をかけてお護りしたいと思ってる。全ては、この国で女が剣を握れないことが問題だっただけよ」

ハロルドは無言だが、なんとも苦い表情だ。それに気づかぬふりをして、私は話を続ける。

「私が女だということを隠していたと知れば、殿下は裏切られたと感じるはず。責任を取らされたり、罰を受けることになるよりも正直、私にはそれが一番辛(つら)いの。私は、本気で殿下のことを親友だと思ってる。でもその気持ちもきっと、この大きな嘘のせいで全て、偽りのものにされてしまう」

「そんなこと、わからないだろう!? 事情を説明すれば、殿下はきっと……!!」

私は小さく首を横に振る。ハロルドは私を説得できないことを悟ると、深いため息を吐いた。

「ハロルド、お願いだから、殿下には言わないでね?」

「……俺から勝手に言うような真似(まね)はしない。お前を剣の道に進ませてしまったのは俺の責任だし、お前がどれだけ剣を愛しているかも知っているからな。だからこそお前が男として騎士団に入ると言ったときも、俺はお前の両親にも、陛下にもご報告しなかった。できなかった。だがなリアン、もう一度よく考えるんだ。いつまでも隠し通せるものではない。もしバレたら……その期間が長くなればなるだけ、殿下を深く傷つけることになる」

「……わかってる。でも、バレないようにするもの。絶対に」

ハロルドはまた小さくため息を吐くと、そろそろ時間だからと言って、行ってしまった。

独り残された部屋で、魔法騎士のグローブを外す。そこには昨夜まではなかったそれが、やはりはっきりと浮かび上がっている。

本当に綺麗な模様だ。この紋章が本当に、ヴィンフリート殿下との「友情の証」だったらどんなによかったか。そんな、考えても仕方のないことをぼんやりと考えながら、「癒し」のお陰で無駄に元気になった私は鍛錬のために騎士訓練場へと向かった。

それから数日、これまでと変わらぬ穏やかな日々が続いた。びっくりするほどこれまでと変わらなくて、正直、この剣の手合わせ終わりの時間以外は紋章の存在を完全に忘れていたほどだ。

「ってことでリアン、今日も俺を癒してくれ！」

どうしたらこうも無邪気な笑顔でこの「癒し」を求められるんだ、殿下よ？

私がおかしいのだろうか。私だけが異性だと認識している分、変に意識してしまうのだろうか。

……いや違うな。「同性愛に目覚める可能性がある」と父親である国王陛下に言われた殿下のほうがダメージも大きかっただろうし、必然的に意識してしまうはずだ。なのに、どうして殿下はこの「癒し」をこんな風に素直に甘受できるんだ？　私なんてこの行為を繰り返すことで陛下の仰ったような「恋心」が殿下に対して芽生えてしまうのではないかと、いつも気が気ではないというのに。


――でも、そうか。もしかしたら殿下は何度これを繰り返そうと、絶対に私にそういう感情を抱くことはないという確固たる自信があるのかもしれない。だからこそ、この行為をあくまで友との戯れのひとつとして純粋に楽しむことができるのかも。

だとしたら、それは私にとってはありがたい話だ。殿下が私に本気になっちゃって、「男でもいいから俺と関係を持て！」なんて言われたら、私は逃げ出すほかないのだから。

そっと、殿下の手のひらに自分のそれを重ねる。すると殿下はもはやなんの躊躇いもなく、指を絡めるようにしてぎゅっと握る。一日の疲れがふうっと抜けていき、全身が抗い難い心地よさに満たされて、なんとも言えぬ幸福感に包まれる。

不意に、殿下がじっと私を見つめてくる。

「……殿下？」

「いや、本当に綺麗な顔だなあと思って」

「えっ!!」

「あっ、別に変な意味じゃないから、引くなよ!?　その……本当に純粋に、美しい顔立ちをしているなと改めて思っただけで──！」

「……お美しさで殿下の右に出るものはおりません。我が国どころか、他国でも殿下は『絶世の美王子』として有名だとか」

「それは俺が王太子という立場だから目立つだけで、平民だったら、誰も気にしなかったはずだ」

いや、絶対そんなことはない。もし殿下が平民、たとえ貧民街で生まれたとしても、この美貌を周囲が放っておくはずがない……っていうか、貧民街でこの美貌は、危険すぎて絶対ダメだ！

と、今度はぎゅっと握った手をじーっと見つめている。そもそもいつもより長くこうしているし、なにかまだ私に言いたいことがあるのだろうか。正直「癒し」は気持ちいいので嬉しくはあるが、あんまり長くなると精神的に──。

「やっぱり、女みたいだな」

「──はっ!?」

「あ、いやほら、お前ってさ、顔もだけど、手だってこんなに小さいだろ？　初めてお前と会ったときも、なんで女が騎士団に紛れ込んでるんだって思ったからな！」

……初耳なんですが。

「ま、お前の剣術を見て、こいつは真の騎士だとすぐわかったけどさ！」

そう言って、殿下はとても嬉しそうに笑う。騎士仲間からは確かに女顔だとか小柄だと言われたこともあったが、まさか殿下にもそんな風に思われていたとは。うん、バレなくて本当によかった。

「あの、殿下？　そろそろお食事に行かれたほうがよいのでは……？」

手を握られた状態でこんなトークテーマ、心臓に悪すぎる。癒しと拷問を一緒に受けてる気分だ。

「ああ、確かにそうだな。ははは っ！　ダメだな、リアンとのこの時間が毎日待ち遠しくて仕方ないんだ！　そして少しでも長く、お前とこうしていたいと思ってしまう」

私が女だと知っていてこんなこと仰ったら、それは立派な口説き文句ですよ殿下。まあご存じないからこそ、さらっと言えるんでしょうけど。

それから殿下を食堂にお連れし、引き継ぎを行うためハロルドとふたりで別室に移動したのだが。

「実は先程、侯爵邸にこれが届いた。お父上からだ」

両親は私が王都での社交活動の為にハロルドの実家であるアンカー侯爵家にお世話になっていると信じており、性別を偽り王太子殿下の専属護衛騎士をやっているなど、夢にも思っていない。隠しきれなくなったら、勘当覚悟で全てを打ち明けるつもりだ。激怒するだろうが、私に厳罰が下ることがわかっているのに事実を公にしたりはしないだろう。あれで父は、相当な親バカなのだ。

両親からの手紙はアンカー邸に届き、ハロルド経由で受け取るのが常だ。今回もいつものように近況と、私の身を案じる内容が書かれているのだろうと、その手紙を開いたわけだが――。

「ハロルド、どうしよう!!　私にも、例の舞踏会への招待状が来てるって……！」

「そりゃあそうだろうな。お前は、未婚の伯爵令嬢。つまり今回の舞踏会に参加義務がある令嬢だ」

「まさかハロルド、こうなること気づいてたの!?」

「むしろ、なんでお前は気づいてないんだ？　まさか本気で自分が『未婚の伯爵令嬢』だってことを忘れていたわけじゃないだろうな？」

いや、正直本気で忘れてました。お妃選びの舞踏会なんて面倒なものに参加させられる上位貴族の令嬢たち、可哀相だなーなんて、超他人事で思ってましたよ。

「しかも今回は、招待されたら欠席が認められない絶対参加の特別な会だ。まあ、観念して精一杯おめかしすることった。よかったな、ちょうどお前が殿下の護衛から外れる時間帯だ。何の問題もなく参加できるだろ？　まあ、翌日は少し寝不足になるだろうが……」

「ちょ、ちょっとハロルド！　どうして貴方はそんなに平然としてられるの!?　女の姿をしてるときに殿下と会っちゃったら、私が女だって殿下にバレちゃうかもしれないじゃない!!」

「しっかり化粧すればそう簡単にはバレんだろ。まあ、せいぜい頑張れよ、伯爵令嬢！」

「ハロルド!!」

いたずらっぽく笑うその表情を見る限り、ハロルドはこの状況を楽しんでいるようだ。しかし、私は全く笑えない。メイクにドレスアップ、そしてこの短髪に長髪の鬘をつけたところで、顔は完全に私だ。もし出会ってしまったら、かなりの高確率で――バレる!!

「か……仮面つけていくのって、ダメかしら……」

「仮面舞踏会でもないのに仮面なんかつけてたら、逆に目立つぞ？」

「……確かに」

「そこまで心配しなくても、大丈夫だろ。大規模な舞踏会だ、悪目立ちするようなことをせず、殿下に近づかないようにしていれば、やり過ごせるはずだ。それよりも、二年ぶりにお前のドレス姿が見られるのは少し楽しみだな。お前も幼い頃は可愛いドレスを着てお姫様に憧れる普通の女の子だったのに、まさか剣を携えて王子様を護る最強の騎士になってしまうとはな……。俺がその責任の一端を担っていることを思うと、伯爵夫妻に申し訳なくてたまらん」

呆れ顔で優しく笑うハロルドは、やっぱり完全にお兄ちゃんだ。

そんなわけで例の舞踏会に行くことになってしまった私は、一日お休みをいただいて一度実家に戻った。舞踏会用のドレスの調達に行くためだが、もうひとつ、とても大切な用事があるのだ。

「嫌だ！」

「もうっ！　そんなこと言わないでよ！　あくまで念の為だし、名前だけでいいのよ!?」

「嫌だったら嫌だ！　名前だけでも嫌だ！　万が一誰かの耳に入ったら、なんて説明するんだよ!?」

「リタとデートさせてあげる！」

「ノッた!!」

やっぱ、チョロいなコイツ。

「絶対だからな!?　あと、マジで名前、極力聞かれないようにしろよ!?」

「わかってるわよ！　あくまで保険よ、ほ・け・ん！　だってまさか、別の家名を名乗るわけにはいかないでしょ？　そもそもこんな特徴的な銀髪と瞳、一瞬でゼーバルトだってバレちゃうし」

「鬘の色を変えればいいだろ。どうせ鬘つけるんだろ？　そんな短髪の令嬢、いるはずないもんな？」

「入り口で招待状と入場者のチェックを受けるのよ？　『ゼーバルト』で入るのに銀髪じゃなかっ

たら怪しまれるわ。幸い私には令嬢友だちはあんまりいないから、名前を呼ばれる心配はない！」

「……寂しいやつ」

「はっ！　あえて作らなかっただけよ！　そもそも恋バナとか聞かされるのって面倒なんだもの。それに友だちはリタがいれば十分」

「まあ、それもそうか。リタほど可愛い子はほかにいないもんな」

「そんな一途に何年も片想いしてるのに、あんたもほんと報われないわね……」

「ほっといてくれよ！」

双子の弟であるアヌークは、ハロルドと同様に、私のこの大いなる嘘の協力者だ。女である私がすんなり王立騎士団入りできたのも、アヌークの存在があったからこそ。騎士団への入団希望者は身上書と紹介状（私はハロルドに書いてもらった）を提出するが、身上書は身分登記簿と内容の照合が行われる可能性があり、そこで私が女性だとバレる可能性があった。しかし私には双子の弟が存在したことで、このリスクを大きく軽減させることができたのだ！

というのも、この国では貴族の場合、多数の庶子が存在するようなことも少なくなく、体裁を取り繕うため記録を改竄することもしばしばであり、情報に正確性を欠くことも珍しくないとか。役人たちはそれを知っている分、多少の誤表記は無視する癖がついているらしい。

奇しくもリアンとアヌークという名はいずれも男女共用の名。そこに「騎士団に入団希望を出す女性などいるはずない」という先入観も加われば、登記簿上で「リアン・ゼーバルト」が女性だと表記されていても、「まーた記載ミスかよ！」と役人が勝手に誤解してくれるだろうと踏んだのだ。

ある意味「賭け」だったが、事実あの身上書はなんの問題もなく受理され、お陰様でちゃんと私は「リアン・ゼーバルト」として、「殿下の騎士」にまでなれてしまったのである。

加えてゼーバルト伯爵家は騎士家系で歴史こそ長いが、王家との繋がりもなければ王宮での要職とも無縁の田舎貴族。社交活動にも参加しないので、王都ではその名をほとんど知られておらず、私が王太子専属護衛騎士になったことで初めてゼーバルト伯爵家の名とゼーバルト家直系特有の「銀髪に薄紫色の瞳」が物珍しさ故に知られるようになってきた程度である。

だから、ハロルドの実家であるアンカー侯爵家の人間のほかに「ゼーバルト伯爵令息」がどんな人物かを知る者は王都に存在しなかったのであり、「ゼーバルト伯爵令嬢」が「令息」のふりをして騎士団入りしても、誰にも気づかれずに済んだってわけ！

しかし今回、新たな問題が発生した。「ゼーバルト伯爵令嬢」に、舞踏会の招待状が届いてしまったのだ。舞踏会の招待状そのものは妙齢の娘のいる上位貴族家庭全てに家名宛で送られてきているが、その招待状に参加する令嬢の名前を記入して舞踏会場に入場する必要がある。そこに間違っても王太子専属護衛騎士の名である「リアン・ゼーバルト」とは書けないので「アヌーク」の名を借りることになり、また万が一殿下に声をかけられた場合にも、この名を名乗る必要があるのだ。

もちろん殿下と出会わないに越したことはないが、万が一にも遭遇したらそのときは、アヌークには悪いが、「ゼーバルト伯爵令嬢アヌーク」としてご挨拶するほかあるまい。双子だから似てても当然だし、適当に「いつも弟がお世話になってます」と言ってさっさと逃げれば何とかなるだろう。

――と思っていたのだが、どうやら私はあまりに楽観的すぎたらしい。

第二章　運命の出会い

舞踏会場に現れた殿下は、いつも以上にキラキラと輝いていた。まあこの人は、どこにいたって目立ってしまうお方なのだが、今日は王太子の正装姿のため、慣れていない人が見たらくらっと立ちくらみを起こすこと間違いなしの恐るべき仕上がりである。

目の保養としては素晴らしいが、万が一にも目が合ってしまったら私に気づかれてしまう恐れがある。目立たぬようできるだけ地味なドレスを選び、例の紋章を隠すための白手袋も着けているが、ハーフアップにしたこの特徴的な銀髪までは隠せない。ってことで、とにかく殿下からの死角に潜みつつ、この舞踏会がさっさと終わることだけを祈っていた。

舞踏会の目的が殿下のお相手探しであることは、周知の事実。ゆえに、麗しき王太子殿下の目に留まらんと、女性たちの猛アピール大会が繰り広げられている。なお、私の親友リタは私の事情を知っているので、今日は私が殿下と出会わずに済むように手助けをしてくれることになっている。

「殿下って、本当に素敵な方よね！　あんな方と四六時中一緒にいて、よく平然としていられるわね？」

「慣れよ、慣れ！　最初の頃は私もよく見惚れたわよ。まあ、今も気を抜くとうっかり見惚れそうになるけどね。それにしても殿下、ちゃんとお妃様候補をお選びになる気はあるのかしら？　早く適当な女性を数人選んで、さっさとお開きにしてくださったらいいのに……」

「あはは っ！　リアンったら、冷たいんだから！」

「リタ！　名前を呼んじゃダメだってば！」

「あっ、ごめんごめん！　でも、殿下とはすごくいい関係なんでしょ？　嫉妬とかしないわけ？」

「嫉妬!?　どうして私が嫉妬しなきゃいけないのよ!?」

「だってほら、いくら恋愛感情がなくたって、あんな素敵な方といつも一緒にいて仲もよかったら、独占欲とか感じちゃうものじゃない？　『殿下の一番近くにいる女性は私なのに！』みたいな」

「ちょっと！　いくら小声だからって変なこと言わないでよ！　第一、私は女として殿下のそばにいるんじゃないもの！」

「でも、それでもちょっと妬けちゃうものじゃない？」

「じゃあ、うちの弟が貴女以外の女の子と話してたら、妬けちゃうの？」

「まさか!!」

ほーんと可哀相なアヌーク。それにしても殿下、いったいなにをさっきからきょろきょろしてるんだ？　目の前で猛烈アピールしてる女の子たちが、なんとも気の毒になってきた。

「ねえ、もしかしてだけど、貴女を探してらっしゃるんじゃない？」

「はあ!?」

「貴女も言ってたじゃない。『殿下は律儀な方だからリアンの姉である私に会いにいらっしゃるかもしれない』って。ゼーバルトなら銀髪だろうから、銀髪の女性を探してらっしゃるのかも」

本当に私を探しているのだとしたら非常に厄介だ。よし、こうなったら舞踏会場を抜け出そう。

「外の空気を吸いたい」と会場の護衛に言ってみたら、なんとあっさり出してもらえた。こんな簡単に会場を抜けられるなら、さっさと庭に出てればよかった。

そう思っていると、会場から少し離れた池のあたりに先客がいることに気づいた。

「あーら、ヘルトル姉妹だわ！」

「あっ、あれが噂の！　でもあんなところで……いったいどうしたのかしら？」

ヘルトル姉妹というのはヘルトル侯爵家のふたり姉妹のことで、姉がザビーネ嬢、妹がイルマ嬢だ。この姉妹は非常に有名だが、あまりいい意味でではない。

姉であるザビーネ嬢はとても気性が激しく、妹であるイルマ嬢に非常に強く当たるらしいのだ。

イルマ嬢はものすごい美人として有名で、ザビーネ嬢もそこそこ美人なのだが、彼女はイルマ嬢に強い劣等感を抱いているようなのだ。妹は優しい性格で気が弱く、姉に逆らえないようで、しばしば怒鳴られている光景が社交界で目撃されている。

私は社交界デビューもせず騎士団入りしたので彼女たちに会うのは初めてだが、遠くからでもふたりがかなり美人なのはわかるし、特にイルマ嬢と思われる女性は驚くほど可憐な美女だ。

噂に違わず今日もザビーネ嬢はイルマ嬢を怒鳴りつけているようだ。どうやら今日の会でイルマ嬢のほうが目立っているのが気に入らないらしく(あれだけもとがいいのだから仕方ないだろうに)、なぜもっと目立たないドレスを選ばなかったのかと理不尽極まりない文句をつけている。

と、ここで思いもしないことが起こった。ザビーネ嬢が、イルマ嬢を庭の池に突き落としたのだ。ドレスをだめにしてやろうという魂胆だったようだが、私は知っている。この池は、意外と底が深いのだ。まして、あんなドレスを着ていては泳げまい！

案の定、イルマ嬢は溺（おぼ）れた。ザビーネ嬢も妹を溺れさせるつもりはなかったようで、慌（あわ）てて叫び声をあげた。ああもうっ、本当に馬鹿（ばか）なことを！　私とリタはすぐさま池のほうに走った。

溺れている人を助けるのに自分が飛び込むのは得策ではないが、ロープのようなものもないし、落ち着くようにと声をかけてもイルマ嬢には全く聞こえていないらしい。周囲に人気（ひとけ）もなく、助けが来る気配もない。このままでは彼女は、溺れ死んでしまうかもしれない――！

溺れている人間の救助方法は、騎士（きし）の訓練で学んだ。ドレスというのは気になるが、騎士として、目の前で命の危機に瀕（ひん）する女性を見殺しにはできまい。そんなことをすれば、騎士道に反する。

本当ならドレスを脱ぎ捨てたいところだがそんな時間はないし、幸い私のドレスはヘルトル姉妹の豪奢（ごうしゃ）なそれとは違い、非常に簡素なものだ。これならなんとかなるかもしれない。

正面から救助すると抱きつかれて一緒に溺れる確率が高まるので、背後から回り込むように池に飛び込み、後ろからイルマ嬢を捕まえる。既（すで）にある程度体力を失っていたのが幸いしたのか暴れることもなく、私は彼女を背後から抱いたまま泳ぎ、池のふちで待っていたリタに彼女を引き渡した。よかった、なんとか救えたようだ。一時はどうなるかと思ったが、もう大丈夫だろう。引き上げられた彼女を見て一瞬、ふうと力が抜けたそのとき――。

「――っ!?」

足が攣（つ）った。たぶん、思ったよりも水温が低かったのと、水を含んだドレスでの救助によって体力を一気に消耗（しょうもう）してしまったせいだ。

「嘘（うそ）っ――リアン!!　だ、誰（だれ）か!!　誰か助けて!!」

私が溺れたことに気づいたリタが叫ぶ。でも周囲に人気はなかったし、リタはカナヅチだ。普通に考えて、最悪の状況だな。っていうかリタ、今「リアン」と呼んだな？　ダメって言ったのに。

騎士としての日頃の訓練の賜物だろうか、こんな状況なのに、頭は妙に冷静だ。

なにやってるんだろう、自分。せっかくこの国の王太子殿下の専属護衛騎士にまでなったのに、出たくもない舞踏会に出た挙句、姉妹喧嘩のトラブルに巻き込まれて王宮の池でドレスを着たまま溺死？　自分が不憫過ぎて、逆に笑えてくるな。どうせなら、殿下を護って死にたかったのに──。

朦朧とする意識の中でそんなどうでもいいことを考えつつ、意識が遠のくのを感じる。

──と、そのとき、ぐっと誰かに力強く抱きしめられたような気がした。

……。

なんだろう、すごく気持ちいい。口に何かが触れる度、重かった身体がみるみる軽くなっていく。

はっと目を開けると、目の前にあまりにもよく知る人の顔があった。ただ、その距離が尋常じゃないほど近い。

「──っ、大丈夫か!?」

「で……殿下っ……!?　ごほっ、ごほっ……！　ど、どうしてここに!?」

「ああ……よかった！　殿下、本当にありがとうございます！　なんとお礼申し上げてよいか!!」

「いったい、なにがあったのだ!?　どうして舞踏会場から離れて、ご令嬢四人だけでこんな場所に……！　それに、なぜ溺れるようなことに──！」

なぜここに殿下がいるのだろう。溺れた余韻でまだ朦朧とする頭で、全く状況を把握できない。

ただ、すぐにリタが事の経緯を説明してくれたおかげで、殿下のほうは状況を理解したようだ。

「――事情はわかった。つまりはザビーネ嬢、貴女が妹君を池に落としたことに端を発するのだな？」

「殿下、も、申し訳ございません!!　まさか、妹が溺れるなどとは思っておらず、本当にただふざけていただけなのです!!　どうか、お許しくださいませ……!!」

「私が許す、許さないの話ではない。処罰については、追って沙汰するまで待たれよ。ハロルド、溺れていたイルマ嬢とその姉君を連れて医務室へ向かい、イルマ嬢を医務官に診せるように」

気づくと、殿下に遅れて駆けつけたらしいハロルドがこのカオスな現場を前に立ち尽くしていた。そしてびしょ濡れの殿下と、そんな彼に介抱されるびしょ濡れの私のほうをじっと見ている。

「……ハロルド、聞こえなかったのか？」

「はっ、あ、いえ！　で、ですが、殿下、いったいどうしてそんなびしょ濡れに!?　第一、護衛である私になにも言わず急に姿を消されたかと思えば、ほんの短時間でなぜこんな事態に――！」

「正直、俺にもわからない。だが、どうしてもここに来なければならないような気がした。それでこうして来てみたら、彼女が溺れていたのだ」

未だに脳内は混乱状態だが、どうやら殿下のおかげで私は命拾いしたようだ。ああ、それにしてもなんたる失態……！　護るべき主人に危険を冒させて命を救われるなど、騎士として恥ずべきことだ。穴があったら入りたい。

「承知しました。ところで……彼女も溺れていたのなら、一緒にお連れした方がよろしいですよね？」

ハロルド、ナイスアシスト!!　そうだ、一刻も早く殿下の前から去らねば!!　ここは暗いからあまりはっきりと顔なども見えない。このまま立ち去ることができれば、私が誰だったかなんて、きっとわからない――。

「いや、彼女は俺が連れていくよ」

「「えっ!?」」

「その……ほら、さすがのお前でも、一度にひとりしか運べないだろ?」

「殿下っ！　私はもう大丈夫です！　もう、自分で立って移動できるほどに回復しましたので！」

「なにを言っているのです?　貴女はさっき、溺れたのですよ?　一時的とはいえ、意識だってなかったんだ。大丈夫なわけがない」

いや、本当にもうすっかり元気なんですって！　なぜかわからないけれど、ものすごーく元気なんですって、本当に!!

「それから、リタ嬢といったか。申し訳ないが、先程説明してくれたことをさらに詳しくこの騎士アンカーに説明してやってほしい。ハロルド、お前は彼女からの説明を詳細に記録しておいてくれ」

「「承知いたしました、殿下」」

「ありがとう。では、彼について行ってくれ。ハロルド、お三方のことは任せたぞ」

や、ハロルド、待って……！

「ではご令嬢がたをお連れしますが……いくら王宮内とはいえ、くれぐれもお気をつけくださいね」

「ああ、わかってるよ」

心配そうな表情を浮かべてはいるものの、溺れてぐったりとしたイルマ嬢含む三人の令嬢を任されたハロルドは、そのまま行ってしまった。そこに、殿下と私のふたりだけを残して……。

おおう……なんてこった。最悪じゃないか？　だってこれ、一番あってはならない状況、つまり、女の姿の私とヴィンフリート殿下がふたりっきりという、超絶恐ろしい状況になったというわけで。

　いっそこのまま走って逃げてやろうかと、逃走経路を確保せんとあたりをさっと見渡すが、次の瞬間にはふわっと身体が浮かび上がったので、思わず「ぎゃっ！」と叫んでしまった。

　気づけば、殿下の顔がすぐ斜め上に見える。これまたなんてこった、私は殿下にお姫様抱っこされているのか!?　私、殿下の騎士なのに——!?

「あ、あの、殿下!?　私はひとりで歩けますので、降ろしていただけませんか!?」

「駄目(だめ)です。言ったでしょう、貴女は溺れかけたんだ。無理する必要はない」

「ほ、本当にもう大丈夫ですのに——！」

「逞(たくま)しいご令嬢だ。それにとても勇敢(ゆうかん)で……美しい。ああ、完璧(かんぺき)だな！」

「——は!?」

　え、ちょ……なにが完璧!?　殿下の独(ひと)り言(ごと)の意味もわからないが、医務室に連れて行かれると思っていたらなぜか殿下は全く違う方向へと歩を進めるものだから、私の混乱はさらに増す。

　おかしい。王宮の構造は熟知しているが、この先にあるのは、王族の居住空間である。私は殿下の専属護衛騎士として殿下とともに毎日この王族の生活スペースを自由に行き来しているが、それは私が王太子専属護衛騎士という特別な立場にあるからであって、通常ならたとえ貴族であっても簡単には立ち入りを許されない場所なのだ。

　殿下もそんなこと百も承知である。にもかかわらず、先程出会ったばかりの（実はまだ名乗ってもいないので正体不明の）人間をそこに抱いて連れて行くなど、殿下の専属護衛騎士である私の目

から見れば、常軌を逸した危険な行動としかいいようがない。

困惑する私をご自分の執務室に運び込んだ殿下は、使用人に医務官を呼ばせてそこで私を診察させた。そうして私は医務官から、身体には全くなんの問題もないどころか、先程溺れたということが信じられないほど完璧な健康状態であるとの太鼓判を押されてしまった。

私としては是非このまま解放していただきたかったのだが、「こんなびしょ濡れの状態では風邪を引いてしまう」と今度は私を王宮の侍女に引き渡し、彼女たちによって入浴させられてしまった（なお、左手の手袋は怪我をしているのだと言って誤魔化し、外されずに済んだ）。

ちなみに侍女たちはドレス姿の私を見て心底驚いていたが（王宮の侍女たちが殿下の専属護衛騎士であるリアン・ゼーバルトを知らないわけがない）、「リアンの双子の姉なんです」と伝えると、すごく納得した様子だ。

その際、王宮に勤める多くの女性が密かにリアンに憧れているのだとか（殿下と私とハロルドの三人でほぼ三分の一ずつファンがいるらしい）、殿下とリアンがあまりに仲がいいのでいろいろイケナイ妄想をしちゃうのだとか、ちょっと私が聞いてはいけない話まで聞かされてしまった。

――ううむ、彼女たちとは確実にこれからも毎日のように顔を合わせるだろうに、殿下とセットでそういう目で見られているんだと思うと、これから気まずすぎるんですが。

なお、びしょ濡れになったドレスはもう着られないってことで、代わりに無駄に煌びやかなドレスを着せられることになってしまった。美しいロイヤルブルーのドレスで、見事な金糸の刺繍が襟ぐりや腰回りに施されている上、宝石までいくつも縫い付けてある。眩しい。これって、本当に着るものなのだろうか。観賞用じゃないのか……？　困惑してる間にメイクアップまでされてしまった。とはいえ、ようやくこれで舞踏会場に返してもらえるのだろうと思っていた――のだが。

「殿下が、こちらでお待ちです」

……いやいや、なぜにここに連れて来られる⁇　何かの間違いではないだろうか。だってほら、「こちら」って普通に殿下の「私室」ですからね⁉

これは――いったいどういう状況なんだ？　そもそも、なぜ殿下は舞踏会場に戻らず、ご自分の部屋にお戻りなんだ⁇　時間的に、まだ舞踏会は普通に続いているはずじゃないか。

促されるままにノックして、入室を許可される。毎朝同じように入室を許可されているが、こうして女の姿で、しかもまさか別人として、ここに足を踏み入れる日が来ようとは……。

部屋に入ると、殿下も濡れた身体を清め、また別の正装に身を包んでいた。さっきのも素晴らしく似合っていたが、こっちもまた恐ろしくキマってる。真の美形とは、実に恐ろしい。

「こんなところにお呼びたてして申し訳ない！　……もう、寒くはないですか？」

「ええ、お陰様ですっかり温まりました。なにからなにまで、本当にありがとうございます。殿下こそ、お身体にお変わりございませんか？　私のせいで尊き御身を危険に晒すようなことになってしまい、本当にお詫びのしようもございません。このご恩、どうやってお返ししてよいやら……」

別人として殿下とどう接するべきかわからず、そのせいで逆に妙にお喋りになってしまう。ツッコミを入れられたり質問されたりするのをできるだけ避けたいという意識が勝手に働いたのだろう。

「貴女のせいではないでしょう？　それに、私は全く問題ありません。これくらいのことで怪我をしたら、貴女の弟君に叱られますからね」

「あ……」

「貴女が、リアンの双子の姉君ですね？」

――まあ、そりゃ普通にバレますよね。メイクしているとはいえ顔は全く一緒だし、鬘で髪が長いとはいえ、特徴的な銀髪に薄紫色の瞳というところまで一緒ですから。

「ええ、私がリアンの双子の姉アヌークでございます。お会いできて光栄ですわ、ヴィンフリート王太子殿下」

アヌーク、ごめん。名乗りたくなかったけれど、こうなってしまった以上は仕方ないよね？

最敬礼してから顔を上げると、殿下はなぜか私のほうをじっと見つめたまま、何も仰らない。

「……殿下？」

「明るい場所で見ると、一層美しいな」

……？

「ああ、すまない。――いや、私の方こそ貴女に会えて本当に光栄だ。貴女の弟君であるリアンにはいつも大変世話になっている。騎士としての実力は言わずもがなだが、彼は友人としても本当に大切な人です。だからこうして姉君である貴女にお会いできて、とても嬉しい」

これは……なんという状況だ？　別人のふりをしている私が悪いとはいえ、こんな面と向かって褒め言葉を言われては、正直喜びよりも気恥ずかしさと照れと罪悪感で死にそうなのですが!?

ダメだ、殿下にこの赤面に気づかれる前に、どうにかして話題を変えねば……！

「あ、あの、こんなことに巻き込んでおいて私が申し上げるのもおかしな話ですが、殿下はそろそろ舞踏会にお戻りになったほうがよろしいのではございませんか……？　その、本日の主役でいらっしゃる殿下がこんなに長時間会場をお離れになっては、さすがに――」

「陛下には既に事情をお伝えしているから、戻らなくても問題ない。むしろこちらの要件のほうがはるかに重要だし、本日の会の目的としてもこちらを優先することを父上も望まれるはずだ」

えっ、それはいったいどういう……??

「実を言うと、今夜は最初から、貴女を探していたのです。リアンの姉君である貴女に、是非ともご挨拶したかったのと……それと、ひとつ貴女に頼みがあって」

「私に……頼みですか?」

「アヌーク嬢、貴女には今、婚約者はおりませんね?」

「えっ? ええ、おりませんが……」

「恋人も?」

「ええ」

初対面でリアンの姉(だと思っている)の私に、なぜこんな質問を——。

「よかった! では、単刀直入に言います。アヌーク嬢、私は貴女に私の妃になってもらいたい!!」

……は??

おっと、衝撃の余り、声になっていなかったようだ。では改めて。

「は!?」

「今夜の会が、王太子の妃候補を選ぶための会だということは貴女もご存じでしょう? 正直なところ、私はあまり乗り気ではなかったんだ。だが父上から、今夜の会で絶対に一人以上は妃候補としたい女性を選ぶように命じられていたので、信頼するリアンの双子の姉君であればもしかすると妃に相応しい女性なのではないかと……そう思って、初めから貴女を探していた」

「えっ！」

「だが、実際にこうして貴女とお会いして、私は大きなショックを受けた。もちろん悪い意味ではなく、全く逆の意味でだが。貴女は予想していた以上の、実に素晴らしい女性だった。たとえば人を助けるために躊躇いなく池に飛び込む勇気と優しさなど、リアンにそっくりだ！」

お褒めの言葉はありがたいが、自分に似てるといって褒められてもなあ……。

「それに、貴女は本当に美しい。リアンがとても美しいから、双子の姉である貴女もきっと美しいだろうと思っていたが……それにしても、本当に瓜二つじゃないか！」

瓜二つなのは、同一人物だからです。しかし男のときにも言われたことを思うと、殿下は本気で私の顔が好きみたいだな。正直、全く理解できない。確かに私は美人なほうだとは思うが、純粋な美しさなら殿下の方がはるかに上だし、一般受けを狙うならさっき溺れていたイルマ嬢のほうが私よりもずっと美人だろう。しかし、いくら騎士であるために男として生きているとはいえ、心は女性である。こんな素敵な人に褒められると……ダメだ、普通に嬉しくなってしまう。

「アヌーク嬢、勇敢で美しい貴女に、是非とも私の妃になっていただきたい!!」

——とはいえ、これは想定外だ。っていうか今の話からすると、リアンの双子の姉ってことで、最初から完全にロックオンされていたということじゃないか！

いやいや殿下、どんだけ男の私を好きなんだ!?　いくら親友だからって、結婚相手にその双子の姉を狙いに行くとか……正直、意味がわからない。しかし、非常に厄介なことになってしまった。この求婚を断り得るそれらしい理由を見つけて、絶対にこの窮地を乗り切らねば！

「そ、その……大変光栄なお話ではありますが、私には殿下の妃など到底務まりません！」

「……なぜ？」

「ええと……あっ、実は私、とても身体が弱いのです！　お妃になる方は、世継ぎをもうけるために健康であることがとても重要だとお聞きしました！　その意味で、私は絶対的に不適格ですわ！」

「ねえ、それ本気で言ってる？」

「はい!?」

「人助けのために池に飛び込み、大の男でも困難な溺れている人間の救助をドレスを着て成し遂げ、そのあと自分も溺れたのにこうしてもうすっかりピンピンしている、今この瞬間にも恐ろしいほどの頑丈さを見せつけてくれている貴女の身体が、『弱い』だって？」

「あ……いえ、その……」

しまった！　いい言い訳だと思ったが、確かにこの状況で言っても全く信憑性がない……！

「そ、そうでした！　以前は身体が弱かったのですが、リアンがちょっと鍛えてくれたので、今は前より少しだけ健康になりましたの！　ほほほほ……！」

「少しだけ、ねえ？　だが、もう健康になったのなら、もはやなんの問題もないでしょう。では、私の妃になってくれますか？」

「いえ、そのっ――！　そうだわ！　そもそも今日の会は、お妃様候補を選ぶだけなのですよね!?　ほかにもたくさんご令嬢がいらっしゃるというのに、こんな適当にお決めになってはいけません！　この国の未来の王妃を選ぶのですから、もっと慎重にお決めになりませんと……！」

「私の人を見る目は確かだ。直感的に、貴女は信頼に足る人間だとわかる」

「それは私の外見が、殿下のよく知るリアンに似ているからでございましょう!?　でも私とリアンは、全く違う人間ですわ！　きっと殿下も私のことをよくお知りになれば、ご自分の妃になさりたいなど、決して思わなくなるはずです！」

私がそう言うと、殿下は急に黙り込んだ。おおっ？　意外にも私の説得がうまくいった……のか？

「わかりました。確かに、急過ぎましたね」

よしっ！　どうやらなんとか、この最大の危機を回避できた——。

「では、まずはきちんとお互いを知るところから始めましょう」

「……は!?」

「貴女が心配しているのは、お互いをよく知らない状況で結婚することでしょう？　違いますか？」

「えっ!?　いや、その……！」

「それなら、お互いをよく知ってから結婚すればいい。そうでしょう？　何度かデートを繰り返しながらいろいろお話しし、互いをもっとよく知った上で気持ちが固まったら、そのとき正式にプロポーズを受けてくれればいい。それならどうです？」

いやいやいや、そういうことじゃない！　っていうか、私たちは出会ってから約二年、非常に濃い付き合いをしてきたのであり、特にこの一年間は日中はほぼずっと一緒だったために殿下の外面(そとづら)も内面(うちづら)も既によーく知っている！

「アヌーク嬢、この提案を受け入れていただけますか？」

「殿下、私には妃など決して務まりません！　殿下の貴重なお時間をそんな無駄なことにお使いいただくわけには参りませんので、どうか他の方を——！」

突然、殿下が私のほうに近づいてくる。いったいなんだと、私は思わず後退(あとずさ)りする。だが、背後にすぐ壁があったせいで、それ以上逃げられなくなった。

「……あの、殿下？」

「先程貴女は、今夜の恩返しをしたいと仰いましたね」

「えっ⁉　ええ……そうですわね？」

「では、その恩を返すつもりで、この提案をお受けいただけないだろうか」

「は⁉」

まあ、確かにさっき殿下が溺れる私を助けてくれなかったら死んでいたかもしれないわけで、間違いなく殿下は私の命の恩人である。でもですね、殿下……流石(さすが)に酷(ひど)くないですか⁉　それを持ち出されては、伯爵令嬢(わたし)如(ごと)きが断れるわけないでしょうが‼

――おかしい。私の知るヴィンフリート殿下という方はたとえどんな状況にあっても、またたとえどんなに有利な交渉材料があったとしても、立場の弱い人間に条件を飲ませるためにそれを利用するような方ではない。しかし、この状況は――。

「殿下……それはあんまりですわ……」

「ただし、期間は半年間だ」

「……半年」

「妃選びの期限として、父上から提示されたのが半年なんだ。その間、貴女には定期的に私と過ごしてもらい、私のことを知ってもらいたい。つまり、お試しの恋人関係です。半年後、私が貴女にもう一度プロポーズをします。そのときに受け入れてもらえなければ、私は潔(いさぎよ)く引き下がる。だが、貴女が受け入れてくれるなら、そのときは正式に私と婚約していただきたい。いかがです？」

半年のお試し恋人関係――。現実的に考えて、絶対に受けるべきではない。こうして今ふたりっきりでお会いしているだけでもいつ襤褸が出てリアンだとバレるかわからない状況だ。それなのにこれから半年間も定期的に女の姿で会って殿下を騙し続けるなど、不可能に決まっている。

とはいえ、殿下に命を救われた私の立場上、いろんな意味でこの提案を拒めるはずがないのだ。

くっ……致し方あるまい。こうなったら半年間、なにがなんでも乗り切ってやる。そして必ず半年後のプロポーズをきっぱりとお断りし、逃げ切る！　いや、可能ならばそれよりも早く、殿下のほうからこの話をなかったことにしていただけるよう、誘導できれば――！

「わかりました、ヴィンフリート殿下。そのお申し出、お受けいたします」

「本当か!?」

「ですが、いくつか殿下にお願いがございます」

「願い？　それはいったいなんだ？」

「一点目ですが、どうか最初の約束は必ずお守りくださいませ。期限は半年間で、それ以上の延長は認められず、またそれがどんな答えでも、必ず半年後の私の意思を尊重していただきたいのです」

「ああ、もちろんだ！」

「二点目に、どうか私以外にもお妃様候補を数名お選びください。そしてデートなども含め、私だけではなくその方々とも親交を深めてください」

「……なぜだ？」

「半年間もひとりの令嬢とばかり会っていては、殿下のお相手が決まったと、周囲に誤解されます。先程お願いしましたように、半年後に私が殿下のお申し出を受けられない場合、私のことは諦めていただくことになるわけです。それなのに周囲が私を殿下のお相手として決めて、そのまま外堀を埋められては困ります。あくまで私を殿下のお妃様候補のひとりとして扱っていただきたいのです」

　殿下はわかりやすく不満げな表情だ。どうやら、半年のうちにがっつり外堀を埋めようとしていたようだな？　これまでずっと聖人君子のような方だと思っていたが、殿下にも意外と狡いところがあるらしい。しかし、そうは問屋が卸さないというものですよ、殿下！

「……仕方ない。では、貴女のほかにあと一名、妃候補を選ぼう」

「少なくとも、あと三名は選んでください。そうでないと、私とその方の二択になってしまいます。私がお断りすると、必然的にもうひとりの方になってしまいますわ。そうではなく、私の他にあと三名ほどからお選びいただけるようにしておくべきかと」

「貴女が断る前提なのは、正直どうかと思うが」

「い……いずれにせよ、選択肢は多いほうがいいと思いますの！」

「はあ。わかったよ。だが、あとふたりだ。確か議会からの推薦を受けている令嬢がふたりいて、いずれにせよそのご令嬢たちとは会うように言われている。それでいいか？」

　議会からの推薦を受けている令嬢なら、王太子妃としての資質などは十分のはず。本音としてはもっといろんな女性と交流してもらいたいが、殿下は公務などでも忙しいから致し方あるまい。

「わかりました、それで構いません。そして最後にですが、殿下がお心変わりなさって他のお妃様候補者二名のどちらか、あるいは別の誰かを妃に迎えたいと思われたり、あるいは私が妃として不適格であると感じたら、半年を待たず、いつでもこのお申し出を撤回いただいて結構です」

「……だが、そんなことはありえない」

「ありえないことなど、なにひとつありませんわ」

殿下はやはり不満げだが、小さくため息を吐いてから言った。

「まあ、いいでしょう。だがそれなら、逆もまた然りだ。半年経つ前に貴女が私の妃になる決心をしたら、その時点でいつでも承諾の意思を示してくれ。そうしたら私はそれがいつであろうと正式に貴女にプロポーズをします。いいですね？」

私は頷き、承諾した。まあ、そんなことは決して起きないわけだが。

「では、決まりだ！　それではアヌーク嬢、これから半年間、よろしく頼みます！」

まるで試合でも始めるかのように、私たちは握手を交わした。こうして私と殿下の半年間に渡る波瀾の「お試し恋人期間」が、始まった。

「ところで、身体のほうは本当にもう大丈夫ですか？」

「ええ。お陰様で、すっかり元気ですわ！」

「よかった！　ではすぐに会場に戻ろう。貴女のご友人も、もうとっくに戻っているだろうから」

こうしてようやく会場に戻れたわけだが、やっと戻った主役が女性と一緒だったら絶対に目立つので別々に入場したかったのに、殿下に思いきりエスコートされながら再入場するはめになった。

お陰で当然のように死ぬほど注目を浴び、そのうえ殿下はすぐ私にダンスを申し込まれ、王太子殿下からのお申し出を断れるはずもない私は、それから三回も殿下とダンスを踊らされたわけで。

お妃様候補を選ぶ舞踏会で突然会場を抜け出した王太子殿下がようやく戻ったと思ったら女性を

連れていて、その女性と三回連続で踊った——これが、大スクープにならないはずがない。

明日の朝にはお妃様の最有力候補として、「ゼーバルト伯爵令嬢」が新聞各紙で報じられるのだろう。幸いこの国ではファーストネームを非常に神聖なものとして秘匿する。故にアヌークともリアンとも報道されず、ただ「ゼーバルト伯爵令嬢」と報じられるはず。

不幸中の幸いだな。そうでなかったら名前を借りたアヌークに激昂されるばかりか、彼を知る地元の貴族たちに「どうして男のアヌークがお妃様候補に挙がってるんだ？」と至極真っ当な疑問を抱かれることになり、結果、ここでまた謎の「男色家疑惑」が生まれてしまうことに——。

くっ……なぜ次から次へと問題ばかり起こるんだ⁉　二年前に王立騎士団に入団し一年前に殿下の専属護衛騎士になったが、女顔だと揶揄われる以外は何の問題もなくここまでやってきたのだ！

この調子なら、一生女であることを隠し通し、専属護衛騎士として、そしてひとりの親友として、敬愛する殿下のおそばにいられるだろうと信じて疑わなかったのだ。それなのに——！

三回目のダンスの終了とともに舞踏会も終わり、私は一緒に来たリタとともに帰ることを伝えて、殿下と別れた。殿下はまたすぐに連絡すると言い、ゼーバルト家かアンカー家どちらに連絡すればよいかと聞かれたので、「弟のリアンにお伝えください」と返した。

私はリタと一緒に馬車に乗り込むと、そのままハロルドの実家であるアンカー侯爵邸に向かった。私の親友であるリタも、今回はアンカー邸に滞在させてもらっているのだ。まあ私は着替えのあとでまた王宮に戻るのだが。ちなみにドレスは「恋人への最初の贈り物だ」と仰る殿下からそのままプレゼントされてしまった。

「それにしても、期間限定とはいえ殿下の恋人になるなんて、本当に大丈夫なの⁉」

「仕方ないわよ。命を助けてくださった王太子殿下からのお願いを無下（むげ）には断れないもの」

「人助けしたのに、とんだ災難ね……。でもつまり、殿下はお妃様にしたいって思うくらい貴女のことを気に入ったってことでしょう？　それなら『実は私、リアンなんです』って告白しても別に許してくださるんじゃない？　いっそ、そのままお妃様になっちゃえばいいじゃない」

「そういう問題じゃないでしょ!?　女だってバレたら、騎士ではいられなくなるわ！　もちろん、王太子妃になるのだってごめんよ！」

じゃなかったら、「運命の紋章」が出た時点で殿下に打ち明けてるわ！　……とは言えない。陛下とのお約束があるから、この「紋章」のことはリタにも話せないし。

私は白い手袋をはめた左手をぎゅっと握る。「運命の紋章」が発現してから、散々だ。これさえ現れなければお妃様選びなんてまだ先の話だったし、いずれそういう日が来るにしたって今回のように急な、しかも「未婚の上位貴族令嬢全員参加」みたいな舞踏会が開かれることもなかったはず。

「でもリアン、殿下のことは好きなんでしょう？」

「もちろん殿下のことは大好きだし、敬愛もしてる。でも、それとこれとは全く別よ！　第一……」

「第一？」

「これまでずっと騙していたことを殿下に知られたくない」

「……ああ、なーんだ。そういうことね」

リタが妙に優しく微笑（ほほえ）んだ。馬車の窓からは、とても綺麗（きれい）な満月が見えている。ちょうど王宮の上あたりにかかっているその月を見ながら、私は静かにため息を吐いた。

半年間、隠し通せるだろうか。ただ性別を偽っていたこれまでと違い、殿下の前でアヌーク嬢という別人を演じることになったのだ。二重の意味で殿下を騙すことになってしまった今、もしこれがバレれば、殿下は大切な親友に裏切られたと感じるだろう。

騎士でいられなくなることは、とても恐ろしい。だが同時に、あれほどまで深く信頼してくださっている殿下を失望させてしまうことも、たまらなく恐ろしく感じる。

やはり「運命の紋章」が発現した時点で、正直に女であることを告白すべきだったのだろうか。

——いや、やはりそれは無理だ。バレた時点で殿下の専属護衛騎士でいられなくなるばかりか、騎士としても生きられなくなってしまうのだから。騎士であり続けるためにも、そして殿下を失望させないためにも、私のやるべきことはひとつ。この半年間をなんとしても乗り切ることだけだ。

「リタ、私……頑張る。この一世一代の大嘘、絶対に最後まで吐き通してみせるわ」

私がそう言うと、リタは呆れ顔を浮かべつつも、笑顔でぎゅうっと私を抱きしめてくれた。

「わかった。私もしばらくは社交活動のために王都にいるんだし、できる限り協力する。リアン、私はね、貴女が自分の人生を自分の力で切り開いていく姿を心の底からかっこいいと思ってるのよ。だからそれがいいとか悪いとかじゃなく、貴女が貴女らしく生きられることを心から祈ってるわ」

「……ありがとう、リタ。やっぱり貴女は、私の最高の友だちよ」

私はリタを強く抱き返した。

◆　◆　◆

「リアン、キスっていうのは普通、どんな感じだ？」

「――は!?」

翌日、いつものように朝のご挨拶をした直後、思いもよらぬ質問を殿下にぶつけられた。

「ほら、お前ってモテるだろ？　だからキスの経験も豊富なんだろうなと思ってな」

「殿下、いったい朝からなんのお話ですか……？」

朝っぱらからこの美青年は真面目な顔でいったい何を言っとるんだ？

「あ……そうだ。その前に、お前に報告せねばならないことがある」

「報告、ですか？」

「昨夜の舞踏会で俺は、お前の姉君に恋をしてしまった」

「――は!?」

早くも、本日二度目の「は!?」が出てしまった。もちろん、昨夜の唐突な殿下からの求婚事件を実はその当人でもある私が忘れたわけではない。しかし、これはあまりにも予想外の発言だ。

「こ……恋ですか……？」

「ああ。これがいわゆる、一目惚れってやつなのだろうな」

「一目惚れ……」

いや、断じて一目惚れではない。だってこれまでにどれだけの時間を私と過ごしていると??

だが、問題はそこではない。確かに殿下には昨夜プロポーズされたが、てっきり、今回の舞踏会で早急に妃候補を選ぶ必要のあった殿下が、親友の双子の姉であり、溺れても平気なほど頑健かつ、溺れてる人を助けにいくという人間性を評価した結果、私にプロポーズしたのだと思っていた。

しかし、なんですって!?　「恋」!?　「一目惚れ」!?　いやいやいや、そんなのありえない!!

「そ、の、それって……本当に、恋です？」

「恋をするのは初めてだが、間違いないと思う」

「なぜ、そう思うのです!?」

「だってもう、彼女めちゃくちゃ可愛いんだ！　一挙一動が全部可愛い!!　真剣な表情は美しく、ふわりと微笑めばその可愛さに思わず卒倒しそうだった!!　それにあの綺麗な瞳!!　夜明け色の瞳がうるうるしてるのを見たら、愛しさのあまりに押し倒しそうだった！　あんな感覚、初めてだ!!」

「は……」

「そうだ、それからあの唇も――！　すごく形がよくて可愛いんだが、口づけると電撃に打たれたみたいな感覚だったんだ！　とてもやわらかくて、甘くて……あんな状況だったのに、危うくあのままずっとキスしていたいなどと思ってしまった……!!」

「え……、キ……ス……？」

「あっ、いやその……実はな、彼女、池で溺れたご令嬢を助けるために、自ら池に飛び込んで救助したんだ。驚くほど勇敢な女性だ。ただ、ドレスだったせいか、令嬢を助けた後で彼女自身も溺れてしまい、それを俺が池から助け出したんだ。そのときに人工呼吸を――」

――はっ!!　すっかり忘れてた!!

確かにあのとき、唇に何かが何度も触れて、それがすごく気持ちよくて、みるみる元気になったけど……あれって、あれか!!　殿下からの人工呼吸＝「運命の相手」からの接吻なのであり、その「癒し」の効果で溺れたはずの私はやたら元気だったのか!!

どうりでおかしいと思ったのだ。いくら騎士として鍛えているからって、本気で死を覚悟したのに、引き上げられた途端に完全回復しているんだから。「私って、もの凄い回復力だな!? 流石は日頃から鍛えているだけある！」とか呑気に思っていたが、どうやらそうではなかったらしい。ああ、ファーストキスが殿下からの人工呼吸になってしまうとは。人生って、本当にわからない。

だが、なんてことだ。陛下から「接吻はするな」と言われていたのに、早速しちゃったのか。まあ、現時点で私とのキスだとはバレていないわけだし、キスしちゃダメな理由はその先の行為に進まないためなんだから別に問題ない——のか？

「しかし、緊急事態だったとはいえ、女性の唇を奪ってしまうとは……やはり男としては、責任を取るべきだよな!?」

「いや、別にキスくらいで責任なんてそんな……」

「リアンお前、驚くほど淡泊だな……まして彼女はお前の双子の姉だろ!? むしろ、『姉上の唇を奪った責任を取ってください！』とか、お前から俺に言うべきじゃないのか!?」

「言いませんよ、そんなこと。むしろ、そんなの事故みたいなものでしょう？ 人助けの一環だったんですし、感謝こそすれ……ですから殿下がそんなこと気になさる必要は少しもないですって」

「は……さすが、モテ男は感覚が違う」

だれがモテ男だ。勝手なイメージだけで話を進めるのはやめていただきたい。

「だが、俺としては是非責任を取らせてもらいたいんだ！ だから彼女に結婚を申し込んだが、即断られてしまった」

「でしょうね」

「しかし、そこで引き下がる俺ではない！ ってことで、半年間の『お試し恋人期間』を過ごすのを承諾してもらった」

「そんな訳のわからないことを、よくうちの姉が承諾しましたね？」

少し嫌みっぽく言うと、殿下はあからさまに元気がなくなった。

「……殿下？」

「実を言うと、俺はかなり狡いやり方をしてしまったんだ」

「狡いやり方、ですか？」

「その……なんていうかな、これを逃したらもう二度と彼女と会えないんじゃないかという不安を感じてさ、どうしても次につながる約束を彼女と交わしたかったんだ。それで、助けたことを恩に着せる形で彼女に無理やり承諾させてしまった。最低なことをしたとわかってはいるんだが……」

あれが狡いという自覚はあったのか、殿下。自覚しながら、それをどうしても諦められなくて、罪悪感を抱きつつもあんなことを言ったと。

……なんか、そんな心のうちを聞かされて、そのうえでこんな風に反省されると、ちょっと可愛く思えてしまう。聖人君子と謳われるヴィンフリート殿下が初恋相手とのキスひとつで舞い上がり、デートを取り付けるためにズルまでなさるとは。なんだろ、なんか急に胸が――。

……キュン。

――!?　えっ、いま私、キュンってしたの!?　ヤバいヤバいヤバい！　これはよろしくないぞ!?　殿下のことは好きだが、断じてそういう意味ではないのだ！

首を小さく横に振る。ダメだ、冷静に、冷静にならねば。これで本当に殿下に恋なんてしてしまったら、本当に詰むのだから。幸いにして、私は恋愛脳ではない。これまでだって初恋はもちろん、恋愛願望も結婚願望も抱いたことがないのだ。

「その……すまないな。彼女の双子の弟であるお前に聞かせるような話ではないよな。だが、俺がこういうことを相談できる相手は、お前とハロルドくらいしかいないんだ……」

そんな綺麗な顔で子犬みたいなうるうる目しないでください。それに殿下、恋する相手の双子の弟に恋愛相談するのもなかなかですが、実際は恋してる相手に直接恋愛相談してるという、さらにカオスな状況なんですよ？

「はあ……にしてもお前と姉君、似すぎだろ!? こうしてお前の顔を見ていると、どうしても彼女のことを思い出してしまう！ それで鼓動が速くなるんだ。どうしてくれる!!」

「はっ!? 意味のわからない言いがかりはよしてください！」

「あっ、そうだリアン！ 一度、脱げ！」

「……は??」

「上だけでもいいから、脱いでくれ！ そして鍛え上げられた騎士の逞しい胸板を俺に見せろ！ そうしたらお前が男だっていう実感が湧いて、お前を前にしてもドキドキしてしまうなんていうおかしな現状を打破できるはずだ!! 若干げんなりはしそうだが……」

「なっ……！ 何を馬鹿なことを……！」

「なあ、知ってるか。この国の王太子である俺に『馬鹿』なんて言うのはお前くらいなもんだぞ？」

「いや、それはその……本当に申し訳ございません」

「ははは っ！ まあ、お前はそれでいいんだけどさ。――ってことでリアン、脱げ!!」

「ばっ――！ いや、ですからそれは無理ですって!!」

「お前今、また馬鹿って言おうとしただろ！　まあいいが、しかしなにが恥ずかしいんだ？　男同士だろうが！」

殿下はどうやらこのおふざけが楽しくなってしまったようで、悪戯（いたずら）っ子のような笑みを浮かべながら、じりじりと私に近づいてくる。これは不味（まず）い、不味すぎる……！

普段は完璧な王太子であるヴィンフリート殿下だが、私とハロルドの前ではちょいちょいこういう悪ノリをなさる。まあ普段は甘いものが苦手なハロルドにわざと甘いものを食べさせたり、食事をご一緒しているときに殿下とハロルドに比べると小食（女性としては至って普通）な私のお皿にこっそりお肉を追加し続けたりと、よくわからない小さな悪戯をする程度だが。

つまり、殿下にとっては今回のこれもいつものお遊び的なノリなわけだが、私にとっては今回ばかりはお遊びではすまない！　ここで制服を脱がされたら、さらしで押さえつけている胸のふくらみが殿下の眼前に晒されるわけで、そうなったら言い訳のしようがない!!

「殿下、早く朝食に参りましょう！　急がないと、あとのご公務などに差し支えますよ！」

「そう思うなら、さっさと自分で脱いだらどうだ？」

くっ、殿下の子ども化スイッチを思いっきりオンにしてしまったようだ！　いつも王太子としての責任や重圧によっていろいろと抑圧されているせいか、その反動のように殿下は私とハロルドの前でこういう子どもっぽい言動を度々なさるわけで、しかもこうなってしまった殿下は、目的を果たすまで無駄にしつっこい……!!

これはもう逃げるが得策と、私は勢いよく部屋のドアに向かって走り出した。しかし無駄に反射神経のよい殿下は横を抜けようとした私をふっと摑（つか）み、そして――。

「「――!?」」

殿下がぐっと私を引き寄せたとき、変な回転が加わったせいで正面から思いっきり抱きしめられるような形になってしまった。昨夜のダンスですらこんなに密着はしなかったというほどの密着感と、キスする直前のような顔の距離感で数秒固まる、殿下と私。

ど、どうしよう……！　これじゃあ逃げられな――。

……??　殿下はなぜかふっと力を緩めると、そのまま私を解放した。えっ、私を捕まえた以上、絶対無理やり脱がせてくると思ったのに。

「……殿下？」

声をかけるが、殿下は固まったままだ。それどころか――おおっと、めちゃくちゃ顔が赤いな!?

「殿下、もしかして今、照れてます？」

「なっ!?」

「あっ、やっぱり照れましたね!?　ほら、顔が真っ赤ですよ!!」

「しっ、仕方ないだろ!?　お前だって、惚れた女性とそっくりな顔の奴（やつ）を抱きしめてみろ!!　これが照れずにいられるかっ!!」

いや、純情（ピュア）かっ！　にしても、こんな風に顔を真っ赤にして恥ずかしがってる殿下、可愛いすぎるんですが!?　そのうえ「惚れた女性」などとはっきり言われては……！

「ああもうっ！　なんなんだ、この状況!!」

殿下の叫びに、私は心底共感した。もう本当に、なんなんだ、この状況!!

「リアン！　お前がそばにいると、彼女がそばにいるような気がして気が休まらない！　どうしてくれる!!」

「そんなこと仰られても、私にはどうしようもないですから！　どうしても嫌なら、殿下が私を専属護衛騎士から外してくださるしかありません！」

「そんなこと言ってないだろ!!　俺は、お前じゃなきゃ嫌なんだ!!」

「――!!」

流石にこれには、ずっきゅん胸を撃ち抜かれた。だってそれは、殿下の専属護衛騎士である私にとって、何よりも嬉しい言葉なのだから――。

「リアン、お前、顔真っ赤だぞ？」

……ご自分だって、真っ赤なくせに。

「さ、さあ！　早く朝食に参りましょう!!　もう流石に、時間がありませんよ!!」

「あ、ああ！　わかった!!」

本当になんなんだ、この状況!!　顔の火照りをはっきりと感じつつ、心臓はドキドキするし胸はぽかぽかするしというこのおかしな感覚の正体に、私は必死で気づかないふりをした。


朝食のあと、殿下はすぐに国王陛下に呼ばれた。間違いなく、昨夜の舞踏会と殿下のお妃様候補選びの件だろう。入室すると、笑顔の陛下に迎えられた。見るからに、上機嫌なご様子である。

「ヴィンフリート！　どうやら、お前はよい相手を見つけたようだな！　いやあ、初めは心配しておったのだ！　だがお前は令嬢をひとり自室に連れ込んだばかりか、その後は衣装替えをしてその女性とふたりで会場に戻ったのち、三度も一緒に踊ったそうじゃないか！　つまり、もうそういうことなのだな⁉　既にお前は心を決めたと、そう理解してよいのだな⁉」

「ええ、父上！　お陰様で最高の、運命の女性に出会うことができました！」

「おお、そうか！　そうか‼　では気が変わらぬうちに、さっさとその女性と婚姻を結ぶのだ！

そして一日も早く私に孫を見せ、安心させてくれ！」

　陛下は「運命の紋章」の件もあり、世継ぎをよほど心配なさっているらしい。こんな風に陛下を精神的に追い詰めてしまっている元凶が自分だと思うと申し訳なさしかないが、それよりも陛下と殿下の間で僅かに話が食い違っている気がするのだが――。

「それが……実は私は昨夜のうちに彼女にプロポーズしたのですが、拒絶されてしまいまして」

「なに⁉　いや、だが既に、その女性と関係を持ったのではないのか⁉」

「えっ⁉　いや、まさか‼　結婚もしていないのに、そんなことできるわけありません！」

「……ああ、そうだった。お前は、馬鹿がつくほど真面目なのだった」

　思わず吹き出しそうになるのを必死で堪える。ほーら、やっぱり殿下は理解してなかった。「部屋に連れ込み、衣装替え」して出てきたら、まあ普通ならそういうことをして出てきたと思うだろう。私だって、第三者としてこの話を聞けばそう邪推するはず。

　しかし、相手はヴィンフリート殿下なのだ。キスひとつで責任を取らねばならないと思い込む、清廉潔白な純情王太子だ。結婚はおろか、婚約もしていない女性に手を出せるような方ではない。まあ、専属護衛騎士を脱がそうとはなさるが――。

「では、どうする気なのだ⁉　そもそも拒絶されてお前は、はいそうですかと諦めおったのか⁉」

「いえ、そこは食い下がりました。そして、半年間のお試し恋人期間を承諾してもらいました」

「お試し恋……なんだそれは？」

わかりやすく困惑している陛下に、ヴィンフリート殿下は淡々と説明する。私は専属護衛騎士として空気のように殿下のそばに控えているが、未だ困惑顔の陛下と幾度も目が合った。

その度に私は「いやあ、殿下も本当に変なこと考えますよねえ？」的な困り顔で陛下に愛想笑い(あいそわら)いを浮かべて完全に第三者になりきっているわけだが、実は思いっきり当事者なので、なんとも言えぬ罪悪感といたたまれなさを感じてしまう。

「騎士ゼーバルト」

「は、はい!!」

あまりに突然陛下に名を呼ばれたので、口から心臓が飛び出るかと思った。

「このヴィンフリートが恋をした女性はそなたの姉君とのことだが、もしや、例の紋章が彼女にも出ている、というようなことはあるまいか？」

「はっ!?」

「そなたたちは双子であろう？　これまで、双子に『運命の紋章』が出た話は聞いたことがないが、もしやそなたたちふたりともに同じ紋章が出ているのではないかと思ってな。双子とは、神秘的な存在だ。そうしたことも起こりうるのではないかと思うのだ」

え、ど、ど、どうお答えするべきなんだ、これ!?　一瞬思考停止するが、すぐに気づく。

――そうだ、「運命の紋章」が女である私(アヌーク)に発現していることがバレれば、その時点で間違いなく殿下の「運命の相手」として神殿に報告されてしまう。そうなれば私が分身できない以上、遅かれ早かれ私たちが同一人物であることがバレるわけで、もはや騎士を続けられなくなるばかりか、この国を欺いた罪に問われることに加え、殿下を深く傷つけることになってしまう……！

これはもう半年間隠し通すしかないし、いずれにせよ私はなにも知らないとお答えしておくほかあるまい!!

「発現は、していないものと思われます!!」

「そうなのか……？」

「す、少なくとも私は、姉上から『運命の紋章』が発現したという話を聞かされてはおりません！本当に、全く、これっぽっちも!!」

思わず、ちょっと不自然なぐらい否定してしまったが——。

「……そうか。だが念のため、姉君にそれとなく尋ねてみてくれぬか？」

「しょ……承知いたしました」

「それから、是非君からも姉君を説得してほしい。双子の弟の頼みとあらば、姉君も無視できまい」

「は……い」

「してヴィンフリート、姉君は騎士ゼーバルトとよく似ておるのか？　新聞にはゼーバルト家特有の美しい銀髪に、紫水晶色の瞳の美女であるとしか書かれていなかったが」

おっと、やはり新聞に載ってしまったのか。まあそうなることは予想していたけれども……つまり、間違いなく今日中に実家から連絡が入るだろうな。弟アヌークの激昂したメッセージ付きで。

「リアンとは、瓜二つというほど似ています！　双子とはいえ男女なわけですから普通に考えれば二卵性双生児のはずですが、一卵性ではないかと思うほどそっくりです！」

やけに嬉しそうにそう断言する殿下。しかし、そうだ。いくら双子でも、男女が違えばそこまで似ることはない。実際の私と本当の弟は髪の色と瞳の色こそ一緒だが、顔は普通の姉弟レベルでしか似ていない。

「ヴィンフリート、まさかとは思うが……騎士ゼーバルトと顔が似ているから彼女を身代わりにしようと思っているのではあるまいか？」

「は？」

「本当は騎士ゼーバルトに対して抱いている感情を顔のそっくりな姉君に転嫁させることで、己の恋慕の情を誤魔化そうとしているのではないかとだな……」

「なっ――！　けっ、決してそんなことはございません！　何度も申し上げておりますが、私はリアンにそういった感情は本当に抱いていないのです！」

「では逆に尋ねるが、お前は自分の専属護衛騎士と瓜二つの女性に欲情できるのか？」

「え……」

「お前は、自分では男色の気はないといいながら、結局恋に落ちたのは、自分の気に入りの専属護衛騎士と同じ顔の女性ではないか！　いくら信頼していようと、私なら自分の騎士と同じ顔の女を抱こうと思えぬぞ。騎士ゼーバルト、君ならどうだ？」

「――は!?」

その質問、いろんな意味で私にだけはしちゃいけないと思うんですよね、陛下!!

「父上！　リアンに変なことを聞かないでください！　それと、私には断じて男色の気はありません！　昨夜だって、彼女の豊かな美しい胸に、どれだけ触れてみたかったか!!」

「はいぃっ!?」

「……ほお？」

「池から助け出したときにドレスが水に濡れ身体の線がはっきりわかってしまったのですが、彼女の身体は神話のなかのニンフでも到底敵わぬ美しい曲線を描き、うっとり見惚れてしまいました！」

　な、な、なにを……!?

「身体を清め、新しいドレスに身を包んで俺の部屋に現れた彼女の美しさといったらそれは驚嘆に値するもので、その所作も声音も話し方も本当に素晴らしく、女神のようでした！　私は、彼女がそれを許せばすぐにベッドに押し倒し、全身に口づけて、全てを奪い尽くしていたことでしょう!!」

「でっ、殿下!?」

「リアン、お前にこんなことを聞かせて誠にすまない！　自分の双子の姉に対しひとりの男がこのような劣情を抱いていることなど、聞きたくはないだろう。だが、父上にどうしても理解していただかねば！　確かに私は、これまでそういった欲求を抱いたことがなかった。だが昨夜、彼女と出会って、はっきりと感じたんです！　すぐにも私だけのものにしたい、この人を抱きたいと――！」

「殿下!!　もうおやめくださいっ!!」

　さすがに耐えきれず、叫んでしまった。

「すまないリアン！　自分の姉に対して邪な感情を抱く男の言葉など、不快でしかないだろうに！」

「なんと、堅物のお前が……しかしそうか。いや、お前がそこまで本気なら、もう何も言うまい。それなら、なんとしても彼女をものにしなさい!!　わかったな、我が息子ヴィンフリート！」

「はい！　必ずや、彼女を私の妃にしてみせます!!」

　ほ、本当にやめてくれ……。

　そのあと殿下は私の希望で議会から推薦されている二名、昨夜溺れていた超絶美女の侯爵令嬢イルマ・ヘルトルと、クールビューティーで男性からの人気が特別高いという公爵令嬢ヴェロニカ・ナータンもまた、お妃様候補として立てることを伝えた。

　また、私たちは大変ありがたいものを陛下から頂戴した。紋章の上に塗るだけで紋章を一時的に隠せるクリームだ。水に濡れると落ちてしまうので今後も日常的な手袋着用は欠かせないが、人前での食事の際など、どうしても手袋を外さなくてはならないときには大いに役立つだろう。

　ただし手袋とは違い「運命の相手」同士で紋章を合わせれば「癒し」効果が発揮されてしまうので、クリームで隠れているからといってアヌーク嬢の時に殿下と手を合わせたら、一巻の終わりである。

　国王陛下との謁見を終えると、どっと疲れてしまった。大概のことには動じない私だが、目の前であんなことを言われて動揺しない女性がいるのなら、是非教えてほしい。

　ちらっと殿下のほうを見ると、やはりまだ顔が赤い。そう、殿下はものすごくピュアな方なのだ。そういう話を平気でする騎士たちはもちろん、殿下と同世代の貴族令息でも平気でするようなちょっと色っぽい話にも、殿下は絶対に混ざらない。

　私は王立騎士団にいた一年間に騎士仲間からいろいろ聞かされ、お気に入りの娼館や娼婦の話もよく聞いていた。一緒に行こうと誘われると「里に残してきた恋人に操を立てている」と断ったが、必要に応じて話も合わせてやったものだ（もちろん私は男としても女としても未経験である）。

それに比べ、殿下はそもそもこういう話を聞くのもするのも露骨(ろこつ)に嫌がる。最初は王太子という立場上、低俗(ていぞく)な話題に関わるべきではないと考えて避けているのかと思ったが、親しくなるにつれ、本当にそういう話が得意ではないことを知った。

殿下は、こういう話への免疫(めんえき)があまりないようなのだ。そのせいか、少しでも性的な話題が出ると、あからさまに赤面する。正直その反応がすごく可愛いので、私とハロルドはしばしば殿下を揶揄ったものだが……まさかそのピュア殿下の口から、あんな発言が飛び出ようとは。

──なんだろう、まだ小さな子どもだと思っていた親戚(しんせき)の男の子に胸もとをガン見されたような衝撃だ。いやもちろん、私と殿下は同い年なんだし、もう十八の健全な男子がそういうことに全く興味がないほうがむしろ異常だとはわかっているんですけれども。

「なあリアン、姉君にかつて恋人がいたことはあるか……？」

「へっ!?　……いや、私の知る限りはいなかったかと」

「そうか、ああ、それはよかった……」

ちょ、そんな恋する少年の顔で嬉しそうに安堵(あんど)の笑みを浮かべないでくださいって。

「ところで、姉君はどんなものが好きなんだ？　彼女に贈り物をしたいんだが……」

「姉は贈り物などで喜ぶ性格ではありませんから、そういったものは特に不要かと」

「だとしても、女性に会う時には贈り物を持っていくのが礼儀(れいぎ)だろ？　最初は花かなにかを贈るのがいいかと思うのだが」

「……でしたら、スミレでしょうか」

「なんだリアン、お前と一緒じゃないか」

「えっ？」

「お前、スミレがすごく好きだろう？　スミレの花を見つけると、いつもとても嬉しそうに微笑むじゃないか」

――確かに私は、スミレの花が好きだ。可憐なあの小さな紫色の花を見つけるととても愛おしく感じるし、あの香りも好きだ。

でもそんなこと誰にも言ったことがなかったし、誰も知らないと思っていた。それなのに殿下は、気づいてくださったのか。なんだか――妙に嬉しいものだな。

「……双子なので、好みも似るのでしょうかね」

「ああ、そのようだな！　では、最初のデートではスミレの花束を贈ることにしよう。喜んでもらえるといいのだが……」

「きっと、とても喜ぶと思いますよ」

私がそう言って微笑むと、殿下はなぜか一瞬だけ驚いたような表情を浮かべ、それからぱっと顔を逸(そ)らした。

「殿下？　どうかなさいましたか？」

「いやその……な、なんでもない！」

よくわからないが、殿下はなぜか少し照れているようで、うっすらと頬(ほお)を染めたまま、しばらく静かになってしまった。

第三章 運命の計画

そうこうするうちに、初デート前日である。私としてはできるだけ先延ばしにしたかったのだが、王太子殿下(おうたいしでんか)からの申し出よりも優先すべき予定など一介(いっかい)の貴族令嬢(れいじょう)にあるはずもなく、一週間後にしてもらうので精一杯だった。

なお、日中私はリアンとして殿下の護衛(ごえい)の任務があるため当然アヌークとして殿下とデートなどできるはずがないので、ハロルドが護衛に代わる夕方以降にデートの予定を組んでもらった。明日の私(アヌーク)との初デートの翌日には、ほかのお妃(きさき)様候補の令嬢たちとのお茶会も組まれている。ただそれは日中のため、私も同席することになるだろう。

正直、いろんな意味で気まずいな。いや、もちろん騎士(おとこ)である私(リアン)と令嬢(おんな)である私(アヌーク)は別人ということになっているが、実際には同一人物なのだし、殿下としても前日デートした相手と同じ顔の人間が見守るなかで、いい雰囲気(ふんいき)になり辛(づら)いのでは……？

「なあリアン、お前、本当に殿下を騙(だま)し通せると思ってるのか？」

引き継ぎの時間、なんとも複雑な表情を浮かべながらハロルドが言った。

「ここまできたらもう、できるできないじゃなくて、やるしかないでしょ！」

「まあそうだが……リアン、お前は本当に殿下に対してそういう感情はないのか？」

「へっ？」

「つまり、半年後に殿下のプロポーズを受ける可能性は全くないのかってことだ」

「そんなの、あるわけないでしょ？」

「だが実際に殿下はお前の『運命の相手』で、殿下は本当にお前に恋してるんだぞ？　お前だって、殿下を大好きじゃないか。それなら殿下の想いを受け入れて差し上げればいいものを……」

「またその話!?　そんなの、無理に決まってるじゃない!!　確かに殿下のことは好きよ？　でも、それはそういう好きじゃないもの！　これからも殿下のおそばにいたいけど、それは妃としてではなくて、あくまで殿下の騎士としてなの。わかってるくせに……」

「だが殿下のほうはリアンを……いや、なんでもない」

ハロルドはこのところ、なにかと歯切れの悪い言い方をする。言いたいことがあるならはっきり言ってくれればいいのに。

「まあとにかく、やってみろ。だが、逃げることばかり考えるなよ？　半年間はきちんと殿下に向き合って差し上げるんだ。その上でやはり殿下の想いを受け入れられないのであれば仕方ないが、もしかしたらお前も殿下に本当に恋するかもしれないだろ？」

「そんなこと――!!」

「いずれにせよ、不本意な形でバレるのだけは、何がなんでも避けるんだ。そうなれば、お前にとっても殿下にとっても最悪だからな。……わかってるな？」

「……ええ、わかってるわ」

わかってる。うっかりバレるのが、一番よくない。そうなったら殿下の騎士でいられなくなるのはもちろん、殿下からの信頼を最悪の形で失うことになってしまうのだから。

翌日、引き継ぎのタイミングで私はハロルドの実家であるアンカー邸に移動し、リタに手伝ってもらいながら急いで準備をした。それからまもなくして、王宮から迎えの馬車が来た。

輝くような笑顔で現れたのは、こちらの体感としてはつい先程別れたばかりの、しかも「これからデートだから」と言っていつもより長めに「癒し」を堪能された殿下である。そしてそのすぐそばには、アンカー侯爵家現当主の弟でもあるハロルドが殿下の専属護衛騎士として立っているわけで……うん、いろいろ気まずい。気まずすぎる。

「ヴィンフリート王太子殿下、わざわざお越しくださり、誠にありがとうございます」

「礼には及ばないよ。むしろ、こうして私のために時間を取ってくれたことに深く感謝している。それにしても……貴女は、今宵も本当に美しいな」

本当にうっとり見惚れるような表情を浮かべ、そんなことを言う。おめかしした姿をこんな素敵な男性に褒められて、嬉しくないはずもなく――。

「ああ、それから……これを貴女に」

背中にまわしていた手をふっと前に持ってくると、その手には小さな花束が握られていた。

差し出されたそれを受け取ると、ふわりと甘い香りが鼻腔をくすぐる。

「……ニオイスミレ」

「リアンに、貴女はスミレの花が好きだと聞いたんだ」

「ありがとうございます、殿下。とても……嬉しいですわ。スミレのなかでもニオイスミレは特に好きなんです」

「よかった！　リアンもよい香りのものが好きなので、貴女も好きなのではないかと思ったのです」

「……えっ、どうしてそのことを？」

「えっ？　ああ、リアンは食べ物や飲み物も、香りのよいものを好む傾向があるので。それにあいつ自身、訓練の後ですらいつも妙にいい匂いが――あっ、いや！　決して変な意味ではなく……！」

「ふふっ！　変な意味でなんて取りませんから、ご安心ください」

失言した、というような表情で恥ずかしそうに笑う殿下を見ていると、やっぱり可愛いと思ってしまった。それにこの花束も、私が香りのよいものを好きだということを知っていてくださったことも、なんだかすごく嬉しい――。

と、ここでハロルドがニヤニヤ嬉しそうにこちらを見ているのに気づき、はっと思い出す。ダメだ、なにを普通に喜んじゃってるんだ私は⁉　ハロルドには逃げることばかり考えずに殿下の想いに向き合えと言われた。でも彼には悪いが、私にはそんな気はさらさらない。できるだけ早く私に対する恋心を捨てていただき、半年を待たずして私を解放していただくつもりだ。

そう、そのためには――殿下にこの不毛な恋から早急に覚めていただかねばなるまい‼

「ええと、それでこのあとは……？」

「夕食はまだですよね？　今夜は是非、夕食をご一緒いただきたいのだが」

「ええ、もちろんですわ」

「よかった！　では、もしなにか食べたいものがあれば――」

「ええ、ございます‼」

「えっ!?」

食い気味で答えると、殿下はかなり驚いた顔をした。まあ、それもそうだろう。私は知っている、殿下は私に食べたいものを尋ねたが、私が「なんでもいい」と答えるだろうと想定していたのだ。

まあ普通なら、礼儀（れいぎ）としてそう答える。そしたら彼は王都でも最高のレストランに私を連れていく予定だったのである。私がなぜそんなことを知っているかといえばもちろん、殿下がデートプランの全てを私（リアン）に相談し、私に助言を求められたから。

そう、私は殿下が今日どんなデートプランを組んでいるかを誰よりも知っている！ っていうか、一部は私自身がご提案したものだ！ そして今夜、殿下が一生懸命練られた完璧（かんぺき）なデートプランを私（アヌーク）がことごとくクラッシュして差し上げるつもりなのである！

せっかく準備したデートプランが全て不発に終われば、殿下も相当がっかりするはず。今は一目（ひとめ）惚（ぼ）れ（正確には違うけど）のせいで浮かれているようだが、「がっかり感」を味わうことで気持ちをクールダウンさせられるんじゃないかと思っている。我ながら、実に素晴らしい計画である！

「ええと、それでは何が食べたいのか、是非とも教えてくれ」

「そうですね、私が食べたいのは屋台の食べ物ですわ！」

「……屋台??」

「ええ、そうです。この時期、中央広場には毎日たくさんの屋台が出ておりますでしょ？ あそこでいろいろ買い食いなどするのはいかがでしょう？」

「買い食い……」

「あっ、殿下は買い食いなんて下品なことはなさいませんわよね！ 無理を申し上げてしまい、中し訳ございません。買い食いが好きな女など、やはり殿下には相応しくな――」

「い、いや、そんなことはない!! それに買い食いくらい、俺だってよくやってる!」

はい、嘘ですね。殿下が買い食いなどしたことがないことくらい、私はよーく知ってます。でもまあ殿下がそう仰るなら、今夜はしっかり私に付き合っていただきましょうか！

「よかったですわ！　では是非、ご一緒くださいませ！」

こうして私は〝殿下のデートプラン・クラッシュ大作戦〟を開始した。


目立つのを避けるため服装を庶民風のものに着替え、護衛もハロルド以外は少し離れて付いてもらうことになったのだが――庶民の服を着ても殿下の容姿ではしっかり目立ってしまってることに、本人は全く気づいてないらしい。まあ、最強の護衛がふたりも付いているので問題はないのだが。

「――これを食べるのか？　本当に、このままで……？」

「ええ、そうですわ！　とても、美味しそうでしょう!?」

「あ……ああ、とても……美味しそうだな」

まーた無理してますねえ、殿下！　私が今こうして殿下に差し出しているのは、固めの丸パンに生の豚ひき肉をたっぷりと塗った、「メットブロートヒェン」という料理である。

特別な処理が必要な上、鮮度命のため買ったらすぐ食べねばならない。しかし味はとろっと甘く、旨みも強くて最高だ！　私の大好物だが、王都の貴族は生の豚肉というものに抵抗があるらしく、王宮でも一度も出されたことがない。しかし私の出身地であるトラオベン州では貴族も含め非常によく口にする代物であり、王都でも庶民はこれが大好きなので、中央広場のこの店ではとても鮮度のいいものが食べられるのだ。私は休みの日など、何度もここにこれを食べに来ている。

とはいえ、生まれたときから宮廷料理人が作った最高に洗練された料理しか食べていない王太子に、こんな超B級グルメを食べろというのは酷な話だろう。

手渡されたそれをじっと見つめながら固まっている殿下の隣で、私はさっそくそれにかぷっと齧り付く。生のひき肉がたっぷりのった嚙みごたえのあるパンを前歯でぐっと嚙みちぎり、口の中でもぐもぐと咀嚼する。硬めのパン特有の香ばしい香りと、とろっと溶けるようなひき肉の旨みが口いっぱいに広がって、自然と笑顔になってしまう。

ごくんと飲み込む音が、二重に響く。あれっと思ってその音のするほうに目をやると、私のほうをガン見している殿下と目が合った。手元のパンにはまだ口をつけていないようなので、どうやら生唾を飲み込んだらしい。

「ええと……殿下？」

「あっ……申し訳ない！　貴女は、とても美味しそうに食事をしますね」

「えっ、そうですか？」

「ええ。そんなところも、リアンと本当によく似ている。彼も、なんでもとても美味しそうに食べるんだ。だから俺、リアンと食事をするのが好きなんです。彼と一緒に食べると、どんな食べ物でも一層美味しくなってしまうんだ」

そう言ってまた笑うと、手に持っていたその生の豚ひき肉ののったパンにかぷっと齧り付いた。

「あっ！」

まさか本当に食べるとは思わなかったので、思わず声が出てしまった。

「……ああ、本当だ！　とても美味しいな！」

本当に美味しそうに、もう一口、さらにもう一口と食べ進める殿下の姿は、なんだか妙に可愛い。

「素晴らしかったよ！　正直、最初は抵抗があったんだ。生の豚肉を食べるのは初めてだったから」

「きちんと管理された環境下で飼育された豚で、適切な処理を施(ほどこ)されていれば生でも食べられるのです。殿下のお口にも合ったようで、本当によかったですわ」

「口に合ったどころか……こんなに美味しいものをこれまで知らなかったなど、もったいないと思うほどだ！　貴女が教えてくれたお陰だ、本当にありがとう！」

全部食べきった殿下が本当に無邪気(むじゃき)な笑顔でそういう姿に、また胸が――。

はっ！　私はまた性懲(しょうこ)りもなく、殿下にキュンとしてしまった!?　くっ……不覚!!

「さ、さあ、次に参りましょう!!」

「ああ！　そうしよう!!」

それからの時間は、プランをことごとく私にクラッシュされるのに終始すごく嬉しそうにデートを満喫(まんきつ)される殿下と、私たちの隣でずーっとにやにやしているハロルドに挟まれて、いたたまれないったらなかったわけで。ああ、こんなはずでは……。


そして翌朝。

「ハロルド、お疲れ。交代時間だ」

「くくくっ……ああ、ありがとう」

人の顔を見た途端、笑うとは……ハロルドめ、どうやら昨夜のデートがよほど面白かったらしい。

「今日はほかのお妃様候補との茶会があるんだろ？　お前もいろいろ大変だなあ！」

「ちょっ……ハロルド！」

「すまんすまん！　まあ、せいぜい頑張れよ！」

……。

ノックをすると、中から殿下の返事があり、そのまま入室する。

「おはようございます、殿下。昨夜はゆっくりお休みになれましたか？」

「おはよう、リアン！　ああ、お陰様でな！」

満面の笑みを浮かべ、そう答える殿下。

「今朝はご機嫌ですね？　いい夢でもご覧になりましたか？」

「ああ、そうだな。あれは、本当に素晴らしい夢だった！」

「いったいどんな夢ですか？」

「昨夜は、本当に美しい夢のような一夜だったんだ！　アヌーク嬢、つまりお前の姉上と過ごした時間は、その全てが完璧だった！」

「か……完璧ですか？　ですがその、ハロルドからは殿下がせっかく練られたあのデートプランはことごとくダメになってしまったと聞きましたが……？」

「ああ、確かにそうなんだ！　せっかくリアンにも一緒に考えてもらったのに、悪かったな。だが、それでも昨夜は最高だったんだ！　彼女は本当にいろんな美味しいものや楽しいことを知っていて、それを俺に教えてくれたんだ！　少しも飾らず、でも何をしていても、本当に誰よりも美しかった！　あんな素晴らしい女性が、この世に存在したなんて……!!」

なんてこった。これは、予想以上に重症だ。どうりでせっかくのデートプランがダメになったのに、殿下がずっと上機嫌だったわけだ。恋する殿下は「あばたもえくぼ」を地で行ってるらしい。

「恋にのぼせるのは勝手ですが、王太子ともあろうお方が冷静さを欠いてはなりませんよ。殿下、よくよく考えてください。せっかくデートプランを練ったのに、姉の無配慮で台無しになってしまったんです。姉に対して、少しはお怒りになってはいかがです？」

「なんだリアン。もしかしてお前、大好きな姉君を俺が独占しているのでやきもち焼いてるのか？」

「は!?」

「だがまあ、お前の気持ちはよくわかる。俺だってあんなに素晴らしい姉がいたら、姉離れしたくなくなるだろうからな。だが、安心しろ！　彼女が俺の妃になったら、お前は俺の護衛をしながら毎日姉君に会えるんだからな！」

私(リアン)とその姉君(アヌーク)は同一人物なので、それが実現不可能な未来であることはさておき……その状況って本当にカオスでは??　ふたり、全く同じ顔の人間に囲まれて生活することになるんですよ殿下？　周囲も何かの間違いか冗談かと二度見、いや、三度見しますよ!?

「殿下、おかしな冗談はおやめください！　それより、今日は午後からお妃様候補のおふたりとのお茶会がございますが、本当に一名ずつでなくてよいのですか？　せっかく他のお妃様候補であるおふたりのことを知る、よい機会だというのに……」

「わかってるだろリアン、俺はお前の姉君以外を妃にするつもりはない」

「殿下、お忘れですか？　殿下にそのつもりがなくとも、姉が半年後に拒否すれば諦(あきら)めていただくほかないのです。そうなれば、ふたりのどちらかを妃に選んでいただくことになるんですよ？」

「そんなことはわかってる。だが、俺はこの半年間で必ず彼女に振り向いてもらうんだ。そのためには、どんな努力も惜しまないつもりだ！」

殿下には申し訳ないが、その「彼女」は絶対に振り向く気がないので無駄な努力なんですよね！だからこそ他のお妃様候補との交流にもっと積極的になってもらいたいのだが、殿下は例の「彼女」に完全に狙いを定め、ほかのお妃様候補たちとは申し訳程度の交流しか持たない気のようである。

しかし、それでは困るのだ！　どうにかしてほかの候補者たちの魅力を殿下にご理解いただき、つれない「彼女」のことなどさっさと諦めていただくよう仕向けないと……。

「殿下、お茶会の際ですが、差し支えなければ私にもお手伝いさせていただけないでしょうか」

「リアンが？　いったい、どんな手伝いをしてくれるんだ？」

「私がお茶会の進行役をいたします」

「進行役？」

「そうです。正直なところ、現在私の姉にご執心の殿下がこのあとのお茶会でほかのお妃様候補に十分な関心を示していただけないのではないかと危惧しております。ですので、殿下にほかの方々ともしっかり親交を深めていただけるよう、微力ながらお手伝いさせていただきたいのです」

「……リアンは、俺が姉君と結ばれることをやはり望んでいないのか？　俺が義理の兄になるのは、そんなに嫌か……？」

しゅん……と本当に音が聞こえてきそうなほど露骨に落ち込む殿下を見て、急いで補足する。

「とんでもございません！　殿下が義理の兄になってくださるなど、私には身に余る光栄です！

そんな大切な殿下だからこそ、より多くの可能性を残しておいていただきたいのです。殿下はこれまで特定の女性との交際経験がないと仰いましたよね？　それに比べ、自分で言うのもなんですが私は女性との交際経験も豊富です。それゆえ、いろんな意味で殿下のお役に立てるかと」

「やはりお前は、経験豊かなのか……」

「ええ、女性の気持ちであれば手に取るようにわかりますよ。ですからお任せください」

最後のは安心させようと思って言ったのに、なぜかショックを受けたような表情を浮かべる殿下。

殿下と私は同い年だから、男のプライドを絶妙に傷つけてしまったのかもしれない。

とはいえ私が女性との交際経験が豊富なのも、女性の気持ちが手に取るようにわかるのも事実なのだから仕方ない。だって当然じゃないか。私は正真正銘(しょうしんしょうめい)の女なのだから！

「わかった。そういうことなら、お手並み拝見といこう。最初に妃候補のふたりには俺から話しておきたいことがある。それだけ済んだら、あとはお前に任せるよ」

よし、これでこのあとのお茶会を殿下がやっつけでやり過ごすようなことは阻止(そし)できそうだ！

あとは私のなけなしのコミュ力を駆使して場を盛り上げつつ、ご令嬢ふたりの魅力を存分に引き出し、殿下に是が非でも興味を持っていただかねば！

——と、意気込んでいたのだが。

「イルマ嬢、ヴェロニカ嬢、おふたりには最初にはっきりとお伝えしておきたいことがある」

お妃様候補として初めて正式に王宮に招かれたヘルトル侯爵(こうしゃく)令嬢イルマとナータン公爵令嬢ヴェロニカのふたりの前にテーブルを挟んで座っていた殿下は、お茶会の開始早々、簡単な挨拶(あいさつ)だけを済ませて極めて真剣な表情でそう切り出した。

「ええと、どういったことでございましょうか、王太子殿下」

困惑した表情で答えたのは、例の舞踏会の夜に姉であるザビーネ嬢に池に突き落とされて溺れ、私に助けられたあのイルマ嬢だ。輝く金髪に透き通るような水色の瞳、ぷっくりとした愛らしい唇に薔薇色に染まったその頬――その全てがまるで童話のなかのお姫様のようだ。社交界一美しいと呼び声が高いのも頷ける。

そしてその隣でつんと澄ましている美人さんがナータン公爵令嬢ヴェロニカだ。髪は烏の濡れ羽色、瞳は美しいエメラルドグリーンで、先のイルマ嬢が可愛い系の美人だとしたら、ヴェロニカ嬢は少し冷たく見えるほどのクール系美女である。

ふたりともタイプの異なる美人で、どちらのほうがよいなどと決められるようなものではない。つまりあとは個人の好みと内面ということになるわけで、殿下はどちらが好みのタイプなのだろうかなどと、ぼんやり考えていたわけだが――。

「実は私には既に、心に決めた女性がいる」

「「――!?」」

ちょっ殿下!? いきなりなんてことをおふたりに――!!

「その女性というのは、もうひとりの妃候補であるゼーバルト伯爵家のアヌーク嬢だ。私は彼女を是非とも我が妃に迎えたいと考えている」

いやいやいやいや！ 王太子殿下のお妃様候補に選ばれたと聞かされ、初めての顔合わせの場となる茶会で当の王太子殿下からそんなこと言われたらショックを受けるでしょうが!!

呆気に取られた表情のヴェロニカ嬢とは対照的に、一度は驚いたのになぜかすぐふわりと笑みを浮かべたイルマ嬢。この反応を私が意外に思っていると、彼女は静かに口を開いた。

「アヌーク嬢といえば、私の命を救ってくださった女性でございましょう。ご自身を危険に晒してまで溺れる私を助けてくださったと。深い感謝の念とともに、勇敢で気高い心をお持ちの女性だと心からの敬意を抱いております。ですから、殿下が彼女を見初められた理由はよくわかりますわ」

彼女の表情を見る限り、本心からそう思ってくれているようだ。私はただ騎士として当然のことをしたまでだが、それでもこんなに美しい女性からこのように感謝されて、嬉しくないわけがない。

「ただ、あのときは意識が朦朧としており、彼女に直接お礼を言うことができなかったのがずっと気がかりでしたの。もしや今日お会いできるのではないかと、密かに期待していたのですが」

「それなら、彼に伝言を頼むといい」

「あっ、実はずっと気になっていたのです。こちらはどなた様でしょうか。殿下の騎士のようにお見受けしましたが……」

「俺の専属護衛騎士にして、彼女の双子の弟でもあるリアン・ゼーバルトだ！」

殿下は隣に座らせている私の肩に手を回すと、妙に嬉しそうにそう言った。

「まあ、彼女の双子の……！」

「彼女とリアンは本当に驚くほどよく似ているんだ！　正直、長髪の鬘でもつけられたら見分けがつかないほどにな！」

ギクッ!!

「で……殿下、大袈裟です」

「そんなことはない！　こうしてお前が隣に座っていると、彼女といるような錯覚に陥る」

「ははははは」

だめだ、乾いた笑いしか出てこない。まあ私と彼女が同一人物であると気づかれているご様子は少しもないので、その点だけは一安心だが――。

にしても、この席の並びはどうなんだ？　いやそれ以前に、どうして私は専属護衛騎士なのにこの茶会の場で普通に着席させられているんだ？　確かに私は今回、茶会での進行役を自ら買って出た。しかし私のイメージではお妃様候補の令嬢たちと殿下がティーテーブルを囲み、私はいつものように（もちろん立って）殿下のそばに控えつつ、司会役を担うつもりだった。

しかしなぜか殿下は令嬢ふたりと大きなテーブルを挟んで着席し、自分のすぐ隣に私の席を用意させ、そこに私を座らせた。私は殿下の後ろにでも立っていますと言ったのだが、「騎士はほかにもつけるから、お前は進行役に徹しろ」と……。しかも、進行役とはいえ茶会に出席する以上は参加者のひとりとして扱うと言われ、私の分のお茶とケーキまでしっかり用意されてしまっている。

「こいつは俺の専属護衛騎士だが、俺の親友でもあるんだ。つまり俺は、親友の双子の姉君に恋をしてしまったというわけだ！」

「まあ、とてもロマンティックですわ……！」

……ロマンティックか？　親友と同じ顔の姉に恋をするのは、ロマンティックなのか??

と、ここまで沈黙を守っていたもうひとりのお妃様候補であるヴェロニカ嬢が口を開く。

「では既に、殿下のお妃様になる方は決まっておりますのね。それではなぜ彼女だけでなく私たちまで妃候補として立てられ、そしてこのような茶会までお開きになったのです？　もうアヌーク嬢にお心を決められたのであれば、こうして私たちが呼ばれる理由はないかと存じますが」

言い方は少しキツめだが、彼女の疑問は至極真っ当だ。殿下め、ちゃんと言い訳は考えているのか？

「このようなことに巻き込んでしまい、誠に申し訳ないと思っている。だからこそ、おふたりには最初に全てを正直に話しておきたいのだ。先程伝えたように、私の心は既に決まっている。だが、彼女は違うのだ」

「……つまり、アヌーク嬢が妃になることを拒んでいると、そういうことでございますか？」

「その通りだ。私は彼女と初めて出会ったあの舞踏会の晩にすぐプロポーズをしたのだ。しかし、残念ながら断られてしまった」

驚愕の表情を浮かべる美女たち。まあ、そりゃあそうですよね。普通に考えて、一介の貴族令嬢が王太子殿下からの求婚をお断りするなど、ふつうならありえない。ましてヴィンフリート殿下は聖人君子と呼ばれ、見目も驚くほど麗しいお方だ。断るほうが変だ。

……その変な奴が、私なわけですけども。

しかし、私には私の譲れない事情があるのだ。それも、超複雑な事情が。私だってここまで厄介な状況下になければ、殿下からのプロポーズをあんな風にきっぱり断ることなどなかったはずだ。

「だがどうしても諦められず、半年間の期間限定で恋人になってもらえるよう彼女に頼んだんだ」

「期間限定の恋人ですか……」

まあ、意味わかりませんよね。でもこの方、本当にそんな申し出をなさったんですよ。

それから殿下はこの「お試し恋人期間」についての説明と、承諾するにあたり私が提示した条件についてまで、ふたりに全て伝えた。――いや殿下、確かにこの件をふたりに秘密にしておくのも不誠実ですが、ここまで赤裸々に告白しなくてもいいでしょうに……真面目かっ!!

こんな途方もない話を聞かされているのにイルマ嬢は妙に楽しそうだし、ヴェロニカ嬢も少し呆れ顔だが落ち着いている。こんな訳のわからない話を聞かされて、憤慨してもよさそうなものだが。

と、ここで再びヴェロニカ嬢が口を開く。

「本日私どもが呼ばれた理由についてはわかりました。その上で改めて確認させていただきたいのですが、殿下の恋が成就した場合はアヌーク嬢が殿下の妃となり、もし拒否された場合は私たちのいずれかが妃になると、そういうことですわね？　そしてそのときのために、つまりは二番手を決めるために私たちは今後半年間、殿下と親交を深めることになると」

「ああ、そういうことになる。実に身勝手な提案で、現時点でこのような茶番に付き合いきれないというのであればすぐにも妃候補から外れてくれて構わない。その場合でもなにがしかの謝礼はしよう。だがもし今回の茶番に付き合ってもらえるなら、どのような結果になろうと十分な謝礼とさまざまな保証をさせてもらうつもりだ」

「保証、でございますか」

「ああ。つまり、半年後にアヌーク嬢が私を受け入れ、彼女が妃になることを承諾してくれた場合、謝礼とは別におふたりの望みを可能な限り叶えたいと思う。もしよい縁談を望まれるのであれば、王太子としての威信にかけて、最高の縁談を取り結べるように尽力しよう。ほかの何かを望まれる場合も、私にできることであれば誠心誠意、その実現の為に力を尽くすことを約束する」

おおう殿下……いったいなんという大層な約束をなさるんだ？　まあ、こんな面倒事に巻き込むんだから、それくらいはしないと不誠実なのかもしれないけれども。

「またもし、彼女が私の妃になることを拒んだ場合、貴女がたのどちらかを妃とすることになる。その場合はおふたりの意思を最大限尊重するし、妃になる、ならないにかかわらず、やはり十分な謝礼と保証を行うつもりだ。——いかがだろうか？」

まあ、確かにふたりに何も伝えないまま、こんな茶番に付き合わせるのはよくないか。とはいえ、いくら十分な謝礼と保証を行うったって、こんなの納得できるわけ——。

「承知しました。異存ありませんわ」

「私もでございますわ、殿下」

予想に反し、この意味不明な殿下の提案をふたり揃（そろ）ってあっさり承諾。えっ、本当にいいの!?

そのあと更に保証の内容について話し合い、三人が納得する契約が結ばれたわけだが……なんだろう、これはお茶会というより、商談でも行っているような雰囲気なのですが??

「では、契約内容はこれで問題ないな。後ほど書面にしておふたりに送らせるから、内容を確認し、問題がなければ署名し返送してほしい。もし内容に不備があれば、再検討するので知らせてくれ」

「「承知しました」」

うん、やはりこれは商談だな。

「さて、これで私からの話は終わりだ。ここからはリアンが進行を務めてくれるのだったな。よろしく頼むぞ！」

えっ、こんな急に振ります!?　いやいやいや、このムードから突然「さあ、皆で仲良くなりましょうね～」なんて、できるわけないでしょうが!!　……なんて、一介の騎士に言えるはずもなく。

「え、ええとそれでは、本日はお妃様候補であるおふたりと殿下の初めてのお茶会ということで、さっそくおふたりにはですね……」

どうやら私の心情を察してくれたらしい女性陣がくすっと笑う。うん、やっぱり美人はいいな。しかも、ふたりとも心優しい美人だ。私が男なら、是非妻にしたい——じゃなくてっ!!

でもまあ、人は追い込まれるとなんとかやれるものだ。最初こそ商談後のような雰囲気に戸惑ったものの、ジョークなども交えてお嬢さん方を笑わせ、ふたりのよいところを褒め称えつつ彼女たちの魅力を引き出すために精一杯頑張りまして、すっかり明るく素敵なお茶会ムードとなりました。

……ただ、少し上手くやりすぎたかもしれないと気づいたときには、どうやらもう遅かった。

「ゼーバルト様はとっても話し上手な方ですのね！　それに細やかな気遣いも……ご令嬢たちからとてもモテるのではございませんか？　恋人などは、いらっしゃるのかしら？」

「えっ!?　い、いいえ、私はそんな……」

「それに、本当にお美しい顔立ちですこと！　ヴィンフリート殿下とこうして並んでいらっしゃると、まるで一幅の絵を前にしているような気分になりますもの！」

——どうしてこうなった？　令嬢ふたりが揃って私に興味を持ってしまったようだ。そのせいで話題の中心が、なぜか私に集まってしまう……！

迂闊だった。確かに騎士である私は、なにかと女性からきゃーきゃー騒がれる。それはこの女顔（っていうか女だし）のせいである。中性的な顔というのは男女問わずモテるらしく、それゆえに男装した女性というのは女性からモテやすいのだと、演劇好きの友人が言っていた。

とはいえ、通常ならいつも隣にいる絶世の美男子、つまりヴィンフリート王太子殿下の存在によって、存在感が霞むのだ。ゆえに私個人に注目が集まることはそうそうない。

ただ今回に限っては、少し特殊な状況だ。なぜなら殿下が「他の女性に恋してます宣言」をはっきりとしたことで、彼女たちは殿下との距離を詰めることに、漠然とした遠慮を感じているからだ。その結果、この場を和ませるために必死に努力したこの哀れな騎士に、ふたりの令嬢が好意とも親近感とも取れるような態度を示していることは、決して責められることではない。

つまりこれは、作戦ミスといえる。より正確には、殿下の馬鹿真面目な性格をよーく存じ上げているにもかかわらずあの赤裸々告白を予測できなかった、私のミスなのである。

さて、ご自分のほうが格段に優良物件であるにもかかわらず、自分の護衛騎士に美女ふたりの注目が集まっているこの状況、いくら別の女性に恋しているとはいえ面白くないのではないかと思い、恐る恐る殿下の表情を窺う。

あっ！　案の定、やっぱりちょっと拗ねてるな!?　だってこれは殿下がちょっと不満があったり、不機嫌だったりするときに見せる表情……ど、どうしよ……。

むぐっ――。

……ん?

もぐもぐ、ごっくん。

……??

あまりに突然のことに、固まる。

「どうだリアン！　うまいか？」

「は??」

「お前の好きな、紅茶のクッキーだ！　さっきから喋ってばかりで、自分は一枚も食べてなかっただろう？　お前の好物だからわざわざここに用意させたというのに……」

「え、えと……殿下??」

と、殿下はもうひとつ、私の口にクッキーを押し込んできた。

「むぐっ……で、でんか!?　いったいなにを――!?」

この唐突かつ意味不明な殿下の行動に、私はすっかり困惑だ。

「……もっと食え！」

「は……!?」

ここでなぜか、目の前の美女ふたりが吹き出した。

「えっ!?　ええと、どうなさいました……？」

「だ、だって……ふふふっ！　ごめんあそばせ！」

「ふふふっ……！」

??

「ほらリアン、もうひとつだ！」

「むぐぅ――れっ、れんかっ!?」

それからさらにケーキ一切れとマフィンひとつを無理やり食べさせられた。甘いものは大好きだが、王太子殿下に強制的「あーん」で食べさせられて、まともに味わえるはずもなく――。

そうしてこの日はなんと、そのままお茶会が終わってしまった。甘いものだけで膨らんだお腹を抱えつつ、半ば呆然としたまま令嬢たちをお見送りする。

最後の私への餌付(えづ)けタイムも含め、こんな訳のわからないお茶会に参加させられてふたりはさぞかし困惑しているだろうと思ったのだが、予想に反してふたりとも上機嫌だ。

「殿下、本日はとても楽しい時間を過ごさせていただきましたわ！」

　ははは、ご冗談を。

「先程の契約内容に沿うのであれば、またこうして四人でのお茶会を開いていただけますのよね？」

「ああ、定期的にこのような場を設けることになるだろう。可能なら一度くらいは五人で集まる日があってもいいかもしれないな？」

「えっ⁉」

　ちょ、待ってください、五人ってなんですか⁉　まさかとは思いますが、その五人に、私(リアン)と私(アヌーク)が含まれてたりします⁉　いやまさか、そんなこと――。

「私も是非、ゼーバルト様――あ、リアン様とアヌーク嬢がお揃いのところを見てみたいですわ‼」

「やっ――そ、それはちょっと……‼」

「なんだ？　お前だって、大好きな姉君と一緒にお茶ができたら嬉しいだろう？　彼女も甘いものが好きなようだから、王宮のパティシエにとびきりのケーキをたくさん用意させようじゃないか！　そうしたらリアン、お前もまた好きなだけ甘いものを――」

「で、殿下！　私がお茶会にこのような形で参加するのは、今回だけですよね⁉」

「ええっ⁉　なぜですの⁉」

「はっ⁉」

「次回以降も、今回のようにゼーバルト様が参加してくださらないと、楽しさが半減ですわ‼」

何を言っとるんだ、このお妃様候補たちはっ⁉

「リアン、貴婦人の頼みを断るなど、騎士としてどうかと思うが？」

「えっ！　いや、そのっ……！」

「彼女たちがお前にも同席してほしいと言ってるんだ、ここは快諾するのが男というものだろう？」

いえいえ私は男じゃないので、快諾の必要はありませんね！　……なーんて、言えるはずもなく。

「……わかりました、次回以降も参加させていただきます」

「よかった！　では姉君にも――」

「ただし、姉と一緒には参加しません！」

「えっ、なぜだ⁉」

「よく考えてもみてください、殿下！　私とアヌークは、双子の姉弟なのですよ？　その上、殿下も仰ったように顔はそっくりです。そんな私たちが揃ってこのテーブルに着席する。そして殿下は私の姉を口説きにかかるのでしょう⁉」

「くっ、口説きにかかるなど……！」

「少なくとも、恋する眼差しで私とそっくりな顔をした姉を見つめる殿下を眺めるのは、正直に申し上げて気まずさの極みです」

「……まあ、お前の言わんとすることはわかるが。それに彼女も、双子の弟であるお前がそばにいると、やり辛いかもしれないな。仕方ない、彼女を茶会に呼ぶのは諦めよう」

ほっと胸を撫で下ろすが――。

「むぐっ――!?」

いやいや、いったいどこから取り出したんですか、その紅茶のクッキーは!!　どうやら殿下は、私にこうして餌付けするのにハマってしまったらしい……。

「だがなリアン、俺にそんな口のきき方をする奴は、本当にお前くらいなもんだぞ!?」

「うっ……申し訳ございません……」

咎めるような言い方だが、こういうときの殿下は、いつも妙に嬉しそうだ。

気まずさを覚えてお妃様候補たちの表情を窺うと、おふたりともなんとも言えぬ微妙な笑みを浮かべていたので困惑したが……彼女たちのこの「笑顔の意味」を知るのは、もう少し先の話である。

お茶会でどっと疲れたが、私とは対照的に妙に機嫌のいいヴィンフリート殿下と日課である剣の手合わせを行ったことで、ようやく気力が回復してきた。より正確に言えば、殿下の餌付けにより胸焼けしかけていたのが直った、というべきなのかもしれないが。

さて、最近はこの剣の手合わせが終わると、必ずもうひとつの手合わせを行う。初めこそ気恥ずかしかったが、この「癒し」の有益さはひしひしと実感しているので、今では特に気恥ずかしさや気まずさを感じることもなくこれを享受することができる。

そんなわけでもはや何の躊躇いもなくグローブを外し、いつものように殿下の前に手を差し出したのだが、いつもなら私より早く手袋を外して嬉しそうに待機している殿下が、なぜか今日はまだ手袋をつけたまま、ぼーっとこっちを見ていた。

「……殿下？　どうなさったのです？」

「えっ⁉　あ……いや、すまない。少し――考え事をしていた」

そう言うとようやく右手の手袋を外し、私の左手にそっと重ねた。最近はこうして手を合わせている間もいろいろ話すのだが、なぜか今日は視線すら合わない――どころか、ちょっと頬が赤い？

初めはさっきの手合わせの影響で頬が紅潮しているのかと思ったが、赤さが徐々に増しているように見えることから、その原因は他にあるようだ。そうか、これはきっと――。

「殿下、今、私の姉のことをお考えでしょう？」

「えっ⁉」

「はあ。殿下、考えてることがそんな簡単に表情に出るようでは、いずれこの国を率いる方としてどうかと思いますが？　もう少し、感情をお隠しになる訓練をなさったほうがよろしいかと」

「なっ――⁉　お、俺だって、これまではこんなこと一度もなかったんだ‼　だが……ダメなんだ、この恋心ってやつは、どうにも思い通りにいかないらしい……」

「そんな乙女(おとめ)みたいなことを大の男が仰らないでくださいよ……」

「わかってるよ！　だが、本当にダメなんだ……やはり俺は、おかしいんだろうか。お前が彼女に似すぎているせいで、感覚がおかしくなるんだ。その……ひ、引くなよ⁉　お前が彼女に見えて、ずっとドキドキしてしまう。その上、ぼーっと見惚れそうに……」

――おおっと、これは危険信号だ。

「殿下、念のためもう一度お伝えしておきますが、私に男色の気は……」

「俺だって、ない‼」

まあ、知ってますけどね。実際、殿下が恋してるのも、「運命の相手」も女(わたし)だ。

とはいえ殿下に、アヌーク嬢への感情をリアンへの感情だと混同されては困る。実際はどちらも私だが、アヌーク嬢のほうは半年後に例の約束があるので殿下との縁が切れる。しかし私は違う。だって私はこれから先も一生、専属護衛騎士として殿下のそばにいるつもりなのだから。

だからこそ殿下とリアンの間に「友情」以外のものが生じることは決してあってはならないのだ。万が一にも護衛騎士のリアンにまで恋愛感情を抱かれて、それを私が拒絶するとなれば、それこそ気まずい関係になってしまう。そうならないように、こまめに釘を刺しておかないと。

「では、男の私を見て赤面するのはどうかおやめください。正直、引きます」

「お前な、もうちょっとものの言い方ってものが……」

「殿下、もう十分癒されたのでは？　そろそろ手を離していただけますか？」

「うっ……すまない」

ぎゅっと握られていた手を離されると、毎回なんとも言えない喪失感を感じてしまう。耐え難いというほどではないけれど、これに依存性があるのは確かに感じている。

——本当は、これもよくないと思うのだ。せっかくの特権であるし、大いにメリットもあるから拒否する気はないが、これを習慣的に繰り返すことは私たちにはかなりリスキーな気が……。

「なあリアン、お前って本当にモテるタイプなんだな」

「は？　今度は突然なんの話です⁇」

「話も上手いしさ。初対面なのに、すぐに誰とでも打ち解けるし」

「なんですか？　まさか、嫉妬ですか？」

「はあ⁉　そ、そんなんじゃ……！」

殿下でも、こういうことでちゃんと男相手に嫉妬したりするのか。意外だが、一安心だ。

「ご安心ください、殿下は何もしなくてもちゃんとおモテに――」

「……お前は、俺の、専属護衛騎士なんだからな」

「――は??」

「その……あまり誰にでも愛想よくするなよ？　お前が誰の騎士なのか、それだけは絶対に忘れるな！　わかったな!?」

えっ、この感じ……殿下が嫉妬してるのってまさか――。

……いや、深く考えないでおこう。

◆　◆　◆

親友というにも距離感の近すぎるふたりが、今日も無自覚に互いを目で追っている。それを複雑な心境で見守りつつ、俺は独りため息を吐く。いったいなぜ、こんなことになってしまったのか。

アンカー侯爵家の次男として生まれた俺には、尊敬してやまない歳の離れた兄がいる。俺がまだ幼いうちに亡くなった両親に代わり若くして侯爵家当主となった苦労人だが、弟の俺を本当に大切にしてくれた。そのうえ、親を知らぬ俺に寂しい想いをさせたくないと、亡き父の妹でうちと同じ騎士家系に嫁いだユーリア・ゼーバルトに、俺の母親代わりまで頼んでくれた。

結婚後しばらく子どもができなかったゼーバルト伯爵夫妻は、俺を実の息子のように可愛がってくれた。そしてのちに男女の双子を授かっても、変わらずふたりは俺を愛してくれた。ゼーバルト夫妻は俺の恩人であり、実の親のように大事に思っている。そして彼らの子であり本来は従姉弟であるリアンとアヌークは、俺にとっては何より大切な、可愛い弟妹なのである。

その双子の姉リアンが俺の影響で剣術を始めたこと、そしてその道で素晴らしい才能を発揮し、剣の道にのめり込んでいったことに、ずっと言いようもない申し訳なさを感じてきた。

この国では、女性は騎士になれない。それはかつてこの地で悪政を敷いた女王を今の王族の祖先である英雄騎士が倒したことにより始まる、我が国の建国の歴史が大きく関係する。

正義の剣に倒されたのが「女王」だったが故に、女性と剣は相性がよくないとか、相対する存在だとか言われ、それが「神聖なる剣の世界に女性を踏み込ませるべきではない」という意味不明な主張と結びつき、現代にまで残ってしまった。この愚かしい因習ゆえに、類稀な剣術の才に恵まれたものの女性であるリアンは、剣の道を完全に閉ざされていたのだ。

彼女の父も騎士だが、屋敷で剣を振ることはない。兄を気取って俺が剣術などを教えなければ、彼女は騎士になるなんて夢を抱かずに済んだのではないか。そんな罪悪感のせいか、リアンが男として騎士団に入ると言い出したとき、許されないとわかりつつ、俺は彼女に協力してしまった。

故に、この件がいずれ公になれば、そのときは俺が彼女を唆したといって全責任を負うつもりだ。俺がこの道に彼女を引き込んでしまったのだ、大切な妹であるリアンがひとときでも騎士としての人生を謳歌できるのなら、俺はどんな犠牲でも払おうと思った。

男装して見事王立騎士団員となったリアンは、俺の心配をよそに、ほかの男の団員たちに紛れて完璧にその役割を果たしていた。正直、彼女がここまで完璧に女であることを隠し切れると思わず、騎士団へのその見事な溶け込み方に、すっかり感心してしまった。

だがそんなとき、予想もしないことが起きた。殿下が、彼女を見つけてしまったのだ。

視察を兼ねて騎士団の訓練を定期的に見学するのは王太子の務めのひとつだが、その日はリアンが入団して初めての見学だった。とはいえ、団員たちの様子を外から見守りつつ気になった点などがなければ彼らを激励して見学を終えられるのが常だったので、特段心配していなかった。

――しかし、俺の考えは甘かったのだ。見学開始後まもなく、殿下は俺に静かに尋ねた。

「ハロルド、あの者は誰だ？　新入りだと思う。銀髪で小柄な、やけに美しい顔をした騎士だ」

血の気の引く思いで殿下の視線の向く先へ目をやると、案の定、そこにはリアンがいた。

「実に見事な剣捌きだ。本当に美しい……まるで、舞でも踊っているかのようだ！」

見たことがないほど興奮気味にそう言った殿下は、騎士団長にリアンとの手合わせを希望され、それはその場ですぐに叶えられることとなった。

手合わせを終えた殿下はいつになく上機嫌で、見学後に俺とリアンが実の兄弟のような関係だと知ると、リアンについて怒濤の質問攻めをしてきたが、その際の殿下の様子に俺は密かに驚愕していた。なぜなら殿下がリアンに示す関心と頬の紅潮、そしてあの熱い眼差しは、リアンの正体を知る俺には、恋をした青年のそれにしか見えなかったからだ。

殿下に自覚は全くないようだった。俺の知る限り恋愛経験が皆無のリアル聖人君子である殿下は初めて抱くその感覚、まして同性だと思っている相手への特別な感情の正体に気づいていない。

だが完全に無自覚のまま、殿下は驚くほどの速さでリアンとの距離を詰めていった。最初は騎士団の訓練の見学に頻繁に向かう程度だったが、まもなく個人的にリアンと会うようになった。

そんな折、殿下の夜間担当の護衛騎士が年齢を理由に退任を申し出た（専属護衛騎士は終身制だが、肉体的限界を感じれば退任も可能だ）。それで新たな騎士選定の話が出るやいなや、殿下は一片の迷いもなくリアンを指名したのであり、殿下からこの打診を受けたリアンは明らかにその感動を隠しきれぬ様子で、なんとその場で快諾してしまったのだ。

　女性であることを隠し騎士団に属するだけでもありえないのに、王太子専属護衛騎士になるなど、正気の沙汰じゃない。殿下に頼んで一度リアンとふたりにしてもらい、辞退するよう説得しようとしたが、リアンはそれを拒否し、「絶対にバレないようにするし、ハロルドや家族に迷惑をかけないようにする！　もしバレたら、命で償う覚悟もあるわ！」などと抜かしやがった。その言葉に何の嘘偽りもなく、虚勢でもないことがわかる、まっすぐな眼差しで。

　——わかっていたのだ。彼女が男になってまで騎士になると俺に宣言したときから。いや、本当はもっと前からかもしれない。剣を握るリアンの瞳には常に、強い輝きが宿っていたから。それに気づいたときにはもう、俺は彼女が剣の道を決して諦める気がないことを知っていた。

　こうしてリアンは王太子専属護衛騎士になったのだが、それにより俺は新たな苦悩を抱えることになった。それは己が主であり大切な友人でもある殿下が、やはりリアンに恋をしているという事実を明確に理解してしまったせいだ。

　これは、日を追うごとにはっきりしていった。夜間担当になった俺（夜型人間なので正直ありがたい）と日中担当のリアンが引き継ぎ以外で関わることは本来ほぼない。しかし殿下に誘われ三人で食事をとる機会は度々ある。そしてそのときの殿下は、「恋する青年」そのものだ。

　殿下がリアンに向ける眼差しはいつも特別優しく、うっとりと見惚れ、赤面することもままある。

ただ殿下自身が完全に無自覚なことと、男装中のリアンもまさか彼が自分に恋をしているなんてことには全く気づいていない様子だ。

その状況は、あまりにももどかしかった。殿下の友として、リアンの兄として、ふたりが一緒になれたらどんなによいだろうと思った。だが、それが現状叶わぬ夢であることもわかっていたので、俺はこの微笑ましい光景を実に苦々しい想いで見守ることしかできなかった。

もしリアンがただの伯爵令嬢として殿下と出会っていれば、何の問題もなく殿下はリアンを妃として迎えたはずだ。リアンも、剣さえ知らなければ伯爵令嬢としてそれなりに幸せに暮らしていて、舞踏会で見初められれば、彼女が殿下を拒むこともなかっただろう。

なぜならリアンも確実に、殿下に惹かれているのだから。彼女は普段、完璧に男を演じている。だが俺と殿下と三人のときだけ、少女らしい笑顔を見せてしまうことに、彼女は気づいていない。

それはいつも殿下がリアンに熱のこもった眼差しを向けたときであり、彼女はその想いに素直に応えようとするかのように無意識に頬を染め、少女らしく微笑むのだ。赤子の頃から知っているが、あんなリアンの顔は見たことがない。あのあまりに初々しく、甘酸っぱいやりとりを見ていれば、俺でなくともふたりの間にある「特別な感情」に容易に気づいてしまうだろう。

まして俺は、リアンが女性であることを知っている。あのふたりが実は相思相愛であることは、もはや「疑い」ではなく「確信」だ。だがそれゆえに、この事実が俺を深く苦悩させるのだ。

――いっそ俺が、リアンは女だと殿下にバラしてやろうか。そんなことを幾度も考えた。殿下ははじめこそ困惑するだろうが、真実を知れば、自分の感情の正体にも気づくはず。

そうなればきっと、殿下はリアンの行いを赦してくれるはずだ。多少はショックを受けるにせよ、そうまでして騎士になりたかった彼女の想いを理解してくれるに違いない。殿下は、とても優しい方だから。

だが、リアンは女だとバレれば騎士ではいられなくなる。自分の命をかけてでも騎士として生きたいと願っているのに、俺が勝手なことをして、彼女の生きる意味を奪っていいわけがない。

第一、女が騎士になるどころか剣を握ることすら許されないこの国で、あろうことか王太子殿下の専属護衛騎士が実は女だったことが公になれば――たとえ殿下がそれを赦したところで、世間がそれを許すまい。性別を偽り重職に就き、国王陛下および王太子殿下を欺いたという罪は、もはや俺ひとりが責任をとれば済むものではない。リアンと彼女の家族も、厳罰を免れないだろう。

こうして思考は堂々巡りし、結局俺は、無意識に強く惹かれあうこの大切なふたりを見守りながら、苦い想いを飲み下すほかなかったのだ。

そんななかで――「運命の紋章」が、ふたりに発現した。

この話を殿下から聞かされたとき、俺は硬直した。そしてふたつの感情が一気に込み上げてきた。

やはり、そうだ！　俺の勘に狂いはなかった！　このふたりは結ばれるべき、「運命の相手」同士だったのだ!!　喜びと高揚感の混ざったようなその感情が、俺の中に激しく巻き起こった。

しかしそれとほぼ同時に、なんとも言えぬ絶望感を抱いた。

国王陛下との謁見も済ませたというのに、リアンは「事実を隠した」。つまりそれが、彼女の選んだ答えということ。――そんなの、あんまりだ。俺はリアンを騎士でいさせてやりたいと思っているが、同時に殿下にも幸せになってほしい。その美しき初恋を、どうにか実らせてあげたかった。

もしこの恋が一過性のものなら、時が解決するだろうと思っていた。だがこれはそういう類の、一時の熱病などではなかった。ふたりは神からの祝福を受けた、「運命の相手」だったのだから。

つまりヴィンフリート殿下はリアン以上に結ばれて幸福になれる相手はいないとわかったのに
(それは彼女自身も同じだというのに)、リアンはそれを完全に無視するつもりなのか……!?

リアンが騎士であり続けたい気持ちは痛いほどわかる。彼女がどんな覚悟でこの道を選び、そのためにどんな犠牲を払ったか、彼女自身のほかに俺ほどそれを理解するものはいない。

それに彼女も言ったように、俺たちが殿下を騙しているという事実にかわりはないから、殿下に事実を告げれば、俺たちふたりから裏切られたと感じるはずだ。

――だが、だからといってこのまま嘘を塗り重ねるべきではない。そのせいで殿下が国王陛下に男色家などと誤解されている現状も含め、このままにしておいてよいはずがないのだ。

だが結局なんの決断もできないまま、お妃様選びのための舞踏会の日を迎えてしまった。そこには女性の姿のリアンも参加することになっていた。今回の舞踏会は開催目的が目的だけに、上位貴族で結婚適齢期の未婚令嬢には全員参加義務があり、リアンもそれに該当したからだ。

リアンは自分も該当者であることを完全に忘れていたようで随分慌てていたが、普段はすっぴんだから(それであの顔は反則だが)、化粧をして双子の姉だと言えば十分誤魔化せるはずだ。まあ俺としては、いっそここでバレてしまえばいいのにというのが本音だったが……。

しかし、事態は思わぬほうに向かった。舞踏会当日、殿下と少しでもお近づきになりたい多くの令嬢たちが群がるなか、殿下が一瞬立ち眩みを起こした。周囲は気づかなかったが、心配になって声をかけると、「僅かに胸が苦しいので、水をもらえるか?」とのことだったので、一瞬だけ殿下のもとを離れたのだ。それはほんの一、二分だったが、戻ると殿下の姿はなかった。

その場に残された令嬢たちに殿下はどこかと尋ねると、突然血相を変えてホールを出て行ったという。護衛騎士である俺に何も言わず移動するなど普段の殿下ならありえないので、何事かと心底不安になりすぐホールを出ると、何やら庭のほうが騒がしい。夜の王宮庭園に相応しくない水音が、バシャバシャと聞こえるのだ。

そして音のするほうへ急ぎ向かった俺が目にしたのは全身びしょ濡れの三人の男女だった。ひとりは咳(せ)き込(こ)みながら別の令嬢ふたりに介抱されていた。しかし俺の目はあとのふたり――その、俺があまりにもよく知るふたりの「ある光景」を前にして、大きく見開かれた。

横たわる長い銀髪の女性に口づけ――いや、人工呼吸を行う、びしょ濡れの男性。間違いなく、リアンとヴィンフリート殿下だった。何がどうなってこんな短時間にこのような事態に陥ったのか。俺の脳内は、すっかり混乱状態である。

その後、リアンの友人であるリタ嬢から殿下に簡単な状況説明がなされ、殿下からの指示で俺は溺れていたご令嬢とその姉君、そしてリタ嬢を連れて、医務室に向かうことになった。

だが、追ってすぐ医務室に来るだろうと思っていた殿下とリアンが、なかなか来ない。もしや、水に濡れたことでメイクが落ちて正体がバレたかなどと、不安と期待の入り混じった複雑な感情を抱きながら、回復したイルマ嬢やリタ嬢とともに先にホールへと戻ることになった。

それからふたりがホールに戻るまで気が気でなかったが、やっと現れた殿下が輝くような笑みを浮かべていたので、俺はまた困惑した。対照的に、リアンはすっかり困り果てた表情だったが。

その後、殿下は三回続けてリアンと踊り、舞踏会は終了。ようやく殿下が嬉しそうに戻ってきた。

「ハロルド！　やはり俺は男色家ではなかったぞ!!」

「は……？」

「一目で、恋をしたんだ！　彼女こそ、俺の運命の女性だ!!」

「殿下、まさかそのお相手は……」

「アヌーク嬢だ！　リアンの姉のな!!　彼女、本当に最高だよ！　そういえばお前は当然彼女とも親しいんだよな!?　あっ……もしかしてお前も彼女のことを好きだったりは……」

「はあ。殿下、リ……アンもアヌークも、俺にとっては実の弟妹のようなものですよ？」

「そ、そうか、そうだよな……よかった」

わかりやすく安堵する殿下の様子に、思わず吹き出した。俺とリアンの前では子どもっぽい姿も見せる殿下だが、ここまで年相応な青年らしさを感じたのは初めてだったかもしれない。

――しかしこの状況、あまりにも複雑ではないか？　殿下は無自覚だったが、これまでだって男としてのリアンに恋心を抱いていたのは間違いないのだ。

そこに女の姿のリアンがアヌーク嬢という別人として現れたことで、今度こそ殿下は「彼女」に恋したことを自覚したわけだが……これは、男だと思っているリアンに向けることが許されぬ想いを女性であるアヌーク嬢への想いに転嫁しているだけじゃないのか？　いや、もちろんその女性もまたリアンに他ならないのだから、別に問題ないのかもしれないが――。

……ダメだ、頭がこんがらがってきた。骨の髄まで騎士である俺に、こういう複雑な思考は合わないのかもしれない。それもこれも全部、リアンのやつが頑なに事実を隠すせいだ。いっそあいつのほうが殿下に夢中になってしまえば、全ての問題が解決するのに――。

と、ここで俺は初めて気づく。「お試し恋人期間」とやらの半年のうちに殿下が「アヌーク嬢」、つまりリアンを恋に落とせれば、彼女が自ら殿下に正体を明かすのではないか、ということに。

もちろん、あのリアンが騎士であることより恋心を優先することは考え難い。だが、「運命の紋章」を持つ「運命の相手」である殿下が、自分が想いを受け入れないことで苦悩する姿を目の当たりにすれば、彼女の決意も絶対揺らがないとは言いきれない！

……ああ、俺は酷い兄だな。自分でリアンに剣を教えておきながら、あの子がどんな形であれ、その道を諦めることを願うとは。

だがそれが挫折という形ではなく、より大切なものを得るため、自らの意志で別の道を選択するという形になるのであれば、彼女にとってもそれが一番よいのではないかと思ってしまう。

悩むのに向かないこの頭で悩みに悩んだ末、俺は殿下の恋を密かに応援することにした。これがあのふたりのためを想っての決断だとしても、リアンにはある種の裏切りに感じるかもしれない。

しかしこれもまた、俺のひとつの責任の取り方なのだ。

それが正しいか、間違っているかなど俺にはわからない。だがこの俺に唯一できるのは、最後にどのような結末を迎えるにせよ、俺にとって大切なあのふたりが心から笑える未来を願うこと――

それだけだ。

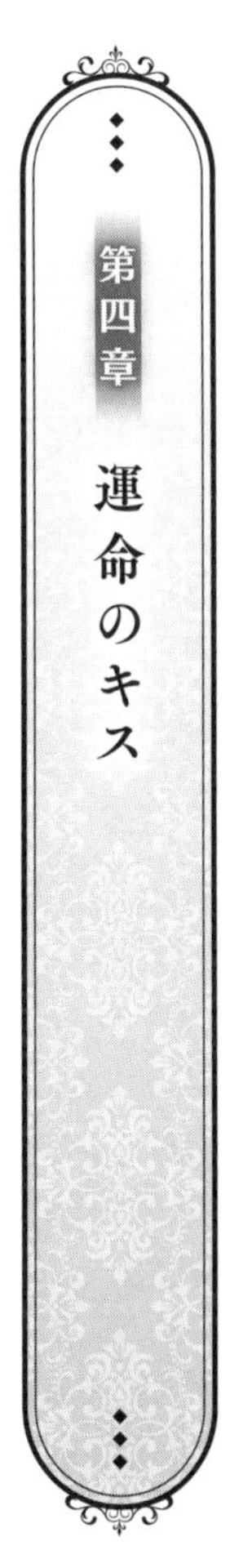

「リアン、今日も俺を癒してくれ！」

――誰か、このキラキラ笑顔の王子様をどうにかしてくれ。

「あと、今日は長めに頼む！　なんといってもデートだからな、万全の状態で臨みたい」

そんなに元気なんだから「癒し」なんて必要ないでしょうに。まあ殿下はこの「癒し」が大のお気に入りなので、今日がデートだろうがなかろうが、この新しい日課を飛ばすはずないんですけど。

魔法騎士のグローブをすっと外す。既に白い手袋を外して突き出している殿下の、紋章の浮かび上がった手のひらに私のそれをそっと重ねる。すると殿下はとても嬉しそうに微笑みながら、指を交互に重ねてぎゅっと握る。

さすがに毎日やっていると、気恥ずかしさは完全になくなった。だが、「意識」しないというのは別の話で、そっちのほうはなかなか難しい。いや別に、変な風に意識しているわけではない。ただ、手の大きさの違いも触れた感覚も、どうしたって「男女差」をはっきりと感じてしまうのだ。

殿下に女だとバレてしまうのではないか、という意味で意識してしまっているだけだと信じたい。

だが、自分の手が殿下の大きな手に包まれるときに、護られているような安心感を覚えてしまうのがすごく嫌だった。なぜなら、殿下をお護りするのは騎士である私の役目だから。

そんな葛藤があるにせよ、「癒し」は本当に気持ちいい。慣れたらそうでもなくなるかと思ったが、そんなことはなかった。それは、春風や夏の木陰が心地いいのが不変的であるのと似ている気がする……なーんて取りとめもないことを考えていると、殿下がじっと私を見つめていることに気づく。

「ええと、どうかなさいましたか？」

「……やはり、お前とアヌーク嬢は似過ぎだと思う」

内心ドキッとするが、あくまで平静を装いつつ答える。

「双子なのですから、当然です」

「だが、男女の双子だろ!?　男女の双子でお前と彼女ほどそっくりな双子は見たことがない！」

苦笑するしかない。が、なぜか殿下が静かにため息を吐いたので、どうしたのかと尋ねる。

「……いや、くだらないことを考えた」

「くだらないこと、ですか？」

「ああ。つまりその……実はお前も、本当なら女として生まれるはずだったんじゃないかな、とか」

「は!?」

「俺とお前は、『運命の相手』だろ？　もしや、本当は女として生まれるはずだったのに、なにかの手違いで男として生まれてきてしまったのではないかと……ふと、そう思っただけだ」

「何を馬鹿なことを」と、適当に受け流すべきだと思った。でも、そう言ったときの殿下の表情が妙に真剣だったせいで、私もなんとなくその言葉をただの冗談として流すことができなかった。

——そのせいだろうか、本来ならば口にすべきでないことを私は口にしてしまった。

「女なら、騎士にはなれませんからね」

「……えっ？」

「この国ではどんなに実力があろうと、女であるというだけで騎士にはなれません。剣を握ることすら、よくないこととされているんです。だから、私は男にならざるを得なかった」

「リアン……？」

「――ということかもしれませんね」

「へっ？」

「女として生まれる運命を持っていたのにどうしても剣の道に進みたかった私は、神様にお願いして男にしていただいたのかもしれないなと」

そう言って、私は笑った。まあ、実際の神様は私を男にはしてくれなかった上、こともあろうに「運命の紋章」を私に授けるなどという悪戯まで仕掛けてきたわけだけど。

「……確かに、そうだな。ああ……そうか。なんだか、恥ずかしいよ」

「えっ？」

思わず聞き返す。今の話の流れで、殿下が恥ずかしがるようなことは何ひとつなかったのに。

「俺は今まで、その可能性について考えたことがなかった」

私は困惑した。だってどこの誰が、自分の護衛騎士が女性に生まれるはずだったのに騎士になるために男性に生まれたかもしれない、などと考えてみる可能性があるというのだろうか。

しかしそのあとの殿下の言葉によって、私の胸は静かな感動に包まれた。

「俺はいずれこの国を治めねばならない身でありながら女性が騎士になれないこと、性別によって有能なものがその道を閉ざされるという事実に、ほとんど着目したことがなかったんだ」

「……殿下？」

「リアン、今のお前の言葉で、気づかされた。俺はこれまで、我が国は先進国の中でも特に進んだ国だと信じていた。識字率なども世界最高レベルだし、飢えによる死者などもほとんどいないからな。――だが、確かに多くの国で女騎士が存在するというのに、我が国ではお前の言った通り女性は剣を握ることすら許されない。そしてそれは、氷山の一角にすぎないのだ」

極めて深刻な表情で、殿下は続ける。

「思えば性別や身分など、本人の努力ではどうしようもないものであまりに多くのものが始めから規定されてしまっている。全てを平等にすることは難しいとしても、それを変えようとしなかったばかりか、そのことを自分が平然と無視していた事実に、大きな衝撃を受けている。俺はこの国の王太子であり、国の未来を誰よりも思っていなければならない人間だ。そのための努力も必死でしてきたつもりだった。だがまさか、こんな大事なことに少しも気づかぬ愚か者だったとはな」

「い、いや、そこまで殿下が思い詰められるようなことでは……」

「いいや、これは大きな問題だ。少し考えればおかしいと気づけたのに、俺はなんの疑問も感じず受け入れていた。そしてこれは、ひとつの象徴なのだ。こうして思考を停止し受け入れていることの中にこそ、重大な過ちが隠れているものだ。そのことにリアン、お前の言葉で気づかされたんだ」

――やっぱり殿下は、本当に真面目で誠実な方だな。そんな殿下のことを私は尊敬せずにはいられない。私は、殿下がご公務のとき以外にも、いつもこの国のことを考えているのを知っている。国民は殿下のことを清廉潔白な聖人君子のような方だと言うが、それは決して大袈裟な表現ではないのだ。こんなにすぐそばでお仕えする私やハロルドが誰よりそう感じているのだから、間違いない。
　今だって、私との会話のなかで自らの認識に疑問を抱き、自戒された。自分の過ち（というほどでもないのに）を即座に認め、反省し、「気づかせてくれてありがとう」と目下の者に感謝するなど、誰にでもできることではない。私が殿下の立場なら、彼の行いの何分の一も実現できるとは思えない。そんな殿下を尊敬しないなんて無理だし、彼の騎士であることを誇りに思わないはずがない。

「もしこの国が女性も騎士になれる国だったら、リアンは女性として生まれてきてくれたのかな」

「えっ……？」

　まるで独り言のように殿下が漏らした言葉に驚いて私が聞き返すと、殿下は重ねていた手のひらをパッと離し、彼自身も驚いた様子で自分の口元を手で覆った。

「殿下、今なんと……？」

「なんでもない、本当に……なんでもないんだ。忘れてくれ。その、そろそろ行こうか」

　私にそれ以上、尋ねられるはずがなかった。でも、最後のあの言葉は――。

なんとなく落ち着かない気持ちのまま、私は殿下を食堂にお連れした。ハロルドに引き継ぎを行うふりをして殿下のもとを離れると、今夜もハロルドが呼んでくれたアンカー家の馬車に乗り込み、そのままアンカー邸へと向かった。

　このデートも、既に五回目。なんとか正体はバレずに済んでいるが、アヌーク嬢が殿下から嫌われる気配は全くない。私も直接的に人として引かれる行為はしていない。いくら別人を演じているとはいえアヌーク嬢はリアンの双子なわけで、姉の姿でおかしな行動を取ることで今後一生殿下の騎士として付き合っていくだろう私の印象が悪くなるのは避けたかった。

それで私は控えめに、ちょっとお妃様には相応しくない女性感をアピールしまくった（つまり、思いっきり素の私で対応させていただいた）わけだが、それがどうにも上手くいかない――というかむしろ、逆効果だったのかもしれない。というのも殿下は、そういう私の行動をいちいち喜んで、どうやら最初のころよりも気に入られてしまった感があるのだ。

それにもうひとつ、非常に気になっていることがある。殿下はことあるごとに、アヌークである私に対し、「今の、すごくリアンみたいだ」と言って喜ばれるということ。

それ、どうなんだ殿下？　仮にも好きな女性に対し、「貴女の双子の弟に似てる」と伝えて相手が喜ぶと本気で思っているのだろうか。普通ならむしろ、ちょっとイラッとするんじゃ……？　まあ私の場合はアヌーク嬢もリアンも自分なので、バレてしまわないかドキッとするだけなのだが。

とはいえ、殿下はこの言葉で私を喜ばせようと思っているわけではないのだろう。ただ本当に、アヌーク嬢とリアンの共通点を見つけて素直に嬉しくなって、口に出してしまっているんだと思う。――いや、まあ、それはそれで問題だとは思うが。

そう、むしろ問題はこっちだ。実を言うと、さっきの別れ際の言葉も未だに気になっている。

『もしこの国が女性も騎士になれる国だったら、リアンは女性として生まれてきてくれたのかな』

まるで、「リアンが女性ならよかったのに」とでも聞こえるその言葉。それが意味することは――。

「アヌーク嬢！　今夜の貴女も、本当に美しい……!!」

輝く笑顔で現れた殿下に、複雑な心境のまま挨拶する。流石に五回目ともなるとそういう意味での緊張感は弱まったが、こういうときこそ襤褸が出るというから気を引き締めねば。

「ヴィンフリート殿下、今夜はどちらへ？」

「今夜は、少し特別な場所に貴女と行きたいと思っているんだ」

「特別な場所ですか？」

「ああ！　いつもより少しだけ帰る時間が遅くなるかもしれないが、大丈夫かな？」

私はこくりと小さく頷く。まあ、さっきの「癒し」のおかげで私は朝一番のような元気さである。いつもより多少長く殿下とご一緒したところで、明日の護衛任務にも特に影響はないだろう。

――そう思って軽い気持ちで承諾してしまったことを、私はあとで深く後悔することになる。

軽く夕食をとってから殿下に連れてこられたのは、なんとも意外な場所だった。

それは王都に住む人間なら毎日誰もが目にし、それでいてその中に入ることは一生に一度もないだろう場所。天文学を研究するために建てられた国で一番高い塔、シュテルネントゥルムである。本来は国家天文学者と呼ばれる人々しか入れない塔であり、別名、『天にもっとも近い場所』だ。

「今日は、この塔に入る許可を特別にもらっているんだ」

「えっ！　中に入れるのですか⁉」

思わず、瞳を輝かせてしまう。そんな私の反応を見て、殿下はとても嬉しそうに微笑んだ。

「先日、ふたりで星の話をしただろう？　その時に貴女がこの塔の一番上から天文学者たちが見る景色を一度見てみたいと言っていたから、連れてきてあげたかったんだ」

「そ、そんな……その時の思いつきで申し上げたようなことでしたのに……」

「でも、塔の一番上からの景色を見てみたかったのは本当だろう？」

「……ええ、その通りですわ」

「なら、いいじゃないか！　もともと俺はこの塔に自由に入る権利があるんだ。だから貴女を連れて入ることの許可を取るのも簡単だったよ。ってことで、遠慮せずに楽しんでくれ！」

会話の中でほんの少し話題に上っただけだったのに殿下がそれを覚えていてくれて、それをこんな風にわざわざ叶えてくれたのだと思ったら、なんだかとても嬉しい。

それにシュテルネントゥルムには本当にずっと上ってみたかったのだ。というのも、私が幼い頃よくハロルドに読み聞かせてもらった大好きな神話集があるのだが、その編者が国家天文学者で（神話と星はとても関係が深く、天文学者たちは同時に神話研究者であることも多い）、その本のあとがきにシュテルネントゥルムの最上部から眺める星空の素晴らしさが記されており、もし叶うなら一度その光景を見てみたいと、幼心にそう思ったのだ。

しかしまさか、こんな形でこの国の王太子殿下に叶えていただけることになろうとは夢にも思わなかった。本当に、人生って何があるかわからないものだ。

塔の入り口に案内人が待っており、その人が塔の中を案内してくれるという。天文学を研究するための塔ということで、入るとすぐにたくさんの天文機器が並んでいるのが見えた。

「まあ……！　これがあの有名な、世界最大のアストロラーベですね!?」

「その通りでございます！　塔の目玉のひとつであり、この国、いえ、世界の宝と言えるものです！」

案内人である長い白髪にこれまた長く白い口髭を蓄えた天文学者は、とても誇らしげに語る。

黄金色に美しく輝く巨大なそれは天文学の研究に使われるほか、占星術的な用途もあるため精緻な彫刻が施されている上、至るところに宝石や水晶が埋め込まれており、ひとつの工芸作品としても実に素晴らしい出来栄えだ。

「そしてこれが世界最古の天球儀で、隣が最新式の天球儀です。この最新のものには、魔力を込めることでこのように光を放ち、星の動きを本物の星空を観察するように確認できます」

次から次へと見せられる素晴らしい天文機器類にすっかり夢中になっていたが、「アヌーク嬢は本当に天文学が好きなんだな？」と殿下に嬉しそうに声をかけられて、はっと我に返った。

「はい、確かに天文学には興味がございますわ！　といっても、特に詳しいというわけではないのですが。幼い頃に好きだった神話の物語集があり、それで星に少し興味を」

「神話の？」

「ええ。美しい挿絵付きで『建国神話』などが収録されている本で、編者が国家天文学者でした。神話と星は、切っても切れない関係がございますでしょう？」

「アヌーク嬢は、神話が好きなのか？」

「そうですね……特に信仰心が強いわけではないのですが、ひとつの文化や物語として好きです。ロマンティックで、素敵なお話も多いですし」

「ああ……うん、確かにそうだな」

ふと、殿下が一瞬切なげな表情を浮かべたが、それ以上何も言わなかった。不思議に思ったが、そのあと私はまた他のものに気を取られてしまい、そのことはすぐに忘れてしまった。

いよいよ塔の最上部へと上がっていく。階段もあるが到底上れる高さではないので別にリフトも設置されており、それで一気に最上部まで行けるとのこと。

なお、最上スペースは安全性の問題で一度に入れるのが二名までらしく、さすがに殿下が危険に晒されることはないだろうと、殿下の護衛として少し離れてついていたハロルドは案内人とともにそのまま下で待つことになった（まあ、実際には殿下の専属護衛騎士である私がちゃーんと一緒なんですけどね！）。

リフトに乗り込むと、驚くほどの速さで塔の天辺へと上がっていく。リフトの中から外の景色は見えないが、身体にかかる重力で高度が変わるのをはっきりと感じて、初めての体験にこれまたすっかり興奮してしまった。

と、速度が少しずつ遅くなり、ゆっくりとリフトが止まる。すると、リフトのドアのロックが自動的に解除された。それで殿下がドアを開けると……私たちは思わず、感嘆の声を上げた。頭上の大きなガラス越しに、満天の星空が広がっていたからだ。

トラオベン州にある我が故郷ゼーバルト伯爵領は王都からそれほど離れているわけではないが、田舎なので星も王都よりよく見えた。でも、この星空とは到底比べ物にならない……！

漆黒の天蓋に無数の宝石をちりばめたような眩い光景に、そのまま沈黙してしばらくのあいだ見入ってしまう。真ん中に流れる乳白色の大河、いわゆる銀河と呼ばれるそれが天を大きく二分していて、目が慣れてくるとそれすらも無数の星たちの集合であることに気づく。

その無数の星々は、初めはどれも同じような眩い光の粒子だったが、さらに目が慣れてくると、そのひとつひとつが大きさも色も光度も全く違うということを私たちに思い出させた。

それからしばらく、私も殿下も言葉を交わすこともなくそのあまりに壮大で美しい光景を見つめていたが、不意に手と手がぶつかり、はっとお互いを見て、互いの驚いた顔に思わず吹き出した。

その後、「座ろうか」と殿下が言ったので、私たちはそこにあった二人掛け椅子に腰掛けた。

「……気に入った？」

「素晴らしいです、本当に。想像していた何倍も、何十倍も美しくて、言葉も出ませんでした」

「よかった」

「……殿下は？」

「俺も同じだ。貴女といると、新しいことばかりを知るよ。そしてそのどれもが、とても素敵だ」

「あら、おかしなことを仰るのですね？　ここに私を連れてきてくださり、こんな素晴らしい光景を見せてくださったのは、殿下ではございませんか」

「いや……実を言うと、今日ここに貴女と来たいと思うまでこの塔に上ろうと考えたことは一度もなかったんだ。だから俺がここに自由に上がれるということも、恥ずかしながら全く知らなかった。貴女が来たいと言ってくれなかったら、俺はこんな素晴らしい景色を見ることは一生なかったかもしれない。だから、やはり貴女のおかげだ」

　とても嬉しそうに笑う殿下を見て、また胸がきゅうっとなる。どうして殿下はこんなことばかり仰るのか。このままじゃ、私――。よくない考えに支配されそうになった頭をぶんぶんと軽く振る。

「ところで、急におかしなことを聞くが、もしや貴女もリアンのように剣の道に進みたかったのではないか？」

　あまりにも唐突なその質問に、私は硬直した。

「いや、ちょうど今日、リアンが話していたことでふと思ったんだ。ゼーバルト家は騎士家系だ。それに、あのハロルドが兄のような存在だったんだろう？　それなら貴女も剣に関心を抱いたのではないかと……実はリアンとこの話をしたとき、妙に悲しそうだった。それで、もしかしたら双子の姉である貴女がそれで悩んだことがあるのではないかと思った。見当違いかもしれないが」

「……ええ、その通りですわ」

思わず、正直にそう答えてしまった。

「やはり、そうなのか」

「はい、何度も思いました。どうして私は、男に生まれることができなかったのだろうと。それに、私よりはるかに弱い男の剣士が次々と騎士になるのを見て、憤り(いきどお)も覚えました。もし男に生まれていたら、私はきっと誰よりも強い魔法騎士なれたのにと」

「リアンよりも？」

「……ええ、もし私が本当に男性だったら、間違いなくリアンよりも強い騎士でしたわ」

そう言って笑う私を見て、殿下は悲しそうに笑った。

「そうか……うん、そうだな。きっと貴女が男なら、最高の騎士になっただろう。だが、こんなことを言ったら酷(ひど)いのかもしれないが、俺は貴女が女性として生まれてきてくれて、本当に嬉しいよ」

「えっ？」

「貴女が女性でなかったら、俺は結婚を申し込むこともできなかっただろ？」

殿下は、とても優しく微笑んだ。

きっと殿下は、女性に生まれたがゆえに騎士になれなかった私を励ましたいと思ったのだろう。

私がまだ結婚を拒んではいても、殿下を嫌っている訳ではないことはとうに気づいているだろうし。

もし私がお妃様候補のアヌーク嬢なら、殿下のこの言葉に大いに励まされたはずだ。こんな素敵な方にそんなふうに言ってもらえるなら、女として生まれてきてよかったかもしれないと思えたことだろう。この私でさえ一瞬、そう感じそうになった。

　でも私はリアンで、殿下がこの言葉に無意識に込めた「もうひとつの意味」に気づいてしまった。殿下自身もまだはっきりと気づいていないか、あるいは気づかぬふりをしている、その意味に。

『もしこの国が女性も騎士になれる国だったら、リアンは女性として生まれてきてくれたのかな』

　今日、殿下がリアンに対して言ったあの言葉を聞いたあとだからこそ、その優しい励ましの言葉の裏に透けて見えた「もうひとつの意味」に、深い罪悪感を覚えずにはいられない。

　にもかかわらず、どうして私は、少し嬉しいのだろう？

　――ああ、本当はわかっている。でもこれは、決して私が抱くべき感情ではない。

「本当に、美しい星空だな。今は夜でも街灯などで明るいから、こんなに美しい星空を見る機会は少ない。だが、古代の人々はこの壮大な光景を毎晩のように仰ぎ見たのだろうな。そんな古代の人々が、星空の中に無数の物語を見出した気持ちが、今ならよくわかるよ。それに、神に対して強い畏敬の念を抱いた気持ちも」

　私は小さく頷いた。このあまりにも美しく荘厳な天空を前にして、それはごく自然な感覚であると思った。胸は深い感動に震え、目頭が熱くなった。時が止まるような、それでいて太古から今に至るまでの悠久の時の流れを全て受け止めるような、そんな気がして。

「あの小さい星ですら太陽のような恒星で、その恒星の周りをたくさんの惑星や衛星なんかが回ってるんだな。そしてその集合体が銀河で、その銀河さえ、この宇宙には無数にあって……俺たちは、その星のひとつですらなくて、小さな惑星の上に住んでいる一個の生命体でしかないんだ。そう思うと、己をものすごくちっぽけな存在に感じてしまう」

「ええ、そうですね。そう思ったら、なんだか自分の悩みなどとても小さなことのように感じます」

「悩み……確かにそうだ。このあまりにも大きな宇宙のなかで、俺たちが抱く悩みなど、取るに足りないものなのかもな。そう思ったら、なんだか気が楽になる。——不思議だ、自分がちっぽけな存在であると理解したら、逆にものすごく気が大きくなってしまったようだ」

「ふふっ！　とてもよくわかります」

私たちはふたりで笑いあった。とても安らかな気持ちで、今は王太子殿下とお妃様候補でもなければ、主人とその騎士でもなく、ただのヴィンフリートとリアンになれた気がした。

それからふと目と目が合い、殿下の手がそっと私の頬に添えられて……気づいたら、まるで磁石で引きつけられるように私たちは口づけ合っていた。やわらかくて、温かくて、優しくて、そして……これ以上ないほど、甘い。

はじめはただ、唇が触れ合うだけ。でもそれは自然と、より深いものへと変わっていった。

そっと身体を抱き寄せられても、私は少しも抵抗しなかった。まるでごく当たり前のように彼に身を委ね、口内に侵入してきた温かいそれさえ、私は最初から拒まなかった。

全く、初めての感覚。無数の星々だけが音もなく瞬く静謐のなか、私たちは互いを強く求め合うようにキスをした。頭はくらくらするし身体はぞくぞくと震えるのに、なんだかぽかぽか温かくて、これ以上ないほどの完全な安らぎを感じる。

このまま、全てをこの人に委ねてしまいたい。そうしてふたりでひとつになれたらどんなに素敵だろう？　頭の中にそんな考えが浮かび、そしてその感覚がどんどん強くなっていく。

互いの手のひらを無意識に合わせる。ああ、邪魔だ。この布がすごく邪魔。だって、わかるもの。

手袋を外してキスをしながら彼の右手のそれと重ね合わせたら、もっと気持ちよくて、幸せな気持ちになれるって。そしてそのまま身体に纏っているものも全て脱ぎ捨てて彼と肌を合わせ、本当にひとつになれたらどんなに――。

殿下の手が私の腰をそっと撫で、快感が全身を駆け抜ける。それでふっと腰が砕けたようになり、完全に身体を任せるような形になったとき、手袋がズレて危うく外れそうになった。

――ダメだ、「紋章」を見られてしまう！　はっと覚醒した私は、どんっと殿下を突き飛ばした。それで殿下も我に返ったようだった。

私も、私に突き飛ばされた殿下も、頬を紅潮させて息が上がったまま、しばらく固まっていた。そしてようやく現状を把握できたところで、殿下が小さく叫んだ。

「す……すまない！　俺はなんということを――！」

殿下は自分の想定外の行動にすっかり取り乱している。だがさっきのキスは殿下が無理やりしたわけではない。目が合い、お互いが惹きつけられるように、どちらからともなく口づけ合ったのだ。つまり、殿下が私に謝罪する理由はない。問題なのは――むしろ私だ。なぜなら私はこの口づけが私には二重の意味で許されないものだと、わかっていたのだから。

私は、殿下の想いを受け入れられないとして、プロポーズをお断りしている身。それなのにあんな風にキスを受け入れてしまったばかりか、はっきりと自分からも彼を求めてしまった。

婚約もしていない身で殿方からのキスを受け入れるのはもちろん、あんな――舌を絡め合うような艶めかしいキスに応えるなど、貴族の令嬢として絶対にあってはならないこと。

だがそれ以上に――私は殿下と、絶対にキスをしてはいけなかったのに……！

国王陛下(へいか)から、「運命の相手」である私たちの間での粘膜(ねんまく)接触や体液の交換を伴う行為は厳禁だと言われた。そしてそれには、キスも含まれていたのだ。

前回、つまりあの人工呼吸(ファーストキス)はあくまで不慮(ふりょ)の事故であったし、唇は接触させたものの、呼気は別として唾液(だえき)、つまり体液の交換はほとんどなかった。

しかし今回は違った。あれはまるで魔法で惹きつけられたかのようで、初めてにもかかわらず自然と舌を絡め合い、互いの唾液を混ぜて飲み下した。その感覚があまりにも甘美(かんび)で、何度も何度もそれを繰り返してしまった。

身体の調子が、とてもいいのがわかる。これはあの紋章同士を合わせる「癒し」の効果以上だ。でもそれだけではないある感覚、通常の「癒し」のときには感じなかったあるはっきりとした感覚が、身体に残っている。

——これは、渇望(かつぼう)だ。まだ、足りない。もっと、欲しい。これは手のひらの紋章を合わせるあの「癒し」では、それほど感じなかった感覚だった。

今だって、そうだ。このままではいけないとなけなしの理性で彼から身体を引き離したはいいが、こうして殿下を見ているだけで身体が熱くなり、強い飢(う)えを感じて、再びこの身を委ねたくなる。

このままここにふたりでいてはいけない——！　強い危機感を覚えて、私は後退(あとずさ)りした。

「アヌーク嬢……本当に申し訳なかった！　あんなこと、決してすべきでなかったのに！」

「……ごめんなさい、殿下。今夜はもう——」

「あ、ああ、そうしよう。本当に……すまなかった」

——殿下の責任ではない。にもかかわらず、私は何も言えなかった。その後、私たちは無言で下

に降りて、別れ際に殿下は再び私に謝罪した。だから私はここでようやく「私がいけないのです。ですから先程のことは、お互いにもう忘れましょう」とだけ、彼に言うことができた。

ただ、私の言葉に殿下はとても悲しそうな顔をしたので、何とも言えぬ居心地の悪さを感じて、私は逃げるように去った。ハロルドはそんな私たちの様子を心配そうな表情で見つめていた。


その夜は結局一睡（いっすい）もできなかった。とはいえ、例の「癒し（キス）」のお陰で驚くほど体調はいい。

それにしても昨夜は、なんという一夜だったのだろう。幼い頃からの憧れだったあの塔の上からの景色を見ながら、実のところ私は「お試し恋人期間」も悪くないなどと呑気（のんき）に思っていたのだ。

それどころか私は、あの感動的な光景をほかでもない殿下と一緒に見られたことを心から嬉しいと思っていた。あの素晴らしい星空の下で殿下とふたり語り合ったひとときは、一生の思い出に残るだろう、最高の時間だったから。

――その感動が、その特別な昂揚感（こうようかん）が、私にあのような過ちを犯させたのだろうか。

あんなキス、絶対にすべきでなかったのに。ああ、私にとって何よりも恐ろしいのは、あのキスの味を、私自身がはっきりと覚えてしまったこと。

あのキスを思い出すと、それだけでうっとりしてしまう。あまりに心地よく、あまりに甘美で、危うく私は自分の全てを殿下に奪ってほしいとさえ、本気で思ったのだ。

もしあのとき、本能の赴（おもむ）くままにキスを続けていたら、私たちは越えてはならない一線をも越えていたかもしれない。あのとき、私のなけなしの理性が殿下の身体を突き飛ばさなければ、もしかすると私たちはあのまま……。

ぶんぶんと首を振る。それでもあのときのことを思い出すと、なんともいえぬ疼きのようなものを感じてしまう。これが、国王陛下の言っていたことなのだろう。だからこそ性交だけでなく、接吻も私たちに禁じたのだ。

幸い、殿下は昨夜のキスの相手を私ではなく、アヌーク嬢だと思っている。つまり私と同じように禁断症状のようなものが出ていたとして、私に反応してしまうようなことは——。

という私の考えは、どうやら甘かったようで。

「で、殿下!! いったいなにを——!?」

「わ、わからない……! だが、どうしても耐えられない——この衝動を抑えられないんだ……!リアン、なんとかして俺のもとから逃げろ!! 魔法を使っても構わないから!」

「そんなこと仰られても無理です! 私は殿下の専属護衛騎士になった際に、殿下に誓約を!」

「くっ……そうだった……!」

誓約というのは「魔法誓約」のことで、王族の専属護衛騎士になる際にその騎士が必ず行うもの。

この国では基本的に魔法騎士が専属護衛騎士になるが、専属護衛騎士になるほどの実力を持った魔法騎士なら超高度な魔法も使えるわけで、王族を害そうと思えば誰よりも容易にそれが可能だ。そのため専属護衛騎士に任命される者は任命時にその護衛対象に対する「魔法誓約」を行い、護衛対象への攻撃魔法はいかなる場合にも発動できないようになる。

もちろん私も殿下にこの「魔法誓約」を行ったので、殿下をお護りするための防御魔法の使用はともかく、攻撃魔法はいかに小さなものであっても殿下に使用することができない。

――つまり、今のように殿下にベッドの上で組み敷かれている状況にあっても、私は己の最大の武器である魔法が使えないわけで、国で一、二を争う最強の騎士でありながら、殿下に対しては非力な女の力しか発揮できない。結果、自分の上に覆い被さってきた殿下を本気で押し退けようとしても全く歯が立たないという、護衛騎士としては残念すぎる状況なわけで……。

と、不意に殿下が私の首筋に顔を埋めた。

「やっ……何を――！」

くすぐったさとも少し違う、背筋がぞくんとするおかしな感覚に、驚く。

「すまない……！　いろいろ抑え込んでいて、これが精一杯なんだ！　少しの間だけ、このままでいさせてくれ……」

「そ……そんな……」

殿下の切羽詰まったような表情と声がやけに色っぽくて困るのだが、それにしたってこの状況、万が一にも誰かに見られたらヤバすぎないか!?

――いやまあ、王太子殿下の寝室に無断で入ってくる者はいない。危険を察知し殿下の部屋に飛び込む可能性があるのはほかでもない私とハロルドくらいだが、ハロルドはこの時間は勤務時間外。

つまりこの状況を誰かに見られる心配はないが、逆に言えばこのまま殿下の理性が飛んで本気で私を襲ってきても、私を助けてくれる人はいないということで……うん、どっちにしろヤバいな。

「殿……下？」

「……ごめん、その……本当に申し訳ない。実は昨夜の姉君とのデートでいろいろやらかして……それも謝罪すべきなんだが、昨夜からいろいろ限界で……」

「限界……」

「お前も男なんだから、その、わかるだろ？　ずっと——必死で耐えてたんだ。俺、正直これまであういう感覚になったことがなくて……いや、正確には全くなかったわけじゃないんだが、あそこまで強烈なのは初めてで……！」

いやいや、いったい何の話ですか!?

「そのせいで、彼女と別れてからもずっと眠れなくて、冷水も浴びたがダメで……それでもなんとか耐えていたんだが、お前が来て……その、お前の顔を見たら——」

「で、ですが、私は姉上ではなく、リアンなのですよ!?」

「もちろん頭ではわかっているが、身体が言うことを聞かないんだ！　それにその声と匂い（におい）が……」

「えっ」

「いくら双子とはいえ、性別が違うのに、どうしてお前と彼女はそんなに似ているんだ!?」

「なっ……またそれですか!?」

「だが、うっとりするようなあの声も、甘い匂いも全部一緒など——!!　俺はどうしたらいいんだよ!?　ああもうっ……好きな女性の双子の弟に襲いかかるなど、俺は変態なのか!?」

……はあ。本来なら超理性的な殿下がこんな状態なのは、間違いなく昨夜の「キス」のせいだ。

どうりで国王陛下は接吻も禁じられたわけだと、改めて納得する。

だが可哀相（かわいそう）なのは殿下だ。私は昨夜私たちがおかしくなったのも、殿下が私（リアン）に襲いかかっちゃっているのも昨夜のキス、つまり「運命の相手」との体液交換による作用だとわかっている。

でも殿下にしてみれば、昨夜の塔の上でのキスも、今のこの状況も原因が全くわからないわけで、本来理性的である分、自分のあまりに衝動的な行動に衝撃を受けているはずだ。

なんだか、ものすごい罪悪感を感じてしまう。——ふっ、ベッドに押し倒され、組み敷かれている女のほうが組み敷いてきた男性に罪悪感を感じるなど、実におかしな話だが。

「その、こうしていたら少しはマシなのですよね？」

「——ああ、かなり」

「わかりました。でしたら、気が済むまでそうしてくださって構いませんので……できるだけ早く正気を取り戻していただけると助かります」

「……感謝する」

とはいえ、この状況が長く続くのは困る。というのも殿下の……その、あそこが思いっきり当たっているのだ。いくらふたりとも服を着ているとはいえ、生娘の私にはなかなかキツい状況である。

「んっ——！」

変な声が出てしまった。と、殿下が首筋から顔を上げて私のほうを向き、顔をさらに赤く染めた。

「リアン……ちょっと、この状態でその声と表情はヤバいって……」

「そ、そんなこと仰られましても……！」

いや、これ、恥ずかしすぎるな!?　でも仕方ないじゃないか……私だって昨夜のアレのせいで、ずっと身体が変だったのだ。それをなんとか理性で抑え込んでいたのに、こんな風に殿下に組み敷かれ、あそこがちょうど私のあのあたりに当たっているんですよ!?

「リアン……本当にごめん。一刻も早くお前を解放すべきなんだが、こうして抑え込んでいないと、今の俺は何をしでかすか自分でもわからなくて……だから、あともう少しだけ耐えてくれ」

切羽詰まった艶やかな声が、耳元でそう囁く。それだけで、私の思考はとろけそうになった。

――これ、本当にマシになってるのか？　少なくとも私のほうは、最初よりも身体が熱くなっているのですが⁇　お腹の奥あたりもきゅうってなって、明らかにおかしな気分なのですが⁉

そんな恐ろしい状況がしばらく続き、ようやく殿下が私を解放したのは十五分後だった。感覚的には十五分より遥かに長く感じたが……。

額に汗を滲ませつつ、なんとか私から離れた殿下は、何度か深呼吸をした。そして私にしばらく待つようにと告げてから、急いでお手洗いに行かれたわけで。

殿下がお手洗いで今何をしているのか――騎士団員として約一年間、男たちの馬鹿話をたくさん聞かされた私にはなんとなく察しがついたが（殿下のあれがあんな感じだったのもしっかり気づいちゃったわけだし）、私はそのことについて深く考えないように努めた。

しばらくして戻った殿下は、あからさまに意気消沈していた。先の失態を深く恥じているらしい。それが私の嘘のせいであるという事実を思うと、死ぬほど殿下に申し訳ない……のだが、私という人間は、なかなかに酷い性格をしていたらしい。そんな可哀相な殿下のしょんぼりする姿を見て、それが自分のせいで、殿下のせいではないと思えば思うほど、ある感情が込み上げて――爆発した。

「ぶっ……くっくっくっ……あははははははっ!!」

「リアン!?」

「も、もっ、申し訳ございません!!　ですがっ――あははははっ！　笑いがっ！　どうしようもなく笑いが込み上げてしまって……!!」

ダメだ、お腹が捩れて痛い。こんなことで殿下を笑うなど普通に不敬だし、そもそも今回のことは私に責任があるのにこんなふうに大笑いするなんて、自分でも本当に酷い奴だと思う。

でも今この瞬間は、とにかくおかしくて堪らなかった。ついさっきまで殿下に組み敷かれていて、なんとも言えぬ緊張を感じていたのもあるのだろう。その緊張感から解放されて気が抜け、そうしたら急にこの状況がどうにもおもしろくて堪らなくなったのだ。

笑いのとまらない私を見て初めはきょとんとしていた殿下だが、途中でこの爆笑の意味を理解したのだろう、笑いが伝染するかのように、間もなく殿下も私と一緒になって大笑いし始めた。

お陰で、さっきの微妙な空気は私たちの間から消え、身体に残っていたあの変な疼きもリセットされた。ああ、いつもの私たちに戻ったのだ。そのことが、私には妙に嬉しかった。

――ただ、そうして殿下と一緒に笑っているときに、私は彼の笑顔にこれまで感じたことのないほどの強い愛おしさをはっきりと感じてしまったわけで。

はあ……。気づかないふりを続けるつもりだったのに。でも、もう無理みたいだ。この感情は、もはや到底無視できない大きさにまで育ってしまったのだから。

にしてもまさか、こんなよくわからない状況で殿下への恋心を自覚することになろうとは。

ほら、少なくとも昨日の夜とかね？　もうちょっとロマンティックな場面を選ぼうよ、自分……。

さて、今日は他ふたりのお妃様候補とのお茶会の日だ。これもなんだかんだで既に五回目だが、このお茶会、もう完全に本来の目的から逸脱してしまっている。

というのもふたりとも殿下とアヌーク嬢をくっつける気満々のようで、殿下からはアヌーク嬢とのデートの話ばかりを聞きたがるうえ、無駄に的確なアドバイスまでして差し上げる始末……。

当の殿下はといえば、終始私にちょっかいをかけてくる。初回以降、私は結局毎回このお茶会に殿下の真横で参加させられているが、茶会の間中、殿下はとても嬉しそうに私に餌付けする。

正直、私が騎士でなくて女だったら（というか女だけど）バカップルにでも見えそうなレベルなのですっかり参っているが、殿下にその自覚は全くないらしい。

だから「ああ、男のふりしててよかった！」となるかと言えば——なるわけがない!!　むしろ、何なんだこの絵面!?　専属護衛騎士に餌付けして喜んでいる王太子殿下など、シュールすぎる!!　それを見守る令嬢ふたりにはなんとも異様な光景に映っているはずだし、個人的にも死ぬほど恥ずかしいのでどうにかやめてもらおうとしているが、どんなに言っても殿下はやめてくれない。

殿下は、いったいどういうつもりなのだろうか。なにより、あのふたりの眼差しが気にならないのか？　殿下が私にちょっかいをかけるたび不気味なほど嬉しそうに微笑む、ふたりの眼差しが。

特に、ヴェロニカ嬢だ。少し気位が高く見えるほどのクールビューティーな彼女だが、殿下が私に餌付けするときだけは、私への視線が妙に熱っぽく輝く。

最初はもしや私に好意を抱いてしまったのかと焦ったが、私個人に視線を向けるときにそんな熱量は微塵も感じないし、殿下に対しても同じだ。でもひとたび殿下が私にちょっかいをかけると、その瞳を爛々と輝かせるのである。

……これはもしや、そういうことか？　やはり、そういうことなのかっ!?

私にそういう嗜好はないのだが、リタはそういうお話や妄想が大好きなので、ときどき聞かされるのだ。曰く、美しい男がふたりいると、そういう妄想はごく自然と生じるものらしい——。

うーん……いろんな意味で……気まずい。気まずすぎる!!

とまあそんなわけで、アヌーク嬢としての殿下とのデートより正直遥かに厄介なのがこのお茶会なのだ。そうして今日もその厄介極まりないお茶会が始まってしまったわけだが……。

「では、昨夜はシュテルネントゥルムに!?」

「ああ、そうなんだ」

殿下はいつになく歯切れが悪い。普段ならとても嬉しそうに私とのデート報告をするので私としてはいたたまれないわけだが、今日のこれはこれでしっかり居心地が悪い。

(にしても、いくら全て事情を話しているとはいえお妃様候補、つまり、自分の妻になるかもしれない女性に別の女性の恋愛相談をするとか、本当にどうかと思いますよ、殿下？)

「ではアヌーク嬢はきっと、とてもお喜びになったでしょう!?」

「ああ、すごく喜んでくれた。そのときの彼女の笑顔が本当に愛らしくて……だがそのせいで舞い上がった俺は、大きな失敗をしてしまった」

「失敗……でございますか？」

「実は、彼女にキスをしてしまった」

「ぶはっ――!!」

思わず吹き出してしまった。いや殿下、お妃様候補たちの前で、そんなお話は流石に――！

「まあ！　やりましたわね、殿下っ！」

「シュテルネントゥルムの一番上でキスなんて、なんてロマンティックなの！」

……ウケはいいようだ。まあこのお茶会、本来の目的からは完全に逸脱してるからな。

「リアン、大丈夫か？　その、すまないな。本当はお前にも今朝報告するつもりだったんだが……」

「ははははは」

謝罪するにしても謝る相手が違うだろう殿下、というツッコミは、今は飲み込もう。

「ですが殿下、それのなにが失敗なのです？　アヌーク嬢がお怒りになったのですか？」

「いや、怒りはしなかったが……別れ際に、『さっきのことはお互い忘れましょう』と言われた」

「「あらまあ……」」

「いくらお試しの恋人期間とはいえ、本当の恋人でもない男に口づけをされれば、不快に思うのは当然だ。そんなの、本当はわかっていたんだ。だから、ずっと我慢していた。だが……少し自惚れていたのだろうな。最近は彼女もかなり心を許してくれているような気がしていて、それで調子に乗って思わずあんなことをしてしまったのだろう。だが彼女は、昨夜のキスを忘れたいと言った。なかったことにしたいと思うほど、彼女にとっては不愉快なことだったのだ。そう思うと、自分の身勝手さに本気で呆れるし、彼女には本当に申し訳ないことをしてしまったと――」

これはもはや、ガチなお悩み相談会だな。それにしても殿下、昨夜のキスをものすごく反省してくれてるようだが、昨日のあれで反省すべきは、どう考えても私のほうなのだ。「運命の相手」との体液交換は厳禁だとちゃんと知っていたのに、自分を抑えきれなかったのだから。

殿下に事実を告げるわけにはいかない。しかしこんなに落ち込んでいる殿下を前に知らん顔するのもなあ。――ううむ、ここはひとつ、殿下を励まして差し上げるか。

「殿下、姉上の性格からして、そのキスが本気で嫌だったのならその場で殿下を張り倒してますよ？　王太子だとかなんだとか、そういうことを気にするタイプじゃありませんし。そうされなかったということは、姉上は怒ってませんよ、きっと。だからご安心ください」

「……本当にそう思うか？」

不安いっぱいの仔犬みたいな顔しないでください。もっと慰めてあげたくなっちゃうでしょうが。

「その、私に姉上の気持ちはわかりませんが、『忘れましょう』というのは別に忘れたいほどキスが嫌だったのではなく、ただ雰囲気に飲まれてキスをしてしまったことに対し、姉自身も困惑していただけかもしれないでしょう？」

「双子の弟君であるリアン様が仰ると、ものすごく説得力がございますわ……！」

「まあこれは、あくまで可能性の話ですが」

「ああ、そうだよな。わかってる。希望的観測でものごとを見るべきじゃないし、自分に都合よく解釈すべきではない。――だがおかげで、少し前向きな気持ちになれたよ。ありがとう、リアン」

そう言って微笑んだ殿下だが、なぜか直後にぶっと吹き出すと、目の前にあったクッキーを私の口に押し込んだ。

「むぐっ――！　な、なんなんですか、急に！　ご褒美の餌付けですか!?」

「ははは！　いや、そうじゃなくて……なんかほら、調子狂うなって」

「……はい？」

「彼女と同じ顔のお前に恋愛相談して、お前に慰められてるのが、なんだか妙におもしろくてな？」

「あっ……ふふっ！　それは実に今更ですね！」

「まあな！」

ふたりでくすくすと笑うと、お妃様候補のふたりにまたあの奇妙な笑顔を向けられた。ううむ、あの表情の意味がなんとなくわかってしまったせいで、より一層気になるんですが……。

そんなこんなで完全に殿下の恋愛相談会と化したお茶会も終わり、そのまますぐに剣の手合わせを行って、またこの時間だ。

「さあリアン、今日も俺を――」

手袋を外しながら途中までそう言った殿下だが、なぜかそのまま口を噤んでしまった。

「……殿下？」

「あっ、いや……今日はよしておこう」

「えっ!?」

「ほら、今朝あんなことがあっただろ。――正直、あんな風になるなんて思いもしなかったんだ。父上に例の……衝動について伺ったとき、そうは言っても理性でなんとかなるだろうと思っていた。だが――今朝のあれで、自信がなくなった」

ああ、殿下はまだ気にしていたのか。確かに私も驚いたが、普段誰よりも理性的な殿下にとって、己が欲求を理性で制御することが難しいというのは、初めての経験だったのかもしれない。まして、今回欲情してしまった相手は男だ（と思ってる）し……。

そもそも男性は、女性よりそうした衝動が強いとか。そこに「運命の相手」という特殊な事情が加われば、国王陛下も仰ったように、本来なら理性では到底抗い難い衝動にかられていたはず。

女の私ですら、昨夜のキスの際には全てを忘れて殿下に身を委ねたいと思ったのだ。そんなことをすれば、騎士であり続けることもできなくなってしまっていただろうに。

しかし殿下は、昨夜も今朝もちゃんと理性で踏みとどまってくれた。それができたのは、殿下が特別に理性的な方だからだ。そんな殿下が己の自制心を疑い、弱気になる必要など全くないのに。

――はっ、そうか。これからは、私が気をつければいいのだ！　殿下に対して魔法が使えないのは変わらないけれど、私には「これ」があるのだから……!!

「殿下、あれくらいのことで弱気にならないでください！　今朝は不意打ちだったので逃げられませんでしたが、ほら、今なら問題ありません！　安心して、思う存分癒されてください!!」

私は右手を剣に添えると、グローブを外した左手を殿下の前に突き出した。

「なっ――!?　くっ……くくくっ！　お前なあ！　国で一、二を争う最強の騎士が剣に手をかけてる状態で、どうやって安心しろっていうんだよ!?　あはははは っ!!」

殿下はお腹を抱えて笑い出し、そうしてやっとこの状況の滑稽さに気づいた私も、殿下と一緒になって大笑いしてしまった。

「だが、確かに弱気になるなど、らしくなかったな！　ではリアン！　今日も俺を癒してくれ！」

それから手を合わせ、いつものように強く握られたけれど、今回は心配したような衝動に駆られることもなかった。

ただ……殿下にぎゅっと手を握られたとき、「癒し」をこれまでよりもさらに気持ちよく感じた。

それが殿下への恋心を自覚してしまったせいなのだろうと直感的に気づいたとき、妙に切ない、でも幸せな気持ちになってしまったことは、誰にも秘密だ。

第五章　運命の悪戯

ハプニングなどもあったわりに、私と殿下の関係は以前と変わらず、とても良好だ。それがあまりに心地よくて、私は現状をふと忘れそうになる——が、今夜はそうはいかない。なぜなら今夜は、あの夜ぶりにアヌーク嬢として殿下とデートだから……。

正直、考えることを避けていた。だってあの別れ際の気まずさと言ったら……。いくら少し期間が空いたからって——いや、期間が空いたからこそ、一層どんな顔で会えばよいかわからない。

「先程のことは、お互いにもう忘れましょう」と言って別れたんだから、完全になかったことにしてもいいだろうか……？　まあ、無理だろうな。はあ、アヌークとして殿下に会うのは憂鬱だな。

リアンと殿下の気まずい空気は、その日のうちに綺麗に解消されたというのに。

この違いはリアンとアヌーク嬢の、殿下との関係性の違いに起因する。リアンと殿下は既に二年以上の付き合いで、その間リアンは殿下の専属護衛騎士兼親友という、特別な関係にまでなった。

それに対してアヌーク嬢とは、あの舞踏会の日に思いもよらぬ形で出会い、殿下の一目惚れ(?)からのプロポーズと、それをお断りしてからの妥協の「お試しの恋人」状態。これだけでも特殊な関係だというのに、私は殿下に正体まで偽っているのだ。

……そりゃあ、壁を作って当然だ。で、こっちがその壁を利用し距離を詰めさせまいとしているのに、殿下のほうはこの距離をなんとか詰めようとしてくるので、やりにくくて仕方がない。

そんななか、あんなことがあったのだ。キスという想定外の事態で（人工呼吸を入れると二度目だが）一気に詰まりそうになった距離を「忘れてください」で大きく突き放したような形になった。

そのせいで、心的距離は前回までよりも遠くなっている――と思う。

それまでは頻繁にしていたのに、あの日以降、殿下はリアンにアヌーク嬢の話をほとんどしない。同じ顔をした双子の弟にあの話を振り辛いのか、単にあの件に触れたくないだけなのか……。

いずれにせよ距離を詰めたくない、そしてアヌーク嬢のことにできるだけ触れられたくない私としては、今のこの状況が続くことは決して悪いことではないはずだ。このまま約束の半年が過ぎれば、アヌーク嬢がやはりプロポーズを断ったところで、殿下も諦めがつくだろう。

まあ、私自身が殿下への恋心を自覚してしまったことは想定外だったが、私は恋愛感情ごときのために自分の夢を捨てられるような人間でもなければ、自分が騙し続けた相手に「惚れた弱みで許してほしい」などと恥も外聞もなく言える人間でもないのだ。

かと思えば、デートの打診はいつもと変わらぬ間隔で来た。あんなことがあったから少し間を空けるかと思ったのに。まあ、間を空けたら逆に気まずさが増すと思ったのかもしれないが。

――などと悶々と考えているうちに、今日もハロルドへの引き継ぎと護衛交代の時間。これまで通り、約束の時間までにアンカー邸に向かって準備をし、そのままアンカー邸で殿下を待つことになるはずだった……のだが今回、思わぬハプニングに見舞われた。

本来なら既に食堂にいるはずのハロルドがいない。いつもならここで私はハロルドと引き継ぎを行うと言って食堂を後にし、一秒も早くアンカー邸へ急ぐ。そうしないと、殿下がアヌークを迎えにくるまでに着替えやメイクアップをする時間が足りなくなるからだ。

それなのに、ハロルドがいない……だと!?　引き継ぎが行えない以上、交代ができない。つまり、私は殿下のそばを離れられない！　となると、このあとのデートのための準備もできない!!

ハロルドがいない理由を他の護衛騎士に確認すると、国王陛下と一緒に少し前に食堂を出たとのこと。陛下からのお呼びならハロルドに拒否権はないし、いつ戻るかも想像すらつかないわけで。

「父上もまだお戻りになられないし……仕方ない、一度俺の部屋に戻って彼を待とう」

「は、はい……」

そうは言ったものの、私は内心気が気でない。このまま準備ができなければどうすればいいのか。王太子殿下とのデートをドタキャンなんて、できるはずもないし――。

部屋で待てども、ハロルドは戻らない。にもかかわらず、約束の時間は刻一刻と近づいてくる。殿下と雑談しつつも、時計ばかり気になる。そのせいで「そんなに時間を気にして、俺よりお前のほうがこれからデートみたいだな？」と笑われ、そこからは時計も見られなかったわけで……。

と、ようやくノックの音がして安堵したのも束の間（といっても、既に時間的には間に合わないのだが）、声の主はハロルドではなく、王宮の連絡係だった。

「殿下と騎士ゼーバルトに、騎士アンカーより言伝がございます。『まだ陛下のもとで火急の件について、対応せねばなりません。そのため、今しばらくお待たせすることをお許しくださいませ』」

なっ――！　これ以上、まだ遅れる……!?　それは困る!!　専属護衛騎士が交代できない場合、ほかの騎士に任せるのではなく、もうひとりの騎士が勤務時間を延長して護衛を行わねばならない。

つまり、このまま約束の時間が来てしまえばハロルドの代わりに私（リアン）が私（アヌーク）を迎えに行くことに……！　そんなの、できるわけないのに!?

「『別件ですが、アンカー邸より連絡があり、本日アヌーク嬢は所用のためリタ・モンテスキュー伯爵令嬢とともに直接王宮にお越しになるそうです。ゼーバルト家の私的な用件で騎士ゼーバルトに話があるとのこと。そのためこの言伝を聞き次第、騎士ゼーバルトは殿下を食堂にお連れし、騎士ゼーバルト本人はすぐに王宮図書館入り口へ向かうように』――とのことです。また騎士アンカーはアヌーク嬢とのお約束の時間までには必ず戻ることも伝えるようにと承っております」

――つまりハロルドは、今から私がアンカー邸に向かっても準備が間に合わないことを察して、リタに連絡して私の着替えなどを持ってきてもらうことにしたのだろう。確かに移動時間を含まなければ、約束の時間までにはまだ十分な余裕がある。うん、それならきっと間に合う！　さすがハロルドだ！

ハロルドの機転によってこの窮地をなんとか逃れた私だが、そのせいで少し気が抜けてしまったのかもしれない。そしてこの気の緩みが、まさかあのような事態に繋がろうとは……。

「リアン！　ああ、よかった！　早くこっちへ！」

図書館の入り口で待っていたリタについていくと、ハロルドがアヌーク嬢の休憩室にと手配してくれたらしい王宮の一室に、アンカー邸でいつも私の着替えを手伝ってくれる侍女二名が既に待機していた。私は早くドレスに着替えようと、さらしを外したのだが――。

「……しまった。部屋に、今日殿下にお貸しするとお伝えした本を忘れてきちゃった」

「着替えてから行けば……」

「無理ね。私の部屋は王族の居住空間にあるから、アヌーク嬢では入れないわ。まあ、ここからそんなに遠くないし、制服を着直して一度部屋に戻るわね。時間もまだ十分あるし！」

「さらしは？　付け直さなくていいの？」

「護衛騎士の制服の生地は厚いから大丈夫！　直接触られたら気づかれちゃうかもだけど、そんなことしてくる人いないし」

「確かに見た目ではわかんないけど……でも貴女（あなた）わりと胸あるんだから、気をつけなさいよ？」

「ぱって行ってさっと帰ってくるだけだから、大丈夫、大丈夫！」

なーんて笑いながら答えて、一旦その部屋を後にしたわけだが。

「……イルマ嬢？」

「きゃっ！　ゼ……ゼーバルト様……」

ささっと部屋に戻り目的の本も取ってこられたのであとはリタのところに戻るだけだったのだが、草陰に誰（だれ）かが潜（ひそ）んでいるのに気づいてしまった。急いでいるとはいえ、護衛騎士である私が王宮内の不審者（ふしんしゃ）を見逃すわけにもいかず、剣に手をかけて近づくと――そこにはなんと、草むらにしゃがみ込んだイルマ嬢の姿があった、というわけだ。

「いったいどうなさったのですか？　今日は殿下とのお約束の日ではないはず。しかも護衛もつけずにこんなところにおひとりで……」

「その……実は、忍び込んだのです」

「は!?　王宮にですか!?　侯爵（こうしゃく）令嬢でありお妃（きさき）様候補でもある貴女が、なぜそんな馬鹿（ばか）な真似（まね）を！」

王宮は王族の住まう場所。たとえ上位貴族であろうとも、王太子殿下のお妃様候補であろうとも、王宮の中に入るときは毎回許可を得る必要がある。今日急遽来ることになったリタとアンカー家の侍女も、ハロルドが陛下から直接許可を得たようで、ちゃんと許可証を得ていた。

しかしイルマ嬢はそれを持っていないらしい。なぜ忍び込んだのかはさておき、万が一にも誰かに見つかればいくら侯爵令嬢でも罰されることになるというのに、なんという無茶を……。

「つい先程アンカー邸を訪問したのですが、貴方のお姉様は今リタ嬢と一緒に王宮にいらっしゃると伺ったのです。実は命を助けていただいたあの夜からずっと彼女に会って直接お礼を言いたいと思っていたのですが、何度アンカー邸をお訪ねしてもいつもご不在で……」

そういえばハロルドがそんなことを言ってたな。でも適当にアヌークは不在と答えるよう頼んだのだった。アヌーク嬢として彼女と会うことも考えたが、下手に襤褸を出してリアンだとバレるのが怖かった。何度か来て不在なら、彼女も諦めると思っていたのだが。

「それできっと、殿下をお慕いしているのに訳あってその想いを受け入れられない彼女が、同じお妃様候補となった私に会いたくないのだろうと思ったのです。だから、彼女に会って伝えたかったのですわ。貴女と殿下の美しい恋路を邪魔する気など、私にはほんの少しもございませんと！」

は……？　いや、なんという勝手な誤解を。お茶会の席での反応から薄々感づいていたが、どうやら彼女はかなりのロマンチストらしい。勝手に私と殿下のラブロマンスに大いなる夢を抱いてくれちゃっているようだ。

彼女にはしっかりお妃様候補として頑張ってもらいたいのでなんとしてもその誤解を解いておきたいが、もちろん今はそれどころじゃない。

「話はあとにして、ひとまずここを離れましょう。ここはわりと人通りが多いのです。護衛も付けずにいるところを王宮の衛兵に見つかれば、まず間違いなく声をかけられますよ。そうして許可証の提示を求められるはずです。まして、こんなところで蹲っていては……」

「そうですわよね……本当にごめんなさい。ただその、実は先程そこの花壇で躓き、足首を捻ってしまったのです。それで、動けなくなってしまって」

……なんとまあ。

「わかりました。私がお帰りの馬車までお連れします」

「ほ、本当に申し訳ございません!!」

魔法で補助すれば、こんな華奢なご令嬢ひとりくらい軽々と抱き上げられるだろう。そう思って、何も考えずに彼女を横抱きにしたわけだが。

「大丈夫ですか？　不具合がなければ、このまま移動しますが」

「は、はい！　お手数をおかけして——あ、あら……やわらか……い？」

「どうかなさいましたか？」

「ゼーバルト様……その、ちょっと失礼を」

「えっ？　——きゃあっ!?」

危うく美女を地面に放り投げそうになった。しかし、私は悪くない。悪いのは人の両胸をむにっと鷲掴みにしてきた、この破廉恥美女のほうだっ！

「まさか……ゼーバルト様って、女性？」

——ああ、そうだ、そうだった。すっかりうっかりしていたが、私は今、ノーさらしだった。

迂闊だった。制服の素材がしっかりしているから見た目ではわからないだろうと余裕ぶっこいてたが、触ればわかるとちゃんとわかっていたのに……どうして彼女を、お姫様抱っこなんて――!!

「……イルマ嬢、これは……その……大変発達した大胸筋で……」

「……ゼーバルト様、その言い訳はあまりに苦しくってよ」

くっ……これまでか。

私は無言のまま、彼女をリタたちのいる部屋へと連れて行ったのだった。

「リアンおかえ……えっ、イルマ嬢!?」

私にお姫様抱っこされているイルマ嬢を見て、リタは驚嘆（きようたん）の声を上げた。

「えっ!? い、いったいなぜ貴女が……!」

「実は、彼女が足を捻ってしまったらしくって……」

「だ、だからって、どうしてここに――!」

「バレちゃったの。彼女に……私が女だって」

「なっ――!?」

横抱きにしていた彼女を部屋の椅子に座らせると、侍女たちが彼女の捻挫（ねんざ）の応急処置を施してくれた。その間に私はバレた経緯と、もはや隠してはおけないということで、自分が男装して騎士になっている事情をイルマ嬢に説明する破目（はめ）になってしまった。

「信じられませんわ……では、騎士アンカーと並ぶこの国最強の騎士ゼーバルトは女性なの!?」

「イルマ嬢、貴女は私を軽蔑（けいべつ）なさいますか？ 女の身でありながら剣を握るなど、本来なら許されぬこと。そのうえ、性別を偽りこうして騎士としての公職に就（つ）くなど、あってはならないことです。ですが、恥を忍んでお願いします。私は、どうしても騎士として生きていきたいのです。ですからどうか、このことは他言しないでいただきたい――」

「リアン様！　素晴らしいですわ!!」

「……は？」

「だって、とてもかっこいいではありませんか！　女性でありながら、男性の騎士と対等どころかそれ以上の実力を示され、王太子殿下の専属護衛騎士にまでなるなんて！　今まで、女性が騎士になれないのは当然だと思っておりました。女性が騎士になったところで男性の騎士に敵うはずないからと。ですがそれは、ただの思い込みに過ぎなかったのね！　確かに魔力なら男性より強い女性はたくさんおりますもの！　そんな女性たちが剣技を身につければ、リアン様ほどではなくとも、男性騎士よりも強い魔法騎士になれる可能性は決して少なくないはずだわ！」

　イルマ嬢は、普段の穏やかな雰囲気からは想像もできないほど興奮している様子だ。

「ではつまり、リアン様があの舞踏会の夜に溺れる私を助けてくださったのですね！」

「ずっと騙すようなことになってしまい、申し訳ありませんでした」

「そんなことはいいのです！　私はあのとき、死を覚悟しました。そして、多くのことを後悔した。私はずっと気が弱く、姉にどんな理不尽なことを言われても、言い返すことができなかった。それが我が家の醜聞に繋がっているとわかっていたのに、どうすることもできなかった」

　過去を振り返る彼女の表情は、とても悲しげだ。だが次の瞬間、その瞳が力強く輝いた。

「死を覚悟して思ったのです。もし人生をやり直せるなら、正しいことを行い間違いを正せる、強い人間になるのだと。これからはもう姉の顔色を窺って生きたりはしません。姉が間違ったことをすれば、勇気を出して正していくつもりです。姉もあの夜のことが堪えたようで、今はほとんどなにも私に言ってきません。でもまた以前のように理不尽なことを言われても、もう怖くはないのです。貴女に救っていただいた命で、私は生まれ変わることを決意したのですから！」

目の前の美女のきらきらと輝く笑顔に圧倒されつつ、彼女がこの件を他に漏らすとはないだろうとわかり、ほっと胸を撫で下ろした。

「その……リアン？　こんなときに言うのはなんだけど、このハプニングの結果、相当時間が押しちゃってるのよね……」

「えっ!?　あっ、すっかり忘れてた……!!」

「そういえば、いったい今はこちらでなにを？」

「実は、これからアヌークにならなきゃいけないんです！　つまり女装――いや、私は女なので男装を解くというべきなのかもしれませんけれど、なんにせよドレスに着替えなければならなくて……！」

「つまり、これからリアン様は殿下とのデートに行くのですね!!」

「や、その……あくまで殿下とデートに行くのは『アヌーク嬢』なんですけど……」

「あら、でもアヌーク嬢はリアン様なのでしょう？　なら、一緒じゃありませんか」

「まあ……そうなんですけど」

イルマ嬢はくすっと笑った。くっ……照れていると勘違いされてしまったようだ。でもアヌークのとき、私はあくまで自分とは別人のつもりなのだ。だからリアンと殿下のデートなんて言われると妙にむず痒いというか――まあ、結局は一緒なんだけれども。

着替えながら、私たちは改めて自己紹介をし合い、イルマ嬢は今後は私の友人として、私の嘘に協力してくれることになった。

「こんな形で巻き込んでしまって申し訳ないけれど……」

「いいえ、嬉しいわ！　憧れの方とこんな風にお友だちになれるなんて！　私、なんでもするわ！

貴女が騎士としても殿下のお妃様としても輝くことのできる未来のために――」

「ちょ、ちょっと待って！　イルマ、私はお妃様になるつもりなんか、少しもないわよ!?」

「えっ、どうして!?」

　信じられないという表情で私を見つめるイルマ。

「言ったでしょう、私は殿下の専属護衛騎士であり続けたいの。だから、私は約束の期日が来れば
殿下のお申し出をお断りするつもりよ」

「でもリアン、殿下のこと好きよね？　相思相愛なのにどうして……」

「ちっ、違うわよ!?　私はあくまで臣下として殿下のことを――！」

「嘘！　私もヴェロニカも、ちゃーんと気づいているわ！　お茶会のときの貴女と殿下は、いつも
とっても素敵な雰囲気だったもの！　まるでデート中の可愛い恋人同士みたいな……」

「やっぱりそうなの!?」

「何言ってるのリタ！　『リアン』は男なのよ!?　なのに、そんなことありえない――」

「だから私とヴェロニカはすっかり盛り上がってたの！　殿下ったらずーっとリアンのことをご覧
になっているし、リアンにいつもお菓子を『あーん』して食べさせてるし。あんなイチャイチャ、
相当ラブラブな恋人同士でもない限り、絶対しないわよ！」

「あ、あれは殿下がちょっと変わってるだけで……」

「最初のうちはよほど殿下がアヌーク嬢のことを好きで、だから双子の弟まで可愛くて仕方がないのかと思ってたけど、お茶会で何度もご一緒するうちに私たちはむしろアヌーク嬢のほうがカモフラージュで、本命はリアンなのではと思うようになって、それでいろいろ……うふふっ！」

　くっ……あの視線と微笑(ほほえ)みには、やはりそういう意味があったのか。侍女たちにもそういう目で見られていたらしいので早々に勘づいたが、なぜ世の女子たちはそういうのが好きなんだ⁇

「ヴェロニカなんて、勝手に殿下とリアンの妄想(もうそう)小説を書いてるのよ！　いつも読ませてもらってるんだけど、もう、最っ高!!　リアンが『攻め』で殿下が『受け』で、純情(ピュア)な殿下をリアンがガンガン攻めるんだから！　あ、今度ヴェロニカから借りてくるから、是非ふたりも――！」

「ぜーったいに読みません!!」

「えー、私は読みたいのにー」

「リタ!!」

　ああもうっ！　意味がわからない!!　っていうか、私が「攻め」なのか!?　殿下、わりと強めに「攻め」ていらっしゃいますけどね!?

「でもリアン、真面目(まじめ)な話、本当に殿下のお気持ちを受け入れる気はないの？　殿下と貴女お互いを深く想い合っているようにしか見えないのに。それでも殿下はお世継(よつ)ぎの必要な王太子でいらっしゃるから、現実的に考えて男性のリアンと結ばれるのは難しいだろう、それならやはりアヌーク嬢と結ばれるのが一番なのだろうと思っていたけれど……でも、そうじゃないなら――！」

「イルマ、それは無理よ。確かに私は、殿下のことが好きよ。だけどそれは、あくまで敬愛なの。騎士として殿下に生涯(しょうがい)の忠誠を誓い、自分の命に代えても殿下をお護(まも)りする強い決意がある。でも、それは決して恋愛感情ではないわ」

その言葉はまるで、自分自身に言い聞かせているみたいだった。だって本当は、自分でもわかっているから。殿下に対するこの感情が、もはや騎士の忠誠心だけに留まらないってことくらい。

そのうえ、私たちには「紋章（もんしょう）」がある。それを思うたび、罪悪感に胸が痛む。自分が生きたいように生きるために、こんな大きな嘘を吐（つ）き続けていいわけがない。そんなの、わかってる。

――だけど、ようやく騎士になれたのだ。やっと、自分の人生を生きているという実感と喜びを感じ始めたのだ。それが、紋章（こんなの）が出たせいで全て無に帰（き）すなんて……あんまりだ。

これは、罰なのだろうか。性別を偽って、この国の国王陛下と王太子殿下はじめ、多くの人々を欺（あざむ）いて、我を通したことの罰？　私はただ、騎士になりたかっただけなのに。それが女では叶（かな）わなかったから男になるしかなかった、ただそれだけなのに……。

「ねえ、リアン。もしもだけど……この国でもともと女性も騎士になれたとして、その上で殿下に想いを寄せられていたら、それでも貴女は殿下の想いを拒んだ？　殿下のお妃様になることを拒んだかしら。……違うんじゃない？」

私は、答えなかった。答えられなかった。答えそのものは、自分でも驚くほどすぐに出ていた。でもだからこそ、口にできなかった。口にすれば、それが揺るがぬものになってしまう気がして。

突然イルマが立ち上がり、捻った足を庇（かば）いながら近づいてくると、私を優しく抱きしめた。

「イルマ……？」

「やっぱり、答えなくていいわ」

「えっ？」

「リアン、いっぱい頑張ったのね」

「……」

「でも、きっと大丈夫よ。きっと、なにもかもうまく行くわ」

今度も、私は何も答えられなかった。でもイルマの言葉と抱擁の暖かさは胸にじんわりと沁みて、危うく溢れそうだった涙も、そのますますーっと優しく胸に溶けていくのを感じた。


ハロルドの機転とリタたちの協力のおかげで、なんとか約束の時間に間に合った。

「みんな、本当にありがとう！」

「こんなの、お安い御用よ！」

「それにしてもリアン、貴女って本当に綺麗……！　でも、そうよね。男装しててもあんなに美人だったんだもの、あの麗しい殿下と本当にお似合いだわ！　――あらリアン、その顔は信じてないわね？　貴女は、本当に素敵な女性なのよ？　騎士の貴女も最高に素敵だけど、騎士として生きるために女性としての魅力を捨ててしまうのは、あまりにもったいないわ。アヌーク嬢として殿下とデートするのは貴女には不本意なんでしょうけど、ひとりの女性としてあんなに素敵な方との恋愛を楽しめる素敵な機会なんだから、存分に楽しまなくちゃ！」

お茶会のときから感じていたが、姉に罵倒されながらもただ押し黙って耐えていた頃の彼女とは別人みたいだ。今の彼女はとてもよく笑うし、親切で、思いやり深い。それにヴェロニカほどではないが自分の意見もはっきり言えるようになったし、今日みたいに目的のために自発的に行動する力も持っている。以前のままの彼女なら、王妃の役割を果たすのは正直言って難しかっただろう。

でも今の彼女なら、きっと立派に殿下の――。

ズキンと、小さく胸が痛む。一瞬、それが何を意味するかわからず困惑したが、イルマの優しい笑顔を見て再び痛んだその胸に、すぐにその意味を理解した。

――最悪だ、なんでこんな感情を。決して、私が抱くべき感情ではないのに。

その後、イルマはリタと侍女ふたりと一緒に不法侵入に気づかれることなく王宮を後にし、私はハロルドから王宮庭園の噴水前で待つようにとの伝言を受けていたので、言われた通り噴水前で殿下が来るのを待つことにした。

噴水の水飛沫(みずしぶき)をぼんやりと眺(なが)めながら、先程の感情について考える。あの胸の痛みの意味がわからないほど私は鈍感ではない。だからこそ自分の抱いたこの感情に、言いようもない不安を覚えた。

約束の期日を迎えれば、それですべて終わるはずだったのだ。そうしたら殿下の前からアヌーク嬢は永遠にいなくなり、専属護衛騎士のリアンだけが残る。「運命の紋章」はあるにせよ、殿下の中で私が男である限り、よほどのことがなければおかしなことにはならないはず。であれば、紋章発現前と変わらぬよき関係を、殿下といつまでも保ち続けられるだろうと信じていた。

しかしあの頃の私は、自分の感情の変化をまるで考慮に入れられていなかった。

どうやら、というかもはや明確に、私は殿下に対し恋愛感情を抱いている。しかも正直言って、この感情がいつからその類(たぐい)のものだったのかさえ、もう自分では判断がつかないのだ。

思えば、殿下に対して抱いていた感情は、リタやハロルドに感じていた友情や親愛の情とは最初からかなり違っていたように思う。

殿下のそばにいるだけでなんとも言えぬ高揚感(こうようかん)を覚えたし、特に言葉を交わさずとも、ただ殿下がそこにいると思うだけで、無性に嬉しかった。

殿下と私は主従関係だから、単純な友情や親愛以上に敬愛の意味が強かったためそう感じた可能性もある。でも、それなら国王陛下に抱く感情もヴィンフリート殿下に抱く感情と同じであるべきだが……残念ながら、それとは明確に違うのもわかるわけで。

――だとすれば、この感情はやはり最初からそういう類のものだったのだろうか。私が友情だと信じていたものは、初めから全く別のものだった……？

ふと、この紋章が発現したときに国王陛下が仰っていた言葉を思い出す。

「『運命の紋章』が発現した以上、お前たちは互いを深く愛し合う運命にある」

運命、か。紋章があるから惹かれるのか、あるいはそれだけ相性がよい相手だから「運命の紋章」が発現したのか。

そもそも、「運命」ってなんだ？　人知の及ばぬ、決して逃れられぬ定めという意味でそれが存在するのなら、どう足掻こうと私は殿下と結ばれるのだろうか。その運命に抗うことは、不可能なのだろうか。いや、それ以前に――私は本当に、この運命に抗いたいと思っているのだろうか？

「アヌーク嬢」

聞き慣れたその声に振り返ると、少し不安げに、でもいつも通り優しく微笑む殿下の姿があった。その表情を見て、はっと気づく。

――そうだった、私自身はあの日以降も毎日リアンとして殿下と会っているが、殿下視点では例のキス事件以降、初の対面なのだ。殿下としては気まずさの極致のはず。

よし、ここはひとつ、私の方から「前回のことは全く気にしてませんよ」アピールをして、この気まずさを軽減して差し上げよう！

「ヴィンフリート殿下、先日はシュテルネントゥルムにお連れくださり、誠にありがとうございました。普通なら一生経験できない大変貴重な経験をさせていただき、本当に嬉しかったです！」

どうだ！「あの件」には完全に触れず、不自然じゃない程度の明るい笑顔でご挨拶できたぞ！

これであの「過ち」は完全になかったことにして、今日はこれまでみたいに気楽なデートを――。

「アヌーク嬢！　その……！　前回の塔の上でのことだが、本当に申し訳なかった！」

……自分で話、振るんかい。

どうしたどうした？　せっかく人が、「あの件」をうまーくなかったことにして、今日のデートを過ごしやすくして差し上げようとしたのに、なにゆえこの方はわざと傷口を抉るような真似――。

「本当に、本当に申し訳なかった。いくらお試しの恋人期間だからといって、意思の確認もせず、雰囲気に呑まれたように口づけを交わすなど、あってはならないことだ」

……いや、まあそうかもですけど。でも、雰囲気に呑まれてキスしたのはこっちも同じなので、そんな真剣に謝罪してもらう必要は全くないし、それよりもハロルドがすぐそばにいるこの状況でこういう話を続けるのはものすごく気まずいというか……。

「だが」

……だが？

「どうか、なかったことにはしないでほしい」

「えっ!?　……ええと、それはいったいどういう――」

あまりに予想外の殿下の発言に驚くが、殿下はまっすぐに私を見つめたまま、言葉を続けた。

「あの日の口づけは、想定外だった。信じてほしいが、あそこでふたりっきりになるのを利用して、そういうことをしてやろうという不埒な下心を抱いていたわけではないんだ」

……いや、また真面目かっ！　そんなこと少しも疑っていないし、そもそもキスを「不埒な下心」と表現するなんて、どんだけ純情ボーイなんだ⁇

「だが俺は……すごく幸せだった」

――ああ、この人は。本当、呆れるくらいにまっすぐで……誠実だ。

「美しい星空のもと、貴女と初めての口づけを交わして――その、初めて会った日のあれを入れたら二度目だが――いずれにせよ、俺は本当に幸せだったんだ」

「……殿下」

「あの夜のことは完全に俺が悪かったし、もうあんなふうに貴女に許可も得ず口づけたりしない。だが……あのキスを、なかったことにはしないでほしい。ただの事故や過ちとして片づけ、忘れてほしくはないんだ。たとえ俺の暴走の結果だとしても、俺がずっと貴女にキスしたいと思っていたのは紛れもない事実で、だからあのキスも……俺にとっては、本当に大切な記憶なんだ」

とても真剣な眼差しでこんなことを言われては、何も言えなくなってしまう。そしてこの言葉をどこかで素直に喜んでしまっている自分がいることに気づき、思わず目を逸らした。

「貴女は、あのキスを思い出すのも嫌なのか……？」

「え？」

「すべて忘れてしまいたいほど、屈辱的なことだった？」

「そ、そんなわけっ……！」

思わず否定してしまった。でも、否定せずにはいられなかった。あのキスを忘れるべきだと思ったのは事実。でも、到底忘れることなんてできなかった。まして、嫌な記憶だとか屈辱的だなんて、感じるはずがなかった。

むしろ――あのキスの記憶は、殿下を前にするといつもふわっと浮かんできて、甘くじんわりと心が温かくなる。殿下はご存じなかっただろう、朝の挨拶に伺うたび、殿下が私に優しく微笑みかけてくれるたび、剣の手合わせで視線が絡み合うたび、そして「癒し」のため手の紋章をそっと重ね合わせるたび――私はあのキスの甘さを鮮明に思い出して、ふたたび殿下と口づけ合いたいという強い衝動に駆られていたということを。

「本当か……？　本当に、嫌ではなかった？」

「……そんな仰り方、狡いです」

「ああ、そうかもしれないな。俺は、自分で思っていたより狡い奴みたいだ」

狡いってことをそんな風に認めながらそんな風に笑うなんて……本当に、狡い。

「もう二度とあんなことはしない――とは、約束できないが」

「えっ」

「でも、貴女がいいと言うまで、もうあんなことはしないと約束する」

「……ですが私、これからもいいなんて申し上げるつもり、ございませんけど？」

「それでもいい。だが、俺が貴女を想う気持ちは、許してくれないか？　好きだってことも、キスしたいってことも、受け入れられなくても拒んでもいいが、なかったことにはしないでほしい」

澄み切った空のように美しい瞳が、まっすぐ、これ以上ないほど真剣な眼差しで私を見つめる。

こんな風に誠実に想いを伝えられ、それを拒むことのできる人なんて、この世にいるだろうか。

「……ええ、そういうことでしたら」

　私の答えに、本当に嬉しそうな笑みを浮かべる殿下。気持ちを受け入れると言ったわけでもないのにこんなに嬉しそうな顔をされては、本当に困ってしまう。

「ありがとう、アヌーク嬢。それじゃあ今日も、めいっぱいデートを楽しもうか！」

「ふふっ！　ええ、そうですね！」

　そのとき殿下の少し後ろにいたハロルドと目が合ったが、妙に嬉しそうな顔で視線を逸らされた。それで自分がとても嬉しそうに殿下に微笑み返していたことに気づき、とても気恥ずかしかった。

◆
◆
◆

「おはようございます、殿下。昨夜はゆっくりお休みになれましたか？」

「おはよう、リアン！　ああ、とても気持ちよく眠れたよ！　ところでお前、昨日は姉君となにか話があったんだろう？　それは無事解決したのか？」

　おっと、そうだ。家の用事のためハロルドとの交代を待たず護衛を抜けたことになっていたのだ。

「ええ、すぐに解決しました！」

「それはよかった。本当は昨日、ようやくお前と姉君がふたり並んでいるところを見られるのではないかと期待していたんだけどな」

「えっ」

「だって、そうだろう？　俺は未だにお前と姉君が一緒にいるところを見たことがないんだぞ？　感覚的には同一人物と言っていいほど似てるからな、ふたりが並んでいる姿を見れば、どこか小さな違いくらい見つけられるんじゃないかと——」

いや、それは無理ですね。ナノレベルまで見ても、私たちふたりの違いは見つからないはずです。

「だが、姉君をたったひとりで庭園に残し、お前はどこに行ってたんだ？」

「リタをアンカー邸に送っていたんです。彼女も今は社交活動のためにあそこで世話になっていて」

「それはたしか、モンテスキュー伯爵の……」

「ええ、そうです」

「とはいえ、女性をひとりにするなど……王宮内は基本的に安全とはいえ——」

「姉は魔力も強いので、そんな心配は不要です。姉は護られるより、護る側の人間ですから」

なんといっても、この国の王太子殿下の専属護衛騎士を仰せつかっておりますからね！

「そうなのか？」

「ええ。王国一と言われる私と同等の魔力保持者ですし」

「そんなにすごいのか!?　……そうか、それなら確かに素晴らしい魔法騎士になれたろうな」

「えっ？」

「彼女が言っていたんだ、もし自分が男だったら、リアンでも敵わないほどの騎士だったはずだとな？」

「……ええ、そうでしょうね」

まあ私の魔力で男の力を持っていたなら今の私よりさらに強いだろうって意味だけど。

「なあリアン、姉君は今でも剣を多少なりとも続けておられるのか？」

「へっ？　ええ、まあ……あくまで趣味としてですが」

「そうか……では、彼女とも是非、手合わせがしてみたいな」

「はい!?」

「そんなに驚くことか？　俺は、淑やかで愛らしい彼女が勇ましく剣を振る姿を見てみたいんだ」

淑やかで愛らしい、か。うーん、やはり殿下は恋のせいで盲目になっているようだ。第一、その淑やかで愛らしい女性との手合わせなら、殿下は毎日欠かさず日課として行ってるんですけどね？

とはいえ、王太子ともあろうお方が女性と手合わせをしたなんて知られたら困るはずだ。女性が剣を握ることさえよしとしない国だ、女性が王太子殿下を剣で負かしたりしたら（普通に試合をしたら私が勝っちゃうだろうし）、いろいろと面倒なことになるはず。

かといって、私とハロルドほどではないにせよ殿下は相当な剣術の腕前をお持ちだ。手を抜いて負けようものなら、確実にそれに気づいて指摘なさるだろう。八百長とかそういうのは大嫌いな方だし、「なぜ手を抜いた？」とか言われたら、それはそれで厄介……。

うん、仕方ない！　ここは殿下にアヌークとの手合わせは諦めていただくしかない。そう思って、アヌークが女性であることを理由に、殿下が手合わせなどすべきではないと言ったのだが――。

「リアン、お前がそんなことを言ったらだめだろ！」

「へっ？」

「姉君がどんな思いで剣の道を諦めたか、お前が一番よく知ってるんだろ？」

「それはそうですが……」

「だったら、女性だから俺と手合わせすべきではないなんて言うな。お前は俺の立場を気遣ってくれたんだろうが、姉君がそれを聞いたら、悲しむだろう？」

「あっ……」

「俺はさ、もし彼女が俺の想いを受け入れ、俺の妃になってくれたら、彼女には王宮で好きなだけ剣を振ってほしいと思っているんだ。そしてそのための環境をどんな手を使っても整えるつもりだ。誰にも文句を言われることなく、彼女が好きなだけ剣を振れる環境を。今はまだ女性が剣を握るのをよしとしない風潮があるが、王太子妃、つまり未来のこの国の王妃が剣の達人となれば、人々の見る目も変わるはずだ。そうしたらいつか女性が騎士になれる日が来るかもしれない。そうだろ!?　……なっ――リアン、いったいどうしたんだ!?」

「えっ？」

殿下の手が不意に私の頰に触れ、驚く。

「……泣いているのか？」

「泣い……て？」

「ほら、涙が」

気づかなかった。どうやら、勝手に涙が溢れていたらしい。

――女性が騎士になれる日がこの国にくること、それは私が、幼い頃からずっと密かに思い描いてきた夢だ。でも決して叶うことはないのだと、半ば諦めてしまっていた。

だからそれをまるで実現可能であるかのように堂々と語る殿下の姿があまりに眩しく感じられて、それで感極まってしまったようだ。

「リアン……」

「も、申し訳ありません、殿下。なぜ自分が泣いているのか、正直よくわからず――」

目もとを拭おうと俯いたそのとき、とてもやわらかな感触が目尻の横に触れた。驚いてそちらへ目を向けると、殿下の顔が目の前にあって、しかも頬を真っ赤にしている。

「えっ、で、んか……？」

「え……あっ、す、すまない!!　今のは……身体が勝手に……！」

口元を手で隠し赤面する殿下と、さっきのやわらかな感触――それで、先程触れたのがどうやら殿下の唇だったらしいことに気づいた。だが、そのことに対する疑問が生じるよりも先に……。

「リアン、逃げろ」

「――はっ？」

「は、はやく、俺のそばから逃げるんだ！」

「え!?　いったいなにを仰っ――」

私が状況を把握する間もなく、天と地が逆さまになるのを感じた。

「へっ!?　で、殿下!?　いったい、どうなさったのです!?」

「涙も体液だ……！」

「はいっ!?」

「今、お前の涙に口づけてしまった！　どうやら、それで反応してしまったらしい……！」

えっ、あれだけで!?　いや、ていうかそもそも、殿下はなぜあんなことを!?

だが、今は原因など考えている場合ではない。今回は長椅子の上に押し倒されているわけだが、馬乗り状態にされて身動きが取れない上、前回以上に殿下に余裕がないのがわかる。理性と格闘しながらギリギリで踏みとどまっているようだが、表情から察するにそれも限界が近そうな様子だ。

殿下を押し返そうと胸板を両手で押してみるが、それさえも今は刺激となるようで、「くっ……」と苦悶(くもん)の声を上げつつ必死で耐えている殿下の姿は、どうにも艶(つや)っぽくて目に毒だ。

この状況が、いつまで続くのか。前回のように殿下の理性が欲望に打ち勝つまで、とにかくただひたすら耐えるしかないのだろうか。

――だが、もし殿下の理性が負けてしまったら？　そのとき、私たちはどうなる――？

「……リアン！　すまない……!!」

「えっ！　あっ……やあんっ――！」

首筋に殿下の唇が触れる。くすぐったいのに、それだけじゃない変な感覚で、思わず目を瞑(つむ)った。

「いい匂(にお)いだ……リアン……うっとりするほど甘くて……くらくらする」

「で、で、殿下……！　ダメです、私たちはそういう関係には――ひゃあっ!?」

生温かくねっとりとした感覚が首筋を這(は)い、背筋がぞくぞくと震える。そのままそれが耳のほうまで上がってきて、今度は耳を優しく舐(ねぶ)られる。全てが初めての感覚で、こんなの気持ち悪いと思ってもおかしくないはずなのに、それが驚くほどの快感を呼び起こした。

「リアン……」

耳に殿下の熱い息がかかり、いつもより低めの声でそっと名を呼ばれると、それだけで胸が恐ろしいほどに高鳴る。ダメだとわかっているのに、もっと触れてほしくなる。もっと触れて、舐(な)めて、キスをして――そしてその甘い声で、私の本当の名前を呼んでほしい……。

目と目が合い、また惹きつけられるようにお互いの唇が重なる。

最初は優しく触れ合うだけで、そっと離れた。そしてじっと互いを見つめ合い、瞳の奥に確かな熱がこもっているのを感じて、それを堪らなく愛しいと思ってしまう。

そのまま、また唇を重ね合う。今度はゆっくりと、なかなか離れない。その感覚があまりに心地よくて、変な声が漏れてしまう。少し開いた口の隙間から、彼の舌が入り込んでくる。私はそれを拒むどころか、自らその舌に自分のそれを絡めにいった。待ちわびた恋人を迎えるように優しく、ねっとりと執拗なまでに、濃厚に。

まだわずかに残っている理性が、こんなの絶対にダメだと警鐘を鳴らし続けている。でもその音にさえ靄がかかり、どんどん遠ざかる。身体から力が抜けて、抵抗する気なんてもはや全然なくて、ただただこの深く甘いキスに酔いしれて——。

「ふわあっ……キス、気持ちいい……」

「リアン……声、可愛すぎ。まるで女の子みた……」

はっと、ふたりの動きが固まる。ばっと殿下が起き上がり、私はずささっ！　と殿下から離れた。

「で、で、殿下……今の……は、その……！」

「ま……また、やってしまった……しかも……まさかあんな……！」

あまりの衝撃のおかげで、すっかり冷静になることができた。とはいえ、お陰で羞恥心も一気に戻ってきたわけで。

「リ、リアン……！　また、本当に申し訳なかった！　どうにも抑えられなくて——！　そもそもどうして俺は、最初にあんなことを……！」

「い、いえ！　その、急に泣き出した私が悪いんです！　それに、まさか涙をほんの少し口にされたからといって、あんなことになるなんて誰も思いませんし！」

　まあ、泣いている相手の涙に口づけるという行動は、確かにかなり特殊だとは思う。そんなことするとしたら恋人相手くらい――って、考えれば考えるほど意味不明だし、恥ずかしいな!?

「……ごめん、ちょっと処理してくる」

「えっ――あ……はい」

「その……お前は大丈夫か……？　お前もその……」

「い、いえ！　私は大丈夫ですので、どうぞお構いなく！（？）」

「そ、そうか？　その……本当にすまない……」

　……本当、なんだこの状況。

　まもなく殿下が戻ってきた。あんまりな状況に、言葉もない。しかしあれだな、こんな状況なのに、赤面している殿下が可愛すぎて、いろいろヤバい。おかしな性癖が目覚めないか心配だ。

「……リアン、その……改めて、本当に申し訳なかった。今回はく……、唇まで奪ってしまったし」

　実際はアヌーク嬢として既に何度もしているわけだが、しかし殿下にとって男リアンとの初キス、しかも濃厚なディープキスだったわけで、事実を知る私よりもその精神的ダメージは大きかろう。

「その、殿下のせいではありませんから。これは確実に、例の紋章のせいです。今回のことは今後の教訓として、お互いあまり気にしないように――」

「その……実はあれから、紋章のことをいろいろ調べたんだ」

　……？

「父上に許可を得て、現在わかっている限りの全ての『運命の紋章』に関する情報をいただいて、それを夜にずっと読んでいた。それで、いくつか新しいことがわかった」

「新しいこと、ですか？」

「ああ、そうだ。そこに、『運命の相手』との粘膜接触や体液交換を伴う接触は、回数が増えるごとに相手を求める感覚が強くなるとあった。つまり、俺たちは今日の……あの口づけによって、次回またそういうことになったとき、今回以上に理性による抑止が効かなくなる可能性が高い」

……なんと。しかし言われてみれば、今回はアヌーク嬢として殿下とキスしてしまったとき以上に抗えない感覚が強かったし、あの翌朝に殿下にリアンとして押し倒されたときも、殿下は私を抱きしめる以上のことはしなかったのに、今日は首筋や耳を舐め……。

——!! そうだ、途中で激しいディープキスに移行したせいですっかり忘れていたが、その前にも相当恥ずかしいことをされていた気が……！

「今回のように、自分でも予測不能なことをしでかしてしまうことが今後もないとは言い切れない。また『魔法誓約』は破棄できないから、今後もリアンが俺に魔法で対抗することは不可能。だからこの点について何か対策を立てないと……。にしてもリアン、お前、力が弱すぎないか？ 確かに騎士とは思えないほど華奢な体型だが、それにしたってまるで女性のようなか弱さ——」

「生まれながらに筋肉がつき難い体質なのです！」

「……そうか、だがそれでよく騎士になれたな？ 魔法剣は普通の剣以上に重いだろうに」

「そこはほら、魔法で筋力の補助をしておりますので……」

そうでなかったら、あんなに重い剣を自在に振り回すことなど不可能だ。なお殿下との手合わせでは魔法が使えないので、魔法剣ではなく普通の剣を使う。それもハロルドが用意してくれた特注品で、普通の剣の半分くらいの重さである。

剣の重さがない分、相手に与えられるダメージは少なくなる。だがそこを十分補うだけの剣術を私は持っているし、殿下との手合わせは力勝負ではなく技術勝負だから、その点でも問題ない。

とはいえ、私はやはり魔法剣が好きだ。特にこの魔法剣は私が殿下の専属護衛騎士になった際に殿下から賜ったもので、私にとっては最高の相棒である。

「話は戻るが、またこうした事態に陥ったとき、お前が俺に対抗できる手段を講じておくべきだと今回のことで痛感した。そこでだがリアン、なにかいいアイデアはないか？」

「アイデア……ですか。まあ一番簡単なのは接触確率を減らすことですから、殿下と私が接触する時間なり頻度なりを減らすことですが、私が殿下の専属護衛騎士である以上は――」

「わかっているだろうが、お前を俺の専属護衛騎士から解任する気はない。それは絶対だ。お前は、一生俺の専属護衛騎士だ。それは、決して変わらない」

「……ええ。私だって、殿下の騎士をやめる気はさらさらありません」

淡泊な口調でそう答えたが、本当は自分が驚くほど大きな喜びを感じていることに気づいていた。

そう、本来ならば、こうした危険を避けるもっとも有効な手立ては、互いにできる限り近づかないことのはず。そのためには、専属護衛騎士の交代が最適だろう。専属護衛騎士は本来終身制だが、健康上の理由などで退任すると説明すれば、大きな騒ぎにはならないはずだ。

もちろん私個人としては、殿下の騎士として生きられることになによりの喜びと生きがいを感じているのであり、当然そんなことで解任されたいはずがない。とはいえ事情が事情だ。殿下自身がそれを望まれれば、退任もやむを得ないだろうと思っていた。

しかし殿下はこれを望まれなかった。それどころか、断固拒否したのだ。この事実は大いに私を喜ばせた。自分が殿下に必要とされているという実感は、驚くほどの高揚感を私に与える。

「だからこそ、なにか対策を立てるべきだ。ふたりでいるときにまたこういう事態になったら大変だ。特に次は、さらに理性が効かなくなる可能性がある。万が一にも一線を越えてしまったら……」

と、自分で言っておきながら、ぶわっと顔を赤くする殿下。ふっ、その言葉だけで赤面するとか、流石(さすが)は童貞(どうてい)ピュア殿下。かく言う私も処女だが、これくらいで照れはしない。

……しかし悪い癖(くせ)で、殿下をちょっと揶揄(からか)いたくなってしまったのが、よくなかった。

「一線、ですか。その場合、私たちはどう越えることになるのでしょうね？」

「……へっ？」

「殿下、ご存じですか？　女性たちの中では、どうやら私が『攻め』で殿下が『受け』ということで意見が一致しているみたいですよ」

「リアンが『攻め』で、俺が『受け』……？　それはいったい、どういう意味なんだ？」

「我々がカップルなら、私が殿下を襲う側だってことですよ。そして殿下は、襲われる側です」

「は……はあぁっ!?　なんで俺が、お前に襲われるんだ!?　それにそもそも、カップルってなんだよ!?　俺たちは男同士だぞ!?」

「ご存じないですか？　あえて男性同士でカップリングして、いろいろイケナイ妄想をして楽しむのだそうです。ご婦人方はそういうのが特にお好きだそうですよ」

「な、なにを……」

「殿下が『受け』っていうのは、イメージじゃないですかね。殿下が聖人君子でいらっしゃるのは皆の中での共通認識ですし、そんなにお美しいお顔ですから、肉食系の護衛騎士にいつ襲われてもおかしくないと思われているんですよ」

「なっ――!? 心外だ!! つまり俺が女々しく見えてるってことだろ!?」

「そうではありませんよ、印象の問題です。まあ異性間の場合は、女性が受けになることのほうが多いでしょうが……そもそも生物学的に受け入れるのは女性のほうですし？」

「やはりそうじゃないか！ だが、俺は断じて『受け』ではない！ 『攻め』だ！ むしろ『猛攻め』だ!!」

「受け」であると周囲から認識されていることに相当なショックを受けている殿下のその反応が、どうにも可愛い。心外だと言って怒った風に語気を強めているが、単に顔を真っ赤にしてひたすら恥ずかしがっているだけというのがまたなんとも……。

ああ、これは「受け」だと思われるだろうな。こんな顔されたら本当に襲いたくなる――って私、やっぱり変な性癖が開きかけてません？

「リアン！ お前はどうなんだ!? やはりお前も、俺のことを『受け』っぽいと思っているのか!?」

「さあ、どうでしょうね？」

「なんだ、その曖昧な答えは！ あっ！ というよりお前は実際俺に二度も襲われかけただろう!? 俺が『猛攻め』だってことをお前だけは知っ――えっ、リアン……？」

軽く押しただけでベッドに尻餅をついた殿下の上に、跨るようにしてギシッと乗り上げた。

「……ああ、その表情はたまりませんね。そんな顔されたら、確かに襲いたくなるかも」

「はっ……？　お、い、リアン……いったいなに――んっ……」

ノックの音ではっと我に返ったとき、私は自分のしでかしたことにようやく気づいた。

「――!?　……で、殿下！　も、申し訳ございません!!」

ぱっと殿下の上から飛び退(の)くと、殿下は顔を真っ赤にしてこっちを見つめ、完全に固まっている。

「殿下、お部屋にいらっしゃらないのでしょうか？」

連絡係の外からの問いかけに、ようやく殿下がはっと我に返る。

「い、いや、いる！　しばし待て！」

殿下はベッドから立ち上がると、素早く衣服の乱れを正してから、連絡係の入室を許可した。

「なかなか食堂にお見えにならなかったので、陛下からご伝言を預かっております。公務開始前に、国王執務室にお越しになるようにとのことです」

「あ、ああ、わかった」

連絡係は挨拶をして、そのまま行ってしまった。

――私ってば、いったいなんてことをしてしまったんだ!?　いや、確かにさっきの殿下の反応はものすごく可愛かった。恥ずかしさを隠すためにわざと怒って見せているのとかも堪らなくって……。

しかしだからって、一国の王太子殿下をベッドに押し倒した挙句(あげく)、く、く、唇を奪っ――！

「その……すっかり遅くなってしまった……な。食堂に……行くか」

「は、はいっ！」

結局、この件については私も殿下も、その後一切触れることはなかった。

第六章　運命の告白

目の前の仕事をさばきつつ、頭の中は先程のこと……つまり、リアンの涙に口づけ、押し倒し、キスしてキスし返された、あのことでいっぱいだった。

なんとか忘れようとしても、全く頭から離れない。だめだとわかっているのに、俺の意識は斜め後ろに立つ「そいつ」のほうへと完全に向いてしまう。実を言うと、これまでにもそういうことがなかったわけではない。だが今日は先程のあれのせいで、その感覚が特にひどい。

「……リアン」

「なんでしょうか」

――しまった。無意識に、名前を呟(つぶや)いてしまった。

「いや、その……喉(のど)が渇かないか？　ほら、今日は少し暑いだろ」

「では、少し休憩(きゅうけい)になさいますか？」

「ん、そうしようか」

「わかりました、それではお茶を用意させます」

「ああ、頼む」

本当は別に喉なんて乾いてないんだけどな。いや、そうでもないか。ずっと、妙な渇きを感じているのは事実だから。だが、それが茶を飲んで癒されるとは思えないが。

給仕に茶を準備させるため、リアンがふっと俺の横を通った。そのときにふわりといつものあの甘い香りが漂う。その香りのせいで、先程のことが一層鮮明に思い起こされてしまう。

——どうしてリアンと、こんなことになってしまったのか。こんなことになるとは、二年前には夢にも思いはしなかったのに。


今から約二年前、視察を兼ねた王立騎士団の訓練の見学の場で、俺はリアンと出会った。

王立騎士団は我が国の精鋭部隊だ。定期的に彼らのもとを訪れ激励することはその士気を上げるために必要であるとともに、我が国で最も優れた剣士たちの剣技を間近で見ることは、よい学びの機会でもあった。——それでも、我が専属護衛騎士ハロルド・アンカーに並ぶほどの騎士はほかにいなかったのだ。少なくとも、その日までは。

その日、まるでそこにだけ光が当たっているかのように、俺の目はある騎士に釘付けになった。

立ち姿、構え、剣を振り下ろす動作、その全てが息を呑むほど美しかった。銀髪に紫水晶色の瞳、女性としても美しすぎる顔立ちの青年を見て、神話から抜け出してきたのかと本気で思った。

——それが、リアン・ゼーバルトだった。

同じ歳であることもあり、出会ってすぐ俺たちは極めて親しくなった。自分でも不思議だった。ここまで他人に心を許したことなど、一度もなかったから。王太子という立場上、むやみに人を信用できる性質は持ち合わせていない。だがリアンのことは、最初からすっかり信用してしまった。

そして知れば知るほどに彼のことをもっと知りたい、もっと一緒に過ごしたいと思った。

彼の所作も考え方も、何もかもが好ましかった。それまで興味がなかったことさえ、彼の口から聞くととても魅力的に聞こえた。彼が笑うと自分も自然と笑顔になったし、彼が喜ぶと自分のことのように嬉しかった。相手が女性なら、まるで恋じゃないか。そんなことを思い、ひとり苦笑した。

もちろんリアンとどうこうなりたかったわけじゃない。ただ、彼と過ごしているととても気分がよくて、同じくよき友であるハロルドも含めた三人で過ごす時間が、俺は何より好きだったんだ。

そんななか、幼い頃から付いていてくれていた夜間担当の専属護衛騎士が体力的限界を感じるとして退任することとなった。祖父のような存在だったので寂しくはあったが、かつて戦争で受けた古傷が痛むと度々言っていたし、最近孫が生まれたと話していたので、愛する家族たちとのんびり余生を過ごすほうがよいのだろう。

そうして王太子専属護衛騎士の席がひとつ空いたわけだが、考える間もなく、俺はそこにリアンを座らせたいと思った。それですぐさま父上に願い出て、リアン自身にも許可を得た上で、正式に彼を自分の専属護衛騎士にすることができたのだ。

出会って、一年足らずのことだった。自分でも驚いたが、リアン以外は考えられなかった。彼が専属護衛騎士になったことで、この終身制の役職が俺とリアンをこれからもずっと結びつけてくれるという事実に、俺は深く満足していた。

だがそれから一年、俺に「運命の紋章」が発現した。目覚めてすぐその紋章を見つけた俺は、一種の絶望感を覚えた。「運命の紋章」が発現したということは、俺に「運命の相手」がいるということになる。ああ、どうしてこんなもの……。

——俺に「運命の相手」がいると知ったら、リアンはどう思うだろう？

ふと、そんなことが頭に浮かび混乱する。いや、なぜそこでリアンが出てくるんだよ!? 自問するが答えは出ないまま、部屋の外から入室を求めたリアンの声で、はっと我に返った。

彼が入室してくるが、思考は止まったままだった。しかし再び彼に声をかけられてようやく混乱状態から抜けると、俺はなんとも複雑な心境で「運命の紋章」を彼に見せたのだ。

——だが、それを見たリアンの反応は、俺が予想だにしないものだった。

『どうやら私たちは、運命の相手だったようですね』

そのときの感動は、今までに感じたことのないほど大きなものだった。自分の感覚が間違っていなかったという高揚感、なにより、リアンという人間と魂で深く、強く結びついていたのだというその事実に、俺は深い喜びを覚えていた。

対するリアンは、なんとも言えぬ表情を浮かべていた。笑顔ではあったが、俺のようにこの事実を心から喜んでいるようには見えず、そのことになんとも言えぬ寂しさを覚えた。

リアンは、俺が「運命の相手」で嬉しくないのだろうか。それとも、ただ突然のことに困惑しているのだろうか。後者であることを祈りたいが……もしかすると、そうではないのかもしれない。

リアンはときどき、今みたいに哀しそうに笑う。勘違いでなければ、彼には俺に言えない秘密があるのだ。なぜなら彼がそういう笑い方をするのは、決まって俺が彼への信頼を示した時だから。

俺は、リアンを心から信頼している。だがもしその事実がリアンを苦しめるのだとしたら、それは彼が自分自身を、俺からの信用に足る人間だと思っていないということだ。

きっと、リアンには俺に言えない何かがある。それがわかっていても、それを問い詰めることはできなかった。たとえ秘密があったとしても、リアンが俺を裏切ることはないという確信があったし、それにきっといつか、彼が自分からその秘密を話してくれるだろうと信じていたから。

本音を言うと、聞くのが怖かったのもある。俺はリアンの全てを信じ、彼にならなんでも話せるのに、彼は違うのだから。そのことに俺が少なからず寂しさを覚えているのは、事実だ。

だが、それでも俺は、彼を信じたかった。万が一、本当にリアンが俺を裏切っていたとしても、リアンに裏切られるなら、仕方ないと思った。こんなに信じている人間に裏切られるなら、そんな人生にはもう意味はないのだと思うほど、俺はリアンという人間を信じてしまっているのだ。

王太子ともあろうものが、ひとりの人間をここまで盲目的に信用しているとは。自分に呆れつつ、だがこんなにも信じられる相手と出会えたことに、深く感謝もしている。

だから、その時も俺はそれ以上の言葉を飲み込んだ。代わりに、ふと思い出した「運命の紋章」を持つ者の特権である「癒し」の効果を試してみようと、彼に提案したのだ。

やはり少し困惑した表情を浮かべつつ、しかしそれを受け入れたリアンの手のひらにある紋章と、自分のそれを重ねた。手のひらを合わせるのは初めてだったが、あまりに小さいその手に驚いた。指もすんなりと細く、滑らかで……まるで、女性のような美しい手だ。

だがまもなく、「癒し」によって得られる強い快感のほうへと意識が向いた。あまりの心地よさと幸福感に、リアンがその手を離さなければ、俺は時を忘れてこの「癒し」の感覚に浸ってしまっていたかもしれない。

そんな初めての「癒し」を味わったあと、驚くほど調子のいい身体と満たされた心に感動しつつ、父である国王陛下に謁見を申し出て嬉々としてこの喜ばしい事実を報告したのだが……大いに喜んでくれるだろうと思っていた父の表情が明らかに曇ったので、俺は驚きを禁じ得なかった。

その理由を知ると、父の反応も致し方ないことがわかった。しかし、納得はできなかった。なぜなら俺は、自分が男色家だとは決して思わないからだ。特定の女性に好意を寄せたことはなかったが、性的嗜好が女性に向いているのは間違いない。男と抱き合うなど、想像もしたくない。

——だが相手がリアンなら、その可能性が全くないと否定できるだろうか？

俺はよく、リアンに見惚れる。あれだけ美しいのだから不可抗力だとも思うし、実際彼は男女問わずよくモテる。しかし紋章発現より前から、俺はそれ以上の感覚に陥ることがままあった。

手合わせのあとのリアンの上気した顔、首筋を伝う汗、やけに甘く感じるその匂いに、ときどき俺は自分の身体がおかしな勘違いをしそうになることに気づいていた。必死で気づかぬふりをしてきたが、無性に彼に触れたいと思ったのは、一度や二度ではなかったのだ。

だから父上にあの話を聞かされたとき、妙に納得した。その上、リアンにとっても俺が「運命の相手」なのだというその事実に、はっきりとした喜びすら感じてしまったんだ。

かといって、俺はリアンとそういう関係になりたいとは思っていないし、彼もそんなことを望んではいないだろう。そうでなくとも俺は王太子で、世継ぎをもうけないわけにはいかないのだ。

だから俺はその紋章を、リアンとの無二の「友情の証」であると理解しようと思った。それなら、居心地のよい関係を変えることなく、これからも彼と共にいられるだろうと思ったのだ。

リアンは、そんな俺からの提案を受け入れてくれた。俺にはそれが本当に嬉しかった。リアンに拒絶されることを、思った以上に俺は恐れていたようだ。

「運命の紋章」が発現しあんな話まで聞かされたのに、俺たちの関係は何も変わらなかった。そのことが俺にはなにより嬉しかったし、このまま何も変わらなければいいと切に願っていた。

しかし、運命の夜はやってきたのだ。

俺の妃候補を選ぶために開かれた舞踏会の夜。令嬢たちに取り囲まれつつ、俺はひとりの女性を探していた。ゼーバルト家の人間特有の銀髪に紫色の瞳を持つという、その女性を。

ゼーバルト家直系の男性はほぼ確実に、女性も半分以上の確率で、特有の銀髪と紫色の瞳を受け継ぐとハロルドから聞いた。そして俺が探している女性は、まさにその両方を受け継ぐという。

銀髪など珍しいからすぐ見つかるだろうと思っていたのだが――見つからない。本当に、どこにもいないのだ。令嬢たちが集まってくるせいで身動きが取り辛い状況とはいえ、こんなに見つからないなど……まさか、来ていない？　だがリアンは、姉君は未婚で婚約者もまだいないと確かにそう言っていたのに――。

そのときだった。ドクンと強く心臓が鳴り、頭がぐらっと揺れた。本当はうずくまりそうなところをすんでのところで堪えると、すぐ異変に気づいたハロルドが、俺に声をかけた。胸に苦しさを覚えた俺はハロルドに水を一杯頼んだが、彼が水を持ってくるため一時的に俺のもとを離れた瞬間……何者かが、俺を呼ぶのをはっきりと感じた。気づいたときには俺はホールを出て、王宮庭園の池の中に飛び込んでいた。そして「その人」を助け出すと、えも言われぬ恐怖を感じた。

――息をしていない。

だめだ、このままでは死んでしまう！　だが俺は、この人を失ったら生きていけない！　絶対に、この人を救わなければ――!!

なぜそう思ったのか、全くわからない。だが、それが疑いようのない事実であるようにはっきりと感じ、俺は無我夢中でその女性に人工呼吸を行った。

幸い、彼女は水を吐くとすぐに自発呼吸を開始し、目を開いた。そして月明かりに濡れたその瞳が俺を映したとき、俺は泣きそうなほどの安堵と、強い愛おしさを感じたのだ。

初めて会うはずのその令嬢。顔もはっきりと見えないが、月光に浮かぶそのやわらかな輪郭は、リアンにあまりにも似ていた。彼女こそがリアンの双子の姉君に違いないと思った。

腕の中でくたっとなるその女性を見つめながら、俺は恍惚とした。

彼女は、その全てが美しかった。夜の闇の中、月の光だけでは全てがよく見えたわけではない。だがその潤んだ目に見つめられると、その瞳の中に吸い込まれるような錯覚に陥った。

ふっと視線を外して人工呼吸の際に口づけたそのぷっくりと膨らんだ唇が目に留まると、危うく再びその愛らしいものに唇を寄せたくなる。

その強い衝動を堪えるためにまた視線を逸らすと、水に濡れているが故にはっきりとわかる彼女の美しい身体のラインから目が離せなくなり、下半身がぐっと熱を持つのを感じて大いに動揺した。こんな風に女性に、ましてこんな状況で欲情するなど、まるで自分ではないかのようだった。

己を律し、再び彼女の目に視線を戻すと、はっきりとしたある感覚に気づく。初めて感じるその感覚、しかしどこか既に知っていたような、妙に馴染みのあるような……それを俺は、この女性に感じていると。

——ああ、わかった。これこそ、恋なのだ。

そうして俺は、彼女こそが俺の「運命の女性」なのだと確信した。

——あれから約五ヶ月。

「運命の女性」であるアヌーク嬢の双子の弟にして自分の専属護衛騎士でもあるこの美しい青年、すなわち今、俺の目の前でアールグレイを静かに啜るこのリアン・ゼーバルトを俺は今日、自室で押し倒した（二度目）ばかりか、深く口づけてしまった……。

いったい俺は、どうしてしまったんだ？　自分の欲望を抑えられないことなど、これまで一度もなかったのに。……いや、正確にはあったか。シュテルネントゥルムで、アヌーク嬢にキスしてしまったときだ。彼女に突き飛ばされなければ、自分があのあと何をしでかしていたかわからない。そしてその翌日には、やはりリアンを一度、押し倒している。

なぜだ？　なぜ俺はふたりの前でだけ、平静でいられないんだ？

「運命の紋章」の影響は、確かにあるのだろう。だがそれならあの衝動は、リアンに対してのみ生じるべきだ。双子の彼女にも「紋章」がある可能性も考えた。しかし食事の際に手袋を外しても、彼女の手にそれはなかった。ほかの場所に出ていることも考えたが、「紋章」の出現箇所に決まりはないとはいえ、「運命の相手」とシンメトリーに発現するのは間違いないらしい。つまり、俺の右手のひらに「紋章」が出ている以上、リアンのように左手のひらに出る以外、ありえないのだ。

――そういえば、「運命の紋章」がシンメトリーに発現するのは、一説によるとパートナー同士で抱き合うときに「癒し」の効果を得やすいためだとか。……抱き合う、か。ダメだ、このフレーズだけでいらぬことを想像してしまった。俺は、小さくため息を吐く。

このところ、俺はすっかりおかしい。夢の中に、前にも増してリアンが出てくる。

出会った当初から、彼が夢に出てくることはしばしばあった。ふたりで剣の手合わせをしていたり、笑いながら喋っていたり。リアンが出てくるのは、決まってとても楽しい夢だった。

ただ最近は、少し違った現れ方をする。ちょうど、アヌーク嬢と出会った頃からだと思う。夢の中に出てくるのはアヌーク嬢ではなく決まってリアンなのだが、俺はよく彼を押し倒しているのだ。ゆっくりと、俺は彼の着ている護衛騎士の制服の釦（ボタン）を外していく。恥ずかしそうに頬（ほお）を赤らめたリアンが、しかし抵抗することなく俺を見つめており、その瞳の奥には確かに熱がこもっている。釦を全て外すと、そっと前を開く。すると男であるはずのリアンの胸はなぜか豊かに膨らんでいて、その美しい膨らみにそっと手を伸ばせば、リアンは「んっ……」と甘い声を漏（も）らすのだ。そして俺がそれを優しく揉（も）みしだけば、その声は一層その甘さを増していく。

俺はたまらなくなって、リアンに口づける。すると彼はそのキスに嬉しそうに応えてくれるので、そのままふたり、深く貪（むさぼ）り合うのだ。そして俺がその先へ進もうとすると――。

「殿下（でんか）、私は――男ですよ？」

その瞬間、はっと目が覚めるのだ。

初めてこの夢を見た日は、リアンの顔をまともに見られなかった。しかし以降、俺はこうした夢を頻繁（ひんぱん）に見るようになったわけで、困惑しつつ深く考えないようにした。そうするほかなかった。

――だが、本当はわかっている。俺はリアンに、欲情してしまうのだ。彼が男性だと理解しているにもかかわらず、気を抜くと彼に触れたり、抱きしめたりキスしたいという感覚に苛（さいな）まれる。アヌーク嬢といるときも、そうだ。だからもしかするとこれは、リアンとアヌーク嬢を頭が混同しているのかもしれないと思った。それなら、リアンが女性の姿で夢に現れることにも説明がつく。

しかしそれならどうして俺は、夢の中の彼女のことをアヌーク嬢ではなくリアンと呼ぶのだろうか。どうして彼女は、ドレスではなく護衛騎士の制服を身につけているのだろうか。

妙な性癖ゆえに俺が女性に騎士の制服を着せて、それを脱がせたいと思っているのでなければ、俺が夢の中で抱きたいと思っている相手はやはりアヌーク嬢ではなくリアン、ということになる。なぜだ？　どうして俺は、アヌーク嬢ではなくリアンを……？　悶々とする俺の前に座っているリアンが、前髪をそっとかきあげる。そのとき、彼の左手の紋章がちらりと目に入った。やはり、リアンが「運命の相手」だからか？　だから無意識に、彼を求めてしまうのだろうか。俺がリアンのことをすごく好きなのは、間違いない。だがこれまで、この感情は深い友情だと信じていた。少なくとも、そう思い込もうとしていた。それがもし、違ったら？　リアンに対して抱いていた感情が、実は最初からただの友情などではなく、もっと……特別な感情だったとしたら？

――『運命の紋章』が発現した以上、お前たちは互いを深く愛し合う運命にある。

父上の言ったあの言葉を思い出す。やはり、あれは真実だったのかもしれない。

俺は、確かにアヌーク嬢のことを愛している。彼女に会うといつも喜びに胸が満たされ、彼女が笑うと大きな幸せを感じる。だが、俺が彼女に対して抱くその感覚と、日頃リアンと過ごすなかで感じているあの感覚に、なにか違いがあるのだろうか？

目の前で、紅茶のクッキーをひとつ口にしたリアンが、本人は無自覚だろうが、その美味しさに少しだけ微笑んだ。その小さな表情の変化にさえ、自分が驚くほど強い感動と深い愛おしさを感じていることに気づく。これを本当に、ただの友情だと言えるのか――？

そのとき、再び父上の言葉が脳裏に蘇る。

『騎士ゼーバルトと顔が似ているから彼女を身代わりにしようと思っているのではあるまいか？』

――身代わり。

もしや俺は本当に、最初からアヌーク嬢をリアンの身代わりにしていたのか？　男であり、俺と結ばれることの叶わぬリアンの代わりに、女性であり、同じ顔で、性格や雰囲気までそっくりな彼女を愛しているつもりになっていた……？

いや、そんなはずはない。俺は確かに、彼女のことを愛している。彼女を見つめたときの胸の高鳴りやキスをしたときの大きな喜びは、間違いなく本物だ。

──にもかかわらず、その可能性に気づいてしまった途端、大きな不安に襲われる。

もし。もし俺がアヌーク嬢をリアンの身代わりとして愛しているのだとしたら、それはアヌーク嬢に対して、あまりに不誠実ではないか？　そう、あってはならないことだ。あるはずのないことだ。にもかかわらず、「なぜリアンは男なのだろう」と、どうして何度も考えてしまうのだろうか。

ダメだ、わかっている。そんな考えを抱くのはどちらに対しても失礼だ。リアンにも、アヌーク嬢にも。それなのにどうしてその考えが、俺の頭にこびりついて離れてくれないんだ──？

「殿下、なにかお悩みですか？」

「えっ！」

「先程から、ため息ばかり吐いておられるようなので」

「……いや、なんでもない」

心配そうに、少し首を傾げながら俺の顔を見上げるその様子に、ドキッとする。ダメだ、もはやリアンがなにをしていても可愛い。あれで男とか、本当に意味がわからない。

視線が自然と唇へ向かう。あの唇、ふわふわやわらかく、とても甘いんだ。そっと舌を差し込むと初めは驚いて逃げるのに、まもなく躊躇いがちに自分からも絡めてくるのだ。その感覚のなんと甘美なこと。さっきなど、俺を押し倒したリアンは、あの甘い唇を自ら俺のそれに――。

ぶわあっと顔と下半身が熱くなり、堪らずクッキーに手を伸ばす。そしてそのクッキーを、無理やりリアンの口に押し込んだ。

「ちょっ……れんか!?」

「お前は身体が細過ぎる！　もっと筋肉をつけろ！」

「クッキーなんて、いくら食べても筋肉はつきません！」

「なら、今夜は夕食を一緒にとるぞ！　死ぬほどたくさんいい肉を食わせてやるからな！」

「えっ、ですがついこの前も美味しいものをたくさん食べさせていただいたのに――」

「前回は海鮮だっただろう？　肉は久しぶりだ！」

「……まあ、私はお肉も大好きなので、食べさせていただけるなら拒みませんが」

「決まりだ！」

俺の唐突な誘いに戸惑いつつも、ふわりと笑ったリアンを前にして、俺の心臓は大きく跳ねる。

ああもうっ！　なんなんだよこいつ！　なんでこんなに全部可愛いんだよ!?

俺はくしゃくしゃになった感情とまとまらぬ思考、そしてなんとも言えぬ渇望感をぐちゃまぜにして残っていたアールグレイティーと一緒に飲み干すと、すぐに午後の公務に戻った。

◆　◆　◆

「俺は、リアンを好きみたいだ」

「……は？」

「……あまり何度も言わせるな」

「で、ですが――！」

「はあ……ハロルド、俺はいったいどうすればいいんだ？」

目の前で苦悶する絶世の美男子を前に、俺はすっかり困惑している。まあ、ふたりの様子がおかしいのには、夕食の時から気づいてはいたが……。

「今夜はめいっぱい美味い肉を食わせてやる！」と仰る殿下から急遽夕食をご馳走になることになったわけだが（といっても、殿下が俺たちと食事をとられることはそう珍しいことではない）、そのときから殿下もリアンも、妙に空気がぎこちなかった。いや、一見するといつもと変わらないのだが、ふとした瞬間に感じる「間」が、明らかにいつもと違っていたのだ。

とはいえ、ふたりが喧嘩をしたり(といって、この仲良しコンビが喧嘩するなど想像もつかんが)、あるいは逆に急に恋仲になったりするわけもない……はず（たぶん）。

やはり俺の勘違いだろうかとその違和感を無視して目の前の肉に集中しようとするが、しかしふっと俺の前でふたりの視線が絡み合い、ぱっとお互いの視線を逸らしては同時に頬を染められると、どうしたってこれが単なる勘違いではないと気づかされるわけで。

まあ、このふたりが相思相愛なことはとっくにわかっている。ただ、リアンはそれを頑なに認めようとしないし、殿下の方はリアンを男だと信じているからそれを友情だと思っているわけで、現状これ以上の進展は難しいだろう――と、思っていたのだが。

『俺は、リアンを好きみたいだ』

殿下は、はっきりそう言った。それがどういう意味か、当然わかっている。だが、念には念をというから、俺は確認しておいた。

「その『好き』というのはつまり、ただの友人としての好意を越えて、殿下がリアンに恋愛感情を抱いておられる、という理解でよろしいですか……？」

「……そうだ」

そう言ったあとで、机に突っ伏してしまった。どうやら、ようやく自覚したらしい。

「……実は今朝、またやってしまったんだ」

「また、何です？」

「実はまた……リアンを襲ってしまった」

「えっ⁉」

「そのうえ……今回は、本当に彼に口づけてしまった」

耳まで真っ赤になっている殿下を前に、俺はなんと声をかけるべきかすっかり困惑する。

殿下は知らないが、彼がリアンとキスをしたのは初めてではない。アヌーク嬢として女の姿をしているときに、ふたりはキスしているのだから。一度目は人工呼吸というロマンティックな雰囲気からはほど遠いものだったとして、二度目はデート中だった。

だが、殿下はふたりが同一人物であることを知らない。故に、大いに困惑していることだろう。

自分の護衛騎士で男でもあるリアンを再び襲ってしまったばかりか、今回は本当にキスまで――。

「それで、リアンはなんと？」

「それがその……」

なにか言いかけて、再び顔が赤くなる。……いや、純情かっ!!　と思わず突っ込みたくなるが、察するに、リアンは殿下からのキスを受け入れてしまったのだろう。

「まあ、なんとなく察しがつきましたのでいいです」

「えっ!?」

「では殿下は、キスでリアンへの恋心を自覚したと？」

「いや、本当は少し前から感づいてはいたんだ。だが、錯覚だと思い込もうとしていた。あまりにそっくりなふたりを脳が混同し、アヌーク嬢への想いを彼女にそっくりなリアンに対しても抱いているような錯覚に陥っているだけだと。しかし、もしかすると逆──だったのかもしれない」

「逆……と仰いますと？」

「つまりその、もともと俺がリアンのことを好きだったから、あのときアヌーク嬢に一目惚れしたと錯覚したのではないかと……。思い返せば俺は、最初からリアンにはっきりと好感を抱いていた。ずっと、深い親愛の情を抱いているだけだと思っていたが、もしかすると最初からそれ以上の感情を彼に抱いてしまっていたのかもしれない」

おっと、リアンへの恋心の自覚と同時に、そこにも気づいてしまったか……。

「だがリアンは男だからと、無意識にその感情に蓋をしていたのだろう。そこにリアンにそっくりなアヌーク嬢が現れたことで、彼女に恋をしたと錯覚したのではないかと……そんなことを思ってしまった。──もちろん俺は、アヌーク嬢のことが好きだ。本気で彼女を妃にしたいと思っている。だが、もし俺が無意識にアヌーク嬢をリアンの身代わりにしようとしていたのだとしたら、俺は、自分で自分を許せない。だって、そんなの不誠実すぎるだろ、彼女にも……リアンにも」

……いや、真面目かっ!! と思わず口にしそうになるが、ここもグッと堪えた。

どう……励まして差し上げるべきだろうか。あまりにも切実な表情で苦悩している殿下を前に、俺はすっかり言葉を失う。

俺にとってヴィンフリート殿下は、心から敬愛する主人であるとともに、大切な友人でもある。そんな彼がこのように苦しんでいるのに、そして俺はその悩みが本当は不要なものであると知っているのに、その事実を告げることができないのが、なんとも心苦しい。

──リアンの奴、こんな殿下の姿を見ても、まだ頑なに殿下に真実を告げないつもりなのか？

彼女の覚悟も、そのための努力も、決して軽んじるつもりはない。だが、殿下はリアンにとっても守るべき主人であり大切な友人であるとともに、なにより彼女自身が恋心を抱いている相手でもあるはずなのだ。それなのに、どうしてあいつは──。

真実を知るがゆえ、逆に適当な励ましの言葉が見つからない。かといって、苦悩する殿下を前に自分がなにもできないのも辛かった。それでふと、今夜は美しい月が出ていたことを思い出した。

「……少し、散歩でもしませんか？」

「散歩？」

「少し庭でも歩けば、気も紛れますよ」

「……そうだな。そうかもしれない。このままではベッドに横になっても、到底眠れなさそうだ」

しかしまさかこの提案が、あとであのような事態に繫がろうとは……。

月明かりに照らされた庭はどこか幻想的だ。このような夜に男同士で散歩など普通なら苦笑したくなるが、それでもこの見目麗しい美青年の物憂げな表情が月光に濡らされている様など、ひとつの完成された芸術品のようにすら見えるわけで――。

「……あれは」

急に立ち止まった殿下が一点を見つめている。その視線のほうへと目を向けて、思わず固まった。

そこには、リアンとリタ嬢がいた。彼女らは親友同士だ。王宮の建物内はともかく庭なら、護衛騎士である俺たちが許可を得て友人と会うことは容易だ。それで、ここで会っているのだろう。

しかし――これは一見すると、月夜に東屋で密会する男女。明らかに、そういう雰囲気に見える。

距離的にふたりが何を話しているかは聞こえない。俺はほっと胸を撫で下ろす。リタ嬢とふたりきりだと信じているリアンは女言葉に戻っている確率が高い上、話している内容も殿下に聞かれるとまずいものである可能性が濃厚だ。

とはいえ、この状況は殿下の目にはどう映るだろうか。……考えるまでもないな。殿下は東屋のリアンを見ながら、明らかに大きなショックを受けている。

「……リアンと一緒にいるのは、モンテスキュー伯爵令嬢だったたな」

「ええ。ですが、あのふたりはあくまでただの――」

おかしな誤解によってふたりの関係がこれ以上拗れないようにフォローしようとするが、次の瞬間、リアンがリタ嬢を力強く抱きしめ、俺の隣からは「あっ……！」と小さな悲鳴が聞こえた。

「……帰ろう」

「えっ!?」

「いいから、帰るぞ!!」

……これ絶対、誤解したよな？

誤解を解くべきだと思ったが、よい言葉が思い浮かばない。夜の庭で未婚の男女が密会、しかもあのように抱き合っていては、貴族社会においては確実にそういう関係にあると見做(みな)される。

リアンの奴、普段なら男の姿の時はあんな誤解されるような行動など絶対に取らないのに、いったいどうしたというんだ!?　しかもよりによって、そのシーンを殿下に見られてしまうとは……！

だが、これは俺の責任でもある。俺があのとき、「散歩でも」などと柄(がら)にもないことを殿下に提案しなければよかったのだ。ああ、どうして俺はあんなことを――！

出かける前よりもはるかに思い詰めた表情の殿下の横顔を見ながら、強い自責の念に駆られる。

全ては、誤解なのだ。だが、それを俺の口から殿下に告げることはできない。それに誤解だからといって、リアンがやはり殿下の想いを受け入れるつもりがないのなら、結局は同じことだ。

いっそ、リアンとリタ嬢を恋仲だと思っていただいた方が、諦(あきら)めもつくのかもしれない。だが、本当にそれでいいのか？　本当は両想いであり、「運命の相手」同士でもあるのに――？

結局さっきの件についてうまく誤解を解く術(すべ)を見つけられず、殿下を励ますこともできなかった。

そして殿下はすっかり落ち込んだ様子のまま、部屋に戻って休まれることになった。


翌朝、リアンが交代にやってきた。普段はそのまま交代となるが、俺はリアンを少し引き止めた。

「お前、昨夜リタ嬢と会ってただろ」

「えっ、なんでそのことをハロルドが知ってるんだ？　急なことだったのに」

「実はな、昨夜殿下と庭園を散歩していて、お前たちの姿を殿下がご覧になってな……」

「ああ、そうだったのか。で？　それがどうかした――」

俺はリアンの耳元で小声で囁く。人目もないし、部屋の中の殿下にも聞こえはしないだろうが、用心するに越したことはないからな。

「……お前がリタ嬢と抱き合っている姿をご覧になって、誤解なさっていたぞ？」

「誤解？」

「ああ、当然だろ。未婚の男女が、夜の庭園で密会だぞ？」

ようやくその意味に気づいたらしいリアンが「やっちゃった……」的な顔をしている。はあ。こいつには、その迂闊な行動が昨夜殿下をどれだけ悩ませたかなんてわからないんだろうな。

リアンは小声で答える。

「確かに不注意だったわ。でもご覧になったのが殿下とハロルドでよかった。別の誰かなら、リタに変な噂が立ったかもしれないものね。未婚の令嬢が夜の庭で男と抱き合ってるなんて、醜聞以外のなにものでもないし……。今後は気をつけないと！」

「お前なあ……！」

「あっ、でも、リタはもうすぐ未婚じゃなくなるかも！」

「なに？」

「ほら、アヌークに頼まれてふたりのデートのお膳立てをしてあげたでしょ？　で、昨日ふたりでその約束のデートをしたみたいなんだけど……リタがようやくアヌークの気持ちを受け入れたの！　昨日はそのことで私に報告を――！」

「なに、本当か!?」

満面の笑みを浮かべて頷くリアン。にしてもアヌーク、やっとか！　兄として、大切な弟であるアヌークの長年に渡る一途な片想いがようやく報われたことを素直に喜びそうになった——が、次の瞬間、俺はハッとある事実に気づいた。

「おいリアン、だが、それは大丈夫なのか⁉」

「へっ？」

「お前も言ったが、それなら婚約も秒読みだろう！　アヌークは彼女にずっとぞっこんだったんだ、ようやく想いを受け入れてもらえて、あいつが結婚の申し出を我慢するとは思えん！」

「あっ……！」

「ゼーバルト家とモンテスキュー家。地方貴族とはいえ、どちらも歴史の長い伯爵家だ。まして今、ゼーバルト家のご令嬢は王太子殿下のお妃様候補となってるんだぞ！　その双子の弟の婚約話が、社交界で大きな話題にならないはずがない！」

実際に婚約するのは弟であるアヌーク。でもこれを隠しておこうにも、婚約話が新聞に載れば、殿下は当然これを知ることになる。我が国の慣習により神聖な「名前」が紙面に掲載されることはないが、「ゼーバルト伯爵令息」と出れば、王宮でそれは「リアン」と同義語——。

「……じゃあ、私がリタと付き合ってるってことにするしかないわよねえ？」

「はっ⁉　なぜそうなる⁉」

「えっ、だってそうするしかないでしょ？　婚約の話が新聞に出ちゃったら言い逃れできないもの」

「いや、だが、殿下とお前は……！」

「殿下と私が、なに？　あ、『運命の紋章』があるから？　でも私たちはどうせ一緒になれないいんだし、そもそも私は男ってことになってるわけで……」

「だが、殿下はリアン、お前自身を――！」

「あっ、そろそろ殿下にご挨拶しないとね！　続きは、午後の引き継ぎのときにでも！」

そう言うと彼女はすぐに殿下の部屋をノックし、中からの返答を待ち、入室してしまった。俺は極めて複雑な心境のまま、その場を後にした。

まあ彼女が「ゼーバルト伯爵令息」で通している以上、彼女の言ったように説明するほかないのだろう。一応この後アヌークに連絡を入れ、「プロポーズは少し待てよ」と伝えてはみるが……。

独り、ため息を吐く。殿下は大丈夫だろうか。しかし俺にはどうすることもできない。アヌークに連絡だけ済ませたら、すぐ寝よう。なんだか今日は、妙に疲れた。もちろん、精神的にだが。

アヌークに連絡を入れたあと、水を浴び、早々とベッドに入った。すると俺は（精神的）疲労感のせいか、ベッドに入るなり沈むように眠りに落ちた。

その日、俺はタキシード姿のリアンと殿下が手を取り合う背後でウエディングドレスのアヌークとリタ嬢が手を取り合い、互いに神の前で愛を誓っているという、あまりにシュールな夢を見た。

◆　◆　◆

リタからの嬉しい報せに、一夜明けても興奮がおさまらない。長すぎたアヌークの片想いがようやく報われ、まるで自分のことのように嬉しかった。

それにしてもまさかアヌークが、本当に歴史家の道を歩むことになるとは。彼は大学に残って、今やっている研究を今後も続けていくことを決めたのだという。ゼーバルト家初の研究者誕生だ！

アヌークが研究しているのは、我が国の「建国神話」だ。大学在学中に彼はある大きな事実に気づき、その立証を試みているらしい。今はまだ証拠となる史料が不足していて詳しくは話せないそうだけど、「立証できれば、歴史的な大発見になるかもしれない」、とのこと！

「建国神話」の物語は幼い頃にハロルドがよく読み聞かせてくれて、ふたりとも大好きだった。

思えば、あれが私たちふたりの将来を決めたのか。なぜならアヌークはあの物語に強く惹かれて歴史家を志したのであり、私はあの物語の英雄騎士に憧れて騎士になったのだから。


いつものように入室すると、殿下は普段通り挨拶されたが、明らかに寝不足のご様子だ。

「殿下、昨夜はあまり眠れなかったのですか？」

「……ああ」

「もし必要でしたら『癒し』を――」

「いや、その必要はない」

きっぱりとそう言われ、妙に寂しい気がしてしまった。普段はあんなに「癒し」が好きなくせに。

それにこんなお疲れの様子では、このあとの公務にも差し支えるはず。

私は魔法騎士のグローブを外し、殿下に近づいた。

「殿下、遠慮は入りませんってば。寝不足では、作業効率も落ちますから」

「本当にいいんだって」

こう頑なに拒まれると、意地でも癒したくなるな。それで、本来なら王族に対して無礼を承知で、殿下の手をぱっと掴むと「おいっ⁉」という彼の声を無視して手のひらを無理やり重ねた。

清流のようなとても心地よい感覚が、重なり合った手から全身に行き渡る。殿下も口では拒んだくせに、重なった手を振り解こうとはしない。拒絶されなかったことに安心感と妙な満足感を覚え、手を重ねたまま、ベッドに座っている殿下の隣に腰掛けた。

「……その、実は昨日――」

「ああ、リタとのことですよね。ハロルドから聞きました。私たちが抱き合っているところをご覧になったとか。あんなところで、大変失礼いたしました」

私は淡々とそう言った。思えば、昨夜の抱擁の場面を殿下に見られたのは、むしろ好都合かも。殿下とアヌーク嬢の関係はもうすぐ来るお試し恋人期間の期限とともに終わりを告げるが、専属護衛騎士のリアンは別。昨日など、あんな風にリアンとして殿下とキスしてしまったのだ。私たちの関係性をこれ以上変えないためにも、「リタと真剣に交際している」と先に殿下に伝えておくほうがいいだろう。

「……それは本当か？」

「ええ。一応、結婚も考えています。まだ正式に申し込んだわけではないですが」

嘘ではない。ゼーバルト伯爵家の次期当主であるアヌークは、幼い頃からモンテスキュー伯爵令嬢を妻とすることを目標に、ひたすら努力してきたのだ。そして私も、それを心から望んでいる。

親友と双子の弟の結婚なんて、最高だしね！　ただ殿下は絶対結婚式に参加したがるだろうから、そのあたりをうまく誤魔化す方法を考えないと――。

紋章を重ねるために繋いでいた手を、殿下が不意にぎゅうっと握る。少し、痛いほどに。

「……殿下？」

「リアンは、本当に彼女のことを愛しているのか？」

「えっ？　ええ、もちろんですよ？」

「……だが、彼女はお前の『運命の相手』ではないだろ？」

「は？」

「いや……なんでもない」

もちろん、聞こえなかったわけではない。むしろ、聞こえたから、聞き返したのだ。

「運命の相手ではないだろ」、か。まあ、それはそうなんだけど。リタへの愛情も本物だが、あくまで女同士の親愛の情。私の「運命の相手」も、私が恋をしてしまったのも、私の手を握るこの人だ。

「殿下、もしかして寂しいのですか？」

揶揄（からか）うように——でも本当は、何より自分の気持ちを誤魔化すために——少し笑いながら言った。

「ああ、やはりそうですか！　ですが、そこはご安心を。私にとって一番大切な方は殿下ですから！」

「……え？」

「当然です！　騎士にとって主人は、自分の命よりも大切な存在なんですからね！」

もちろん騎士みんながそうってわけではないだろうが、私にとってこの言葉は紛れもない本音だ。

——しかしこの言葉に対して殿下から返されたのは、想いもよらぬ言葉だった。

「俺もだよ」

「……はい？」

「俺も、お前のことが大切だ」

「えっ、あ、ありがとうございます……？」

「自分の命より、お前の命を護りたいと思うよ」

……へ??

「で、殿下？　おかしな冗談はよしてください！　どこの世界に、自分を護るための騎士の命のほうが大切だなんて仰る主人がおりますか？　殿下が聖人君子のような方なのは存じ上げていますが、博愛主義もほどほどになさらないと――」

「博愛主義者なんかじゃない。それに俺は、聖人君子などでもない」

「ではどうしてそんなこと……」

「……はあ。ごめん、確かに変なこと言ったよな。忘れてくれ、少なくとも――今は」

到底忘れられるわけのない言葉を残して、殿下はそっと私の手を放した。「癒し」のお陰ですこぶる調子がよくなったはずなのに、おかしなほど心臓がドキドキして、私はすっかり困惑していた。


それからまた、数日が経った。あれから殿下は、私とリタの交際関連の話には一切触れてこない。

なお、本物のアヌークはまだリタにプロポーズはせず、正式に研究職を得てから結婚を申し込むつもりだという。本来の彼の性格なら、すぐにでもリタにプロポーズをしたはず。それを引き伸ばしたのは……たぶん、私のためだ。ゼーバルト家の令嬢が妃候補に選ばれている状態での婚約は目立つ。リスクを考え、時期をずらしてくれたのだろう。そう思うと、ものすごく申し訳なくなる。

だが、そんな「お試し恋人期間」も、まもなく終わる。そしたらもう「アヌーク嬢」として殿下を騙す必要もなくなるし、殿下には今度こそちゃんとお妃様を選んでいただき、そしてその女性と――……ダメダメダメ。騎士として生きるために、自分で選んだ道だ。ここで胸を痛めるなんて、自分勝手すぎる。幸いにして、お妃様候補であるイルマとヴェロニカ嬢はどちらも本当によい方だ。あのふたりなら、どちらがお妃様になっても立派な王妃になるだろう。お茶会のお陰で、恋愛感情ではないにせよ殿下もふたりと良好な関係を築けている。夫婦になれば、いずれは愛情だって……。

「リアン？　お前、早く準備に行かないと間に合わないんじゃないか？」

耳元で囁かれたハロルドの声で、我に返る。一瞬感じた強い胸の痛みには、気づかぬふりをした。

「そうだった！　じゃ、あとはお願い！」

約束の半年は目前だ。ラスト一回で再びプロポーズされるなら、普通にデートできるのは、今回が最後のはず。だからある意味とても重要なデートのはずなのだが、今夜のデート場所はなんと、騎士訓練場……そう、殿下は本日、私と手合わせをご希望らしい。

これについてはいろいろ懸案があるのでアヌーク嬢としても一度はしっかりお断りしたのだが、どうしてもと押し切られる形で結局この場が設けられてしまった。ただし、もちろん私も無条件でこれを承諾したわけではなく、二つの条件を飲んでいただくことに成功した。

一点目。今回の手合わせでは魔法剣を使わないこと。当然だ、私は誓約のせいで殿下に対し攻撃魔法を使えない。それなのに、アヌーク嬢として魔法剣で殿下と手合わせなんてしたら完全に詰む！

二点目。手合わせは完全非公式で行い、見学者などは認めないこと。つまり殿下と私のほかは、専属護衛騎士であるハロルド以外、訓練場に近づけないようにお願いした。

この国では女が剣を握ることさえよしとされない。それなのに、王太子殿下が仮にもお妃様候補である私と手合わせするなんて知れたら、間違いなく新聞沙汰である。絶対に非公式の、内密な手合わせにしないと……。

殿下は条件のどちらにも不服そうだったが、これを受け入れないなら絶対に手合わせも行わないと申し上げたら、最終的に受け入れてくれた。

というわけで、ついさっきも殿下と手合わせをしたのに（そのあと「癒し」もしたけど）、別人として本日二度目の手合わせとなるわけである。

だがまさかこの手合わせのおかげで、あのような事態に陥ろうとは……。


「これはっ……想像以上だ!!」

すっかり息のあがった殿下が、きらきらした眼差しをこちらに向けている。

「貴女が男だったらリアンよりも強いだろうという話は、どうやら大袈裟ではなかったようだな！」

女の私に完全に押されているのに殿下はとても嬉しそうで、どこか誇らしげにさえ見える。

「私が男なら、リアンなんて一瞬ですよ？　ハロルドにも絶対に負けませんから！　ね、ハロルド！」

「はっはっは！　確かにリ……アヌークが男なら、俺でも太刀打ちできなかっただろうな！」

私と殿下の手合わせを唯一見守るハロルドは、やけに嬉しそうにそう言った。

ああでも、本当に楽しくてたまらない!!　「アヌーク嬢」という偽りの姿とはいえ、女性の姿で殿下と剣を交えているのだ。あえて考えたことはなかったが、これは私のひとつの夢だったような気がする。

普通の男性なら、女性と剣を交えるなんて絶対に嫌がる。でも、殿下は違う。自分より腕の立つ女を相手にしながら、男の変な沽券を気にすることもなく、純粋にその剣技を賞賛してくれる。

ああやはり、殿下は本当に素敵な方だ。そう思ったら胸が大きく高鳴って、自分がこの人を好きだってことを改めて実感する。

だから、思わず願ってしまう。もうしばらくだけ、この時間が続かないだろうかと。

まもなく、アヌークとしての殿下との別れの時が来る。それ自体も正直寂しいのだけれど（それすら完全に誤算だった）、そのあとで殿下がお妃様を迎えるのだと思うと、胸が苦しくなる。

そんな未来、永久に来なければいいのに。ただずっと、殿下と私とハロルドの三人でいつまでも楽しく笑いながら過ごせたらいいのに……。

なーんてね！　ヴィンフリート殿下が王になる以上、その治世を守るためにもお世継ぎが必要だ。「いつまでもこのまま」なんて夢想に過ぎないことくらい、ちゃんとわかってる。──それなのに。

そうこうしているうちに、手合わせは終わった。時間も時間だし、ふたりとも汗をたくさんかいているので、今日のデートはここまでということになった。

何事もなく無事に終わってよかったし、残り二回のデートと身構えたわりに、特に重い話とかもなくて正直ほっとした。場合によっては例のプロポーズを今日されて、次回答えを聞かせてほしい、なんて可能性もあったのだし。

でも、妙な感覚だ。それでほっとしている自分もいるけれど、残りの日数的にあと二回しかないはずのデートの一回が（とても楽しかったとはいえ）何事もなく終わってしまったことにはっきりと寂しさを覚えているのだから。

……本当に、ダメだな。こんな状態で次の、つまり最後のデートを迎えて、殿下にもう一度プロポーズされたら、うっかり受けちゃったりして。

なんて、洒落にもならないことを考えて、頭を振る。なに馬鹿なことを考えているんだか。プロポーズを受けるなんて、ありえないのに。そんなこと、今更私に絶対に許されることじゃないのに。ん……？「今更、許されない」――？　ふと、自分の思考に違和感を覚えて、立ち止まる。――違う。許されないから、受けないんじゃない。自分の望み通りに、騎士としての人生を全うするため自分で選んだことだ。それなのに、まるでそれを後悔しているみたいな思考に陥るなんて。汗を吸った訓練着を脱ぎ、夜の浴場に入る。リアンとしての手合わせのあとにも一度さっと汗を流したので、本日二度目の水浴びだ。もちろん、殿下が先に汗を流したのは確認済み。本来ここは殿下専用の浴場だが、ハロルドと私は特別に使用を許可されている。自室からも近く非常にありがたいのだが、万が一にも殿下と裸で鉢合わせしたらいろいろ終わるので、細心の注意を払っている。そう、本当に、細心の注意を払っていたはずなのだ。それなのに――どうしてこんなことに!?

「……リアン？　今、使ってるのか？」

背後から聞こえた声に、私は硬直した。

――殿下だ。間違いない。でも、いったいなぜ!?　水浴びはもう済んでるはずなのに!?　どうしよう、どうしたらいい!?　一応胸を手で隠せばワンチャン――いや、思いっきり溢れるし！　ほぼ全く隠れないしっ!!　ほんっといつの間にやら無駄に豊かに成長してたのね、私の胸っ!!　流石にこれを「大胸筋です」なーんて言い張れないのはわかってる。ということはもう……もう、本当に絶体絶命――!!

と思ったそのとき、あることを思いついてそばにあったタオルを手に取ると、すぐさま頭に巻きつけた。この小さめタオルで全身は隠せない。でも、このショートヘアーを隠すくらいなら……！

「ああ、やはりそうか。リアン、使用中にすまないな……実は、さっきここに物を忘れ――」

殿下が固まる。まあ、そりゃあそうでしょう。ばっとしゃがみこんで胸を両手で隠したとはいえ、明らかに私の身体は女性のそれ……。これを乗り切るには――!!

「で、殿下……！　アヌークです！　実は、リアンがここで汗を流してよいと言ったので……！」

そう、今は「アヌーク嬢」になりきるほかない！　王宮の王太子殿下専用浴場を勝手に双子の姉に使っていいと言うなんて本当は絶対ダメだけど、今はそんなこと言ってられない!!

今日の帰りはリアンに送ってもらうと伝えてたし、リアン＝アヌーク嬢がバレるよりはちょっと非常識な専属護衛騎士になるほうが、幾分かマシのはずだ！　……たぶん。

私の返答でようやくそれがリアンではなくアヌーク嬢だと理解した（まあ実際はリアンだけども）殿下は、ぶわあっと冗談みたいに赤面して、私が用意していた大きめタオルを見つけて手に取ると、それを私の身体にかけてくれた。

「そ、その……！　本当に、申し訳ない!!　決して、断じて、貴女の裸を覗き見ようなどと思ったわけではないんだ!!　本当に、ただ、偶然に、その……!!」

まるで自分が悪かったかのようにしどろもどろになりながら、謝罪と弁明を繰り返す殿下。

いやいや、殿下は全然悪くないですよね？　そもそもここは殿下の浴場だし、私はそれを借りてる身だし、今なんて殿下は又貸し現場に居合わせてしまったような状況なんだし??

それなのに耳まで真っ赤にして、未だ私に謝罪を繰り返すものだから、自分が完全に悪いのだし謝罪をせねばならぬ状況にもかかわらず、私は堪らず笑い出してしまった。

「……アヌーク嬢？」

「あはははっ！　もっ、申し訳ございません、殿下!!　で、でも、おかしくって!!」

「えっ!?」

「だって、殿下は少しも悪くないではございませんか！　私が――というかリアンが勝手にここを私に貸して、それでこんなことになったのに……あはははっ!!」

もうこの状況がおかしすぎて、涙すら出てきた。その様子に、殿下はすっかり困惑している。

「ア、アヌーク嬢、その……そのままだと風邪をひく。俺は一度ここを出るから――」

「あっ、いえ！　私がここを出ますので!!」

と、急いで立ち上がるが、床についていたタオルに足を取られ、しかも濡れていたせいで――。

「きゃあっ!!」

なんということでしょう。つるっと滑った私は、殿下を思いっきり押し倒してしまった。しかも身体にかけていただいたタオルも外れた、真っ裸な状態で……。

「で、殿下！　申し訳ございません――!!」

殿下は何か浴室のものを取りに来ただけなのだろう、普通に服を着ている。しかし就寝前ということもあり、かなり薄手の軽いものだ。それが何を意味するか――。

そう、思いっきり……当たってますね。まあ、こればっかりは仕方ないのだろう。私は男じゃないから細かいことはわからないが、裸の女性に押し倒され、思いっきり身体を密着させられたら、あそこは勃っちゃう。それが男の本能というか、いわゆる生理現象ってものなのだろう。

いずれにせよ、今回は完全に私が悪い。陳謝いたしますので……そのですね、腰に回されているその手を、ちょっと離していただけませんでしょうか？　これじゃ、起き上がれないのですが??

「殿……下？」

「す、すまない！　ただそのっ……！」

耳まで真っ赤にしながら、私の裸を見ないように必死で顔を背けているが、なぜか腕の力だけは一向に緩まない。さっきの衝撃と爆笑と転倒のトリプルコンボで狂っていた羞恥心が、このよくわからない間のせいでしっかり戻ってきてしまった。

この状況……本当に危険なのでは!?　殿下が誰よりも誠実な方なのは存じ上げているが、しかし殿下も男性。こんな状況で反応するなというほうが無理な話だろう。まして殿下は私に恋してるのだし、「運命の紋章」の影響だって――。

「ひゃあっ!?」

殿下が、そっと私の腰を撫でた。それだけなのに、感じたことのない快感に全身の力が抜ける。

「す、すまない、アヌーク嬢！　その……不甲斐ないが、身体が思うようにならないんだ！　あっ、そうか！　魔法！　魔法を使ってくれ!!　魔法で俺を拘束して、その間に逃げてくれないか!?」

――くっ、それは無理な相談だ。だって私リアンなので、殿下に魔法使えないんですよね!!

ああ、なんてことだ！　せっかく手合わせで魔法剣の使用を阻止できたのに、まさかこんな形で私が「誓約」によって殿下に魔法が使えないことがバレそうになろうとは――!!

「アヌーク嬢！　早く、魔法を使ってくれ!!　思いきり魔法で俺をぶっ飛ばしても構わないから！　さもないと今の俺は、貴女にとんでもないことをしかねない……！」

よほど切羽詰まっているようだ。しかし実のところ、私もかなりよろしくない状態だ。薄い生地越しに感じる殿下の体温も、腰に直接触れている手の感触も、私の身体を恐ろしいほど熱くする。

それに、なんとも言えないいい香りが、殿下から漂ってくるのだ。その匂いに誘惑されるように、身体を殿下に擦り付けたくなる。頭がくらくらして、そんなの絶対にダメだとわかっているのに、殿下と思いっきり深いキスがしたくなる。そして、そのままもっと、深く殿下と——。

「アヌーク嬢っ!!」

悲鳴にも似た殿下の声で、ぼーっとなっていた頭が一時的に覚醒した。

危なかった。普通に、私のほうから殿下を襲ってしまうところだった……。

これは、「運命の相手」との過度な接触による反応なのだろう。これまでは体液の交換や粘膜接触がなければ大丈夫なのだと思っていたが、一説によると性的興奮を感じているときに運命の相手がそばにいると相手を求める感覚が強化され、理性を失うほどに欲情してしまうとか。

ましてや、私はまだ水を浴びる直前だったから無駄にいっぱい汗もかいている! そうだ、涙で反応したのだ。汗だって、ダメに決まってる……!!

——このままでは、貞操の危機だ! そう、殿下のね!! 私は今後も子を成すつもりもなければ、その必要もない。でも、殿下は違う。この国のお世継ぎとなる子をもうける必要があるのだ!!

もしここで私と殿下の間に「一夜の過ち」的なことが起きた場合、普通の過ちよりはるかに取り返しがつかない。運命の相手と関係を持つと、ほかの人と二度と関係を持てなくなるのだから……!

絶対に、あってはならないこと——頭でははっきりとわかっている。それなのに、自分のなかで抑えつけていたある考えに不意に囚われる。

もしこのまま、私が殿下にアヌーク嬢として抱かれたら——そうしたら殿下はもう、ほかの人とはそういうことができなくなる。そうしたらずっと、私だけの殿下になる……?

これまで感じたことのなかった、どす黒い感情――目の前にいる男性に対し自分が恐ろしいほど強い独占欲を感じていることに気づいて、私は戦慄した。

そんなこと、私が望んでいいことじゃないのに。自分の我が儘でこの優しい人を欺き、苦しめているくせに、こんな身勝手が感情を抱くなんて、決して許されるはずないのに――！

「……アヌーク嬢、逃げないのか？」

「えっ」

「その、逃げないなら俺は、自分に都合よく解釈してしまいそうなんだけど……」

都合よく……って、きっとそういうことよね？　つまり私は、これを否定しなければいけない。

そんなつもりじゃない、ただ、抵抗するための魔法が使えないだけ――。

ちゅっと、唇が触れ合うだけの優しいキスをされる。でもそれが、うっとりするほど気持ちいい。

もう一度、そっと口づけられる。私の反応を窺うように。私からの許可を求めるように。

殿下には、私のように堪えねばならない絶対的理由はない。逃げろと言っても逃げもせず、キスされるがままになっている私の反応を彼が「同意」と見做しても、誰も彼を責められない。

それでも殿下は、必死で私の「許し」を待っている。額に汗を滲ませながら、信じられないほどの強い自制心と誠実さで己を律し、私の意思を尊重しようとしてくれている――。

触れるだけのキスが徐々に唇を唇で啄むようなキスになり、そこに少し舌が当たるようになる。

これに応えてはだめ。これに応えれば、今度こそ「受け入れる」という意思表示になってしまう。

頭の中で大きく警鐘が鳴る。それなのに、どうしても彼の美しい紺碧の空色の瞳から目が離せない。鼓動が恐ろしいほどに速まって、そして……そっと、舌を自分から殿下のそれにあてた。

次の瞬間には、私たちは深く、激しく、貪るように口づけ合っていた。

頭がおかしくなりそうなほどに、気持ちいいキス。渇きが潤って、喜びに満たされていく。それなのに、もっと、もっとと、欲しくなる。

息が上がり、呼吸が乱れる。苦しいくらい気持ちよくて、どうしても止められない。甘ったるい声すら漏れて、深く激しいそのキスを、ただひたすら繰り返してしまう。

「んっ――」

新たな刺激に驚くも、キスをやめることができない。殿下の両手がもはや腰でなく私の胸のふくらみをやわやわと揉みしだいていることに気づいていても、一層の興奮と悦びだけを感じてしまう。

「ああんっ！」

きゅっと、そのふくらみの先端を摘まれて、電撃にも似た強い快感が全身を駆け抜けた。

「硬くなってる。ああ、その表情も――なんて可愛いんだ」

「や、やあん……」

たぷたぷと胸を揉みながら親指の腹のところで先端をくりくりと捏ねられて、痺れるような甘さが身体中に広がっていく。もっと、もっとしてほしい。キスも、愛撫も、その先も――。

完全に、理性が欲望に敗北しようとしていた。私は半ば無意識に、彼の昂りに身体を擦りつけ、彼はそれに気づいてその瞳に一層の熱を灯すと、また私の舌をじゅっと強く吸い上げた。

「ああっ……！」

「もっと、もっと君がほしい。愛してるんだ、リアン――」

「――えっ？」

その瞬間、ふたり同時に固まった。一瞬にして、理性が戻ってくる。

「えっ、い、いま俺っ――！」

ばっと私たちは身体を離した。急に、今自分たちが何をしていたかを理解する。殿下は真っ青な顔でまだ硬直していたが、はっと気づくと、私にタオルをかけた。

「す、すまない、アヌーク嬢！　今のは――!!」

「くしゅんっ！」

熱を帯びていた身体の温度が急に下がったせいか、突然くしゃみが出た。

「はっ――！　身体を冷やしてしまったのか!?　ああ、気がつかず本当に申し訳ない！　話……と謝罪の続きは、また後でさせていただく。だからひとまず、しっかりと身体を温めてくれ！　その……本当に申し訳ない!!」

殿下は急いで浴場をあとにした。

そこに独りとり残された私は、やはり呆然（ぼうぜん）とした心持ちのまましばらく固まっていたが、ふと汗とは別に、下半身のある場所からとろりとしたものが流れ出ていることに気づく。

――それがどういうものであるか。これがこんなふうにたくさん出てるのは、女にとってどんな意味を持つのか。騎士仲間が酒場でしていた下世話（げせわ）な話を通して、私はちゃんと知っている。

苦笑しつつ、私はそれをそっと洗い流す。その感覚にすら、いつもとは違うある種のもどかしさを感じてしまう。ああこの身体は、今もまだ熱くて、疼（うず）いて――強く、殿下を求めている。

危うく、完全に流されるところだった。あのとき殿下が私のことを「リアン」と呼ばなければ、私たちはきっと、行くところまで行ってしまっていたはずだ。

本当によかった。取り返しのつかないことをしてしまうところだった。

でも一方で、新たな不安が胸にのしかかる。

『愛してるんだ、リアン――』

――胸が、苦しい。それがどんな意味を持つにせよ、私にはなんと甘く、恐ろしい言葉だろう。

結局、頭の整理をつけられないまま、浴場をあとにした。


そのままリアンに戻るつもりだったため、もちろん女物の服の用意などしていなかった。だから着替えに用意していた男物（いつも）の服を着るが、頭にはタオルを巻いたままにして、まだどこか呆然とした心持ちのまま浴場の外に出ると、真っ青な顔をしたハロルドがそこに立っていた。

「リ――！」

私が素早く首を振ると、ハロルドは口を噤んだ。

「その……殿下は？」

「今、ご自分のお部屋にいらっしゃる。『アヌーク嬢が浴場を出たら、部屋に来てもらうように』とのことだが……それより、先にお前の部屋に行かんとな。その恰好で行くのはありえない。ただの……『頭にタオルを巻いたリアン』にしか見えん」

頭を抱えるハロルドに何とも言えぬ申し訳なさと恥ずかしさを感じつつ、ふたりで部屋に戻った。

すると、なぜかハロルドに突然頭を下げられ、慌てる。

「い、いったいなに――!?」

「リアン、すまない！　実はさっき、急に陛下に呼ばれたんだ。今日のお前との、つまりアヌーク嬢との手合わせの件について、俺からいろいろお聞きになりたかったらしい。今日のデートで手合わせをすることは陛下もご存じだったから……。殿下は既に手合わせの直後に水浴びを終えられていたし、部屋で読書なさるとのことだったから、一時的にほかの騎士に護衛を任せて殿下のもとを離れたんだ。だがまさか、忘れ物で殿下が再び浴場に向かわれるとは……」

「……そんなの、ハロルドは何も悪くないじゃない。完全に私が悪かったの。殿下との手合わせがとても楽しかったから、気が抜けていたんだわ。殿下が自由に行動できる時間にあそこを使うなんて、本当に馬鹿だった」

ハロルドはなんとも言えぬ表情を浮かべていたが、それから小さくため息を吐いた。

「リアン、少し話をしよう」

「えっ、今!? でも、殿下がお待ちなんじゃ――」

「いいから。一旦、座りなさい」

「は、はい……」

やけに深刻なハロルドの表情を見てどうやら大人しく従った方がよさそうだと理解し、そのまま彼の隣に座った。

「……リアン。お前は本当によく頑張ってきたと思う。俺はお前がここに来るまでに積み重ねた努力を誰よりも知っているし、誇りにも思っている」

「えっ、な、なにを急にそんな……」

「『どうせ無理だ、諦めろ』『夢見ること自体、最初から間違いなんだよ、お嬢様』――たいした悪気すらなく、伯爵家にいた騎士連中がお前にそう言ったと言っていたな。でもお前は、そんな言葉に惑わされず、絶対に諦めなかった。そしてただひたすら、前だけ見て突っ走ってきた。お前のその意志の強さも、時には無鉄砲なくらいの行動力も、周りの意見に左右されず決してぶれないところも俺はすごいと思うし、尊敬もしてる。そんなお前だからこそ、ここまでやれたんだ。そんなお前じゃなきゃ、こんなこと成し遂げられなかった」

ハロルドはとても優しい表情でそう言ったけれど、次に私のほうをまっすぐ見つめた彼の目は、なんだか全く違っていた。

「だがなリアン、今はお前のよさが、どれも悪い方に働いている気がするんだ。なんていうか……今のお前は、ある意味、意固地になっているんじゃないかと思う」

「……意固地」

「ああ、そうだ。正直、そう思ってる。確かに、お前の置かれている状況は複雑だ。こんなことがなければお前が最初に望んだ通り、一生殿下の騎士でいられたかもしれない。それが紋章のせいで、突然こんなことになった。お前が憤りを感じるのも、当然だ。だが……だからってそれを全部無視して、今までのようにただ前だけ見て突っ走るのはちょっと違うんじゃないか？　なんていうかな。今のお前は『騎士であり続ける』という目標に向かって、脇目も振らず独走してる感じだ。それで視野が狭まって、他のものが見えなくなってる気がする。……わかるか？」

ハロルドの言葉が、胸に突き刺さる。本当は――ずっと前から気づいていた。今の私が、あえて見ないようにしているものがたくさんあるってことに。

でも、そのほうがよかったのだ。楽だったのだ。そうでないと、これまでの自分の行いが全て、間違いだったのではないかと疑ってしまいそうだったから。これまでの自分を全部、否定されてしまうような気がしたから。だから自分の心にさえ、耳を傾けるのが怖かった。そうしたらきっと、立ち止まってしまうから。走り続けないと、道を見失いそうで。止まった瞬間、もうこれまでのように走ることができなくなるような気がして。

「……なあリアン、今のお前は、あの頃とは違うぞ？」

「——えっ？」

「もう、剣を握る変わり者の伯爵令嬢だった頃とは違う。今のお前はこの国の王太子殿下の専属護衛騎士で、誰もがお前の強さを知っている。誰もが、お前を素晴らしい最高の騎士だと知っている。だがそれ以上に——」

……？

「今のお前には、お前を信じて支えてくれる人たちが、たくさんいるだろ？」

——!!

「アヌークも、リタ嬢も、お前が騎士であり続けられるように、手を貸してくれている。自分たちが我慢してでも、お前の夢を守ろうとしてくれている。そういえばあのイルマ嬢も、お前を応援すると言ってくれたそうじゃないか。なぜかわかるか？　みんな、お前を好きだからだ。お前のやり方を認め、お前自身を認め、お前を助けたいと思っているからだ」

「……うん」

「そしてお前には、何より殿下がいらっしゃる」

「うん」

「殿下は、お前のことを本当に信頼してくださっている。そして、心から愛してくださっている。

そのことは、お前が一番わかっているんじゃないのか？　そんな殿下が、女であるお前が剣を握ることをあんなに喜んでくださったんだ。真実を伝えても、殿下は決してお前を軽蔑したりしない。きっと、なんとかしてお前を助けようとしてくださるはずだ。お前は、お前を誰より信じてくださっている殿下のことをもっと信じるべきだ。あんな素晴らしいお方、ほかにいないぞ？」

「うん、そうだね」

「確かに今もまだ、女性は騎士になれない。だが、以前とは全然違うんだ。お前を信じて、お前の力になってくれる人がたくさんいる。もちろん、俺もそのひとりだ。……わかってるよな？」

「うん」

「だったら、自分から独りになろうとするな。お前を信じる者たちを、もう悲しませるな。いいな？」

「……ん。ごめんなさい……本当に……」

じわっと涙が溢れてくる。するとハロルドは小さい頃によくしてくれたみたいに頭をわしゃわしゃと撫でながら、ハンカチで涙を拭いてくれた。その優しさに、涙がどんどん込み上げてきた。

「リアン、一度でいい。ちょっと立ち止まって、ゆっくり周りを見回してみろ。今まで見えてなかったものが見えてくるはずだ。そうしたら――もしかすると、もっといい道だって見つかるかもしれないだろ？　諦めろと言ってるんじゃないぞ。ただ一度、少し止まってみろと言っているんだ。周りも見えないまま突っ走っていては、いつかきっと後悔する。大丈夫だ、お前なら一度止まっても、またすぐ走り出せるさ。そうだろ？」

静かに頷くと、ハロルドがぎゅうっと私を抱きしめてくれた。私はしばらくそのまま、ハロルドの胸の中で泣き続けた。その間中、彼はずっと私の背中をぽんぽんと優しく叩いてくれていた。

「リアン。お前は運命に立ち向かい、自分で切り開いていける子だ。運命からただ逃げるような真似は、お前らしくないもんな？」

「……うん。ありがとう、ハロルド」


涙が収まったところで、念のため部屋に隠していた女物の服に着替えて鬘をつけてから、殿下の部屋に向かった（なお、泣いて腫れた目はちゃんと魔法薬で癒しておいた）。

正直まだ、頭の整理も気持ちの整理もついていない。ただ、今のままではダメだってことだけは、はっきりとわかった。そして一度、立ち止まってみることの必要性も。

——止まるのは、怖い。これまで一心不乱に走ってきてしまったから、今更自分が見て見ぬふりをしてきたものと向き合うのは、正直ものすごく恐ろしかった。

でも、今こそ向き合うべき時なのだ。そして私が最も向き合うべき人は、このドアの向こうに。

殿下のお部屋をノックするとすぐにドアが開き、部屋に招き入れられた。

「アヌーク嬢……」

「殿下、大変長らくお待たせしてしまって——！」

「本当に、申し訳なかった!!」

「で、殿下!?　頭をお上げください!!　先程のことも今も、悪かったのは私で——！」

「いいや、全部俺が悪かったんだ！　俺は、わざとあそこに行ったんだから!!」

「……えっ？」

「いや、その……まさか貴女がいるとは思わなかったが……人の気配を感じて、中に……リアンがいるかもしれないと思ったんだ」

「……だとしても、やはり殿下が私に謝罪なさる必要などないではございませんか。あの浴場は、そもそも殿下の浴場なのですし」

殿下はなぜか、小さくため息を吐いた。

「……アヌーク嬢、俺は貴女に、本当は今夜ある告白をするつもりだった」

「えっ？」

「それなのに、俺は貴女と過ごす時間があまりに楽しくて、結局最後まで言い出せなかった」

ある告白？　プロポーズではなく……て？

「その、告白とはいったい……」

「俺は、リアンを好きだ」

「えっ」

「愛しているんだ、心から」

……。

「さっきあんなことをしておいて、いやそれ以前に、貴女にプロポーズしておいて、今更こんなことを言うなんて、本当に最低だ。そしてこんなことを言えばもっと最低な人間のようだが、俺は貴女のことも本当に愛しているんだ。自分でも、どうかしてると思う。だが、自分でもこの気持ちを説明できないんだ。そのせいで……先日この気持ちに気づいたにもかかわらず、今日も俺はこの告白を先延ばしにしようとしてしまった。本当はすぐ貴女に伝えるべきだったのに、このまま何も言わず、貴女との時間を楽しんでいたいなどと思ってしまった。そんなの、すごく卑怯(ひきょう)なのに」

殿下はなにも悪くない。ただ、どこまでも誠実なだけだ。ああ本当に……なんて愛しい方だろう。私はそんな方に、なんて酷い嘘を吐き続けてしまったんだろう。

「それなのに俺は、先程貴女にあんな酷いことをしてしまったんだ。貴女に口づけたばかりか貴女の身体に触れ、そのうえ――！」

「で、ですからそれは……！」

「そのうえ俺は、リアンへの愛を囁いてしまった」

……。

「直前の行為自体もあってはならないことだが、あのような状況で俺は、こともあろうに――！」

「殿下」

私はそっと、殿下の口に手をあてた。

「それ以上、仰らないでください」

「えっ……？」

殿下は驚愕の表情を浮かべている。

「……存じておりますから、全て。殿下と……リアンが『運命の相手』であることも全て」

――本当は、今がその時だ。そのリアンが誰か。いや、この私が誰か。今すぐ殿下に、その真実を告げるべきなのだ。

――でも私にはまだ、その決心をつけられない。

私は、ものすごく弱い人間だったのかもしれない。怖いのだ。恐ろしいのだ。今この場で真実を告げれば、その瞬間に殿下と私の関係性は、完全に変わってしまうから。

さっきの浴場での殿下の言葉で、そして今の殿下からの告白によって、たとえ男であっても殿下が私を愛してくださっていることを、はっきりと思い知らされた。

それはつまり、アヌーク嬢としての殿下との関係が終わっても、私と殿下の関係も、これまで通りのただの主従関係には戻れないということだ。

それなのに……彼の言葉が、私に対する彼の想いが、どうしようもなく嬉しいなんて。

そして今、こうして立ち止まり、殿下の紺碧の空色の目をじっと見たら……やはりとうの昔に、出すべき答えは出ていたことに気づかされる。

ああ、こんなにも私は、彼を愛してる。この人のことが、愛しくてたまらないのだ。男としてでも、女としてでもなく、ただ私という人間をまっすぐに見つめてくれる、この人が好き。

——だから、止まりたくなかったのだ。気づかぬふりをしていたかったのだ。そうじゃないと、私が出せる答えはたったひとつしかないと、本当はとっくにわかっていたから。

立ち止まったときに見えたのは、長い夢の終わり。もう心は決まってしまったのだ、こんなにも、あっけなく。

でも想像したよりもずっと、安らかな気持ちだ。それは、この夢の終わりに貴方がいるから。

たとえこの夢が終わっても、貴方とならまた新しい、素敵な夢を見られるような気がするから。

ただもし許されるのならあと少しだけ、夢の続きを見てはいけないだろうか。ほんの二週間後の夢の終わりまで、この夢を見続けることを許していただけるだろうか……。

ああ、やっぱり——私は本当に狡い。心は決まったのに、最後の一手をこの場で出さないなんて。殿下、お許しください。必ず、約束の日には全てをお話ししますから。

「殿下、次が最後のデートですね」

「えっ？　あ、ああ、だがそれは――」

「そのとき私からも、あるひとつの告白をさせていただきたいのです」

「ひとつの、告白……？」

「ええ。本来なら今この場でするべき、とても大切な告白です。その告白の結果、間違いなく殿下は私に失望なさると思います」

「だが、俺が貴女に失望するなどありえない――！」

「そしてその告白のあと、もしまだ殿下が『私』にプロポーズをしてくださるというのでしたら、私は殿下のプロポーズをお受けするつもりです」

「えっ!?　しかし、俺は……」

「リアンが殿下の『運命の相手』であり、殿下がリアンを愛してくださっているのならなおのこと、私はそれをお受けしたいのです」

「アヌーク嬢……」

「ただ、私の告白はある罪の告白であり、それはきっと殿下がご想像になるよりもはるかに重い罪です。だから今ここですぐそれを殿下に告白する勇気が、私には出せないのです。ですから次の、最後のデートまで、私に猶予（ゆうよ）をいただけませんか？　約束の日には必ず、全てを告白いたします。ですから今日のところは――」

　ふっと、手袋をつけたままの手を殿下にぎゅっと強く握られた。その温かさで初めて、自分の手が震えていたことに気づく。

「貴女にとってそんなに恐ろしい告白なら、無理して俺に告白する必要はない」

「……いいえ、そうは参りません。これだけは、なにがあろうと殿下に告白せねばならないのです。そして深く、殿下に謝罪すべきことなのですから。これは私が、貴方に対して犯した罪の告白です」

「……俺に」

「ええ、ヴィンフリート殿下、貴方にです」

「……わかった。貴女がそうまで言うのなら、これ以上何も言わない。その告白も、聞かせていただく。だが、これだけは先に伝えさせてくれ。たとえそれがどんなに恐ろしい罪の告白だとしても、貴女が俺に正直に告白しようと思ってくれたことが、本当に嬉しいんだ。だから……今はどうか、笑ってくれ。貴女には笑顔が、一番似合うから」

殿下のあまりにも優しい言葉に私はまた涙が溢れそうになるが、それを必死で堪えて微笑んだ。

すると殿下は、それにとても優しい笑顔で応えてくれた。

その笑顔に深い罪悪感を覚えつつ、私はほっと安心していた。

ああ、私は本当に狡い人間だ。これで次のデートまでは、私はまだ――「殿下の騎士」だ。

第七章　運命の決断

「そうか。じゃあ最後のデートの日に、殿下に全てをお話しするんだな？」

「うん」

「よく決めたな」

「……本当は、これでも遅すぎよね。そのせいで殿下のこと、いっぱい苦しめてしまったし、悩ませてしまった。みんなにも、ハロルドにもいっぱい迷惑をかけちゃったし、それに本当のことを言うってことは、私のために嘘を吐いてくれてたハロルドにまで――」

「俺のことはいい。そもそも、俺が自分の意志で決めたことだ。今だって、後悔はしてないしな？」

「でもっ……!!」

「……なんだか、昔みたいだな？」

「えっ？」

「『泣き虫リアン』に、戻ってしまった」

ハンカチを取り出し、涙を拭いてくれる。それでやっと、また自分が泣いていたことに気づいた。

殿下の前でも一度泣いてしまったし、最近、いったいどうしてしまったんだろう。泣くなんて、大きくなってからは全くなかったのに。

「いつも泣いてたお前が、いつからか全く泣かなくなった。その頃から、剣の練習でも一切泣き言を言わなくなった。思うに、弱さを見せることをやめたんだよな？　誰よりも強くなって、必ず夢を実現するために」

「……それなのに、今の私はまた泣いてばっかりね。また私、弱くなっちゃったのかな」

「ははははっ！　お前はまだまだ子どもだなあ！」

「えっ？」

「リアン。弱さを見せないことが、強さじゃない。自分の弱さを認めて、それを受け入れること、それが強さだ。もちろん、弱い自分に甘んじるのはよくない。だが、自分の弱さを知り、その上でなお強くなることが、本当に強くなるってことだ。泣いてもいいんだ。むしろ、もっと泣け！　そのほうが、人にも自分にも優しくなれる」

「……じゃあ、ハロルドも泣き虫なのね」

「俺がか？　なんでだ？」

「だって、ハロルドはすごく優しいもの」

「へっ……？　はははははっ！　それはどうだろうな！　俺の場合は、強がりな妹にもっと甘えられたい、ただの残念な兄貴なだけかもしれないけどな⁉」

やっぱり、本当に優しい。それで今度は私からハロルドをぎゅーっと抱きしめると、めちゃくちゃ照れてる。ああ、やっぱりハロルドは、私の最高のお兄ちゃんだ。

ちなみに。告白を最後のデートまで先延ばしにすることについては、きっとハロルドに呆れられちゃうだろうなと思ってた。でも意外なことにハロルドは、「残りの二週間は、めいっぱい騎士生活を楽しめよ!!」と言って、笑ってくれた。

そんなわけで次のデートまでの残り二週間程度、私はまだ「殿下の騎士」として生きられることになった。

これはただの私の我が儘で、本当は一日も早く本当のことを言うべきだとわかっている。だからこそ、こうして頂いた二週間を一生の宝物にするつもりだ。そう、本当に、その一瞬一瞬を大切に胸に刻み込んで――いきたいのだが、現在、私たちはなんともおかしな事態に巻き込まれているわけで。

「いったい、誰がこんなものを……」

陛下と殿下、そしてハロルドが、一冊の本を前に頭を抱えている。私も同じくこの場で困り果ててはいるが、あとのお三方とは少し違った意味で困惑している。

というのも、私はこの本の出どころを知っているのだ。っていうか、誰が書いたものかも知ってるし、もっと言うなら、読んだことはないが続編が何本かあるのも知っている。ただし私が見たのは手書き原稿で、こっちは装丁までされてしっかり本の形になっているけれど……。

「ですが、ただの創作物でしょう？　民もまさかこんなものを真に受けたりは――」

「そうもいかんようだ。どうやらここ一ヶ月で王都の平民たちの間で流行り出したものらしいが、絶大な影響力を持っているそうでな……それが貴族らにまで広がってきた。それで一部の者たちが、お前に本当に『その気』があるために後継を望めないのではないかなどと戯言を……」

なんてことだ。こういった事態が生じることを危惧して「運命の紋章」の存在を陛下は隠されたというのに、なにがどうしてこんなことに？

「だが、まもなく約束の半年も終わる。誰がお前の妃となるにせよ、その者と子を成せばこんな噂は消える。とはいえ、これを書き、発表した者がいるというのは大きな問題だ。軽く目を通したが、妙にリアリティがある。お前たちの性格や喋り方などもよく摑んでいる。つまり、お前たちの周囲の誰かが書いたということだ。これは、王室への冒瀆である。即刻調べ上げ、作者に厳罰を——」

「へ、陛下！　本件について、少し気になることがございます！　私のほうで調べ、本日中に必ずご報告しますので、王室としての公的な調査に入るのは少しお待ちいただけないでしょうか!?」

「騎士ゼーバルトが、か？　なにか心当たりがあるのか？」

「……はい」

「今、ここでは話せないようなことか」

「その……申し訳ございません。もし私の勘違いの場合、ある方の不名誉となります。ですので、まずは本人に直接確認したいのです」

「ううむ、そうか。まあ本件は、騎士ゼーバルトの名誉にも大いに関わることだからな。よろしい、ただし猶予は一日だけだぞ。こういうことは、早く対処するに限るからな」

「承知しました。では、大変申し訳ございませんが、本日の殿下の護衛は——」

「いや、今日も予定通り、お前が俺を護衛しろ」

「えっ、ですが、それでは調査が……」

「本件は、俺とお前の名誉に関わることだ。俺も共に調査にあたる。そうすれば問題ないだろ？」

彼女の名誉のためできる限り内密に処理したかったが……仕方ない。公的捜査が入れば世間に大々的に公表される可能性が高い。それよりは最初から殿下も巻き込んで、可能なら彼女の名誉を守ってもらえるようお願いする方が幾分かマシだろう。

ということで私と殿下、そして本来は殿下の夜間護衛担当であるハロルドも特別に一緒に来てくれることになった。殿下の護衛任務に気を取られず私が調査の任務に専念できるように——という名目だが、彼は単に今回の任務が面白そうだからついてきたいようである。

「それで？　リアンは作者を知っているんだな？」

「……ええ、知ってます」

「それは、俺も知っている奴か？」

「はい。ですが私が思うに、その方がこの本を出版したわけではないはずです」

「……というと？」

「彼女、つまり作者は女性ですが、彼女はあくまで趣味の一環としてあれを書いていました。私は別のある方を通じて知りましたが、彼女たちはそれをごく内輪で楽しんでいるようでしたし、作者もとても聡明な女性なので、あれを出版することがなにを意味するかわからないはずありません」

「……ずいぶんとその女性を買っているんだな？」

おおっと、急に声のトーンが落ちたな？　殿下の私への想いを知ってしまった以上、それが嫉妬であることにはっきり気づいてしまうが、それが嬉しいとか、私はつくづく悪趣味な奴である。

「ええ、買ってますよ。この国の王太子殿下のお妃様候補として議会から推薦された方ですから」

「……へ？」

「この作品をお書きになったのは、お妃様候補であるナータン公爵家のヴェロニカ嬢です」

「ヴェ、ヴェロニカ嬢が!?　しかし、いったいなぜこんな……！」

「以前も少しお話ししましたが――ほら、例の『攻め』と『受け』の件ですよ――今、若い女性の間で男同士の恋愛模様を描いた小説などが非常に人気だそうです。ただそういう作品はあまり一般的ではないので、自作する人が多いみたいですね。彼女もそういうのが好きで、お茶会でのやり取りなどから私たちを題材に小説を書き、イルマ嬢とふたりで楽しんでいたようです」

ぶはっと吹き出したハロルドの隣で、思いっきり固まる殿下。まあ、無理もない。将来妃になるかもしれないからと親交を深めるため茶会に呼んでいたのに、そのふたりから思いっきり変な目でにやにや観察されていたわけですから。

「くっ……！　ではあの『攻め』か『受け』かみたいな話も、この小説から来てたんだな⁉　どうして俺が『受け』なんかに……！」

「仕方ないですよ、殿下は『受け顔』なんですから。ハロルドとのカップリングのときも、殿下は『受け』にされることが多いみたいですし」

「「なっ――⁉」」

今度はハロルドも一緒に動揺しているようだ。ハロルドはさっきからずっと私たちふたりを見ながら他人事のように散々笑っていたから、これはちょっとした仕返しだ。

――しかし、ふざけてばかりもいられない。この創作物が存在すること自体は笑い話でも済むが、これが出版され、しかも民衆のなかで広く読まれてしまっていることは大問題だ。まああと一週間もすれば例の約束の日だから、結果はどうあれ男色家疑惑が間違いであることは証明できるだろう。しかしこれがなぜ出版されるに至ってしまったのか、それだけは早急に明らかにしなければ。

というわけでさっそくナータン公爵邸を訪ねたわけだが、そこにはちょうどイルマも来ていた。

「で、殿下⁉　いったいどうして我が家に……！」

まあ、約束もないのに王太子殿下がこんな風に突然現れたら驚くのは当然だ。それでさっそく事情を話すと、ヴェロニカ嬢もイルマも真っ青な顔になった。

「ま、ま、まさか、あれが出版……⁉　ありえません！　私たちしか存在も知らないものなのに！ああ……こんなことになってしまって、なんとお詫び申し上げればよいか！」

「いや、個人的な趣味についてとやかく言うつもりはない。それに俺たちも、貴女たちがあれを出版したとは思っていない。たぶん何者かがあれを入手し、勝手に出版したのだ。目的はわからないが、俺の王太子としての立場を悪くしたい誰かの仕業だろう。そこで、おふたりに協力願いたい。あれの存在を知り、入手できた可能性のある者の中でこのようなことを――」

「あっ……！」

イルマが突然、小さな悲鳴を上げた。

「イルマ嬢……？」

「ひとり、おります！　あの原稿を手に入れられる、そしてそういうことをしかねない人間が……！」

「誰だ⁉」

「私の……姉です。私の部屋には、ヴェロニカ嬢からいただいた複製原稿がございます。隠し棚のなかに入れてありますけれど、姉は以前にも私の部屋に勝手に入っていたことが何度かありますし、もしかしたら、あの棚の存在を姉は知っていたのかもしれません」

ザビーネ嬢か――！　口には出さずとも、そこにいた全員が納得した。彼女なら、やりかねない。

ってことで今度はヘルトル侯爵邸へ行き、イルマがザビーネ嬢を問い詰めると、あっさり自供。

しかし、爽快だな。姉に威圧され怯えていたイルマが、今や立場逆転。どうやら殿下と、恩人だと思ってくれている私に迷惑をかけたことが彼女の逆鱗に触れ、普段の姿からは想像もできない気迫で姉を叱責。激昂する妹の姿に震え上がったザビーネ嬢が、途中で泣き出したほどだ。

そのあまりの光景に、見守る私たちは笑いを堪えるのが大変だった。特にハロルドは引きつけでも起こしそうなほどで、淑やかで上品なイルマがキレる様が大いにツボったらしい。

その後のイルマによる（私たちでさえちょっと怖かった）尋問により、ザビーネ嬢がこんなことをしでかした動機が判明。どうやらヴェロニカ嬢とイルマが部屋で話しているのを立ち聞きして興味を持ち、イルマが複製原稿を棚に隠すのを盗み見て、勝手に読んでいたようだ。

それがなぜ出版に至ったかというと、彼女は例の件で父のヘルトル侯爵から大目玉を食らい、自由に使えるお金も減らされたそうだ。そんなとき自作小説を売って小遣いを稼ぐ侍女の話を聞いて、あれを売ればお金になるだろうと、複製原稿をさらに複製し、勝手に出版社に売ったとのこと。

いやもう、呆れてものも言えない。侯爵令嬢ともあろう者が、なんと考えなしなことを……。

殿下もすっかり呆れているが、イルマに叱りつけられて今度こそ本当に反省しているらしいこの哀れな令嬢を前に、今回の件は公にしないこととされた。もちろん不正に対する処罰は下す必要があるとして、勝手に自作を売られたヴェロニカ嬢への謝罪と補償などは別途示談で解決させることとし、侯爵にも報告した上で、しっかり教育をし直すようにと強く抗議されたが。

「殿下、姉のことで本当にご迷惑をおかけいたしました。心より、お詫び申し上げます。ですが、本当によろしいのでしょうか。殿下と騎士ゼーバルトの名誉に大いに関わることです。公にして、我が家への処罰を言い渡していただいたほうが――」

「下手に騒げば、逆に目立つ。それにどうせまもなく、期日が来るからな。そうなればこんな噂など、どうでもいいものになる。変に事を荒立てるより、今は静観を貫く方がいいだろう」

「ですが……」

「ただ、一言だけ言わせてほしい」

「ええと、なんでしょうか？」

「俺は、『受け』ではない！　圧倒的に『攻め』だ!!　なあ、リアン!!」

「「えっ!?」」

殿下、訂正すべきはそこではないかと!?

王宮に戻った私たちは陛下に全て報告し、今回のヘルトル侯爵家に対する一切の処遇は、殿下に一任されることとなった。というわけで本件は一応の解決をみたわけだが、出版物を差し押さえたところで既にこの噂はかなり広まってしまっている。

ほとんどの人はこれをあくまでただの創作物として楽しんでいるようだが、一部の貴族は本気にしているようで、今まで以上に殿下の早期結婚を望む声が広がるだろうとは思われる。

全て私の嘘が招いたことであり、殿下には本当に申し訳なさしかない。次のデートで私から殿下に罪の告白をすれば、殿下が男色家でないことをようやく陛下にご理解いただけるだろう。

そしてその日が、私が「殿下の騎士」でいられる最後の日。そう思うと、やはり胸が詰まる。

既に、心は決まっている。それに、ようやく本当のことを殿下にお伝えできること、もう殿下に嘘を吐き続ける必要はないことに、大きな安堵も感じている。

――真実を告白した上で、殿下に拒絶されるのは怖い。それにもし受け入れてもらえたところで、今までの殿下と私の関係性のままでいられなくなるのは間違いない。悲しいけれど、そればかりはどうしようもないことだ。

　それでも、これからも殿下のそばにいることが許されるのなら、それでも構わないと思っている自分がいる。殿下の妃となることが許されて、そしていつか殿下との間に子どもが産まれたら――きっと私は、とても幸せだと感じると思う。

……それなのに、「殿下の騎士」でいられなくなることが、どうしてこんなに悲しいのだろう？

　頭では、わかっている。もう、十分だと。女が騎士になれないこの国で、性別を偽ったとはいえ、ハロルドと並ぶこの国最強の魔法騎士として殿下の専属護衛騎士にまでなることができた。

　そして、誰よりも尊敬するヴィンフリート殿下から信頼され、騎士としてこれ以上ない幸福な日々を過ごすことができた。ひとときとはいえ、私は最高の夢を見ることができたのだ。

　そもそも騎士は、いつ死んでもおかしくない存在。「騎士」としての自分はそこで死んで、これからの人生はまた新たな生を受けると思えばいいのだ。――そう、頭ではちゃんとわかってるのに。

　魔法剣を握る手が、震える。手元が狂っては意味がないと、一度剣をおろして頬を伝う汗と涙の混じったものを拭った。

「癒し」のおかげで、護衛交代後にも鍛錬の時間を取れるようになって久しいが、この新たな習慣もあと数えるほどで終わりだ。こうして素振りをしていると、頭がすっきりする。だから頭の整理にもうってつけなのだが……このところ、思考が堂々巡りしてしまう。

　既に、心は決まっている。そのうえ、こうして猶予期間までいただいたのだ。今更殿下に真実を告げることをやめる気など、毛頭ない。それなのに――どうして私はまだ自分が騎士であり続けることに、こだわってしまっているのだろう？

以前の感覚とは少し違う。ただ騎士でなくなることが嫌だというより、もっとなにか――。

ああ、そうか。私は「殿下の騎士」でいられなくなることが、悲しいのだ。

ストンと、なにかが胸に落ちた。

ずっと、剣が好きだった。初めは純粋にそれだけで、勝手にどんどん強くなった。ある頃からは誰にも負けなくなり、ハロルドともほぼ互角になった。そのとき、私はある種の満足を感じていた。

でもある時から私は再び満足できなくなった。そうあれは、私が殿下の騎士になったときから。

あの時から、私はさらに強くなりたいと願うようになった。誰よりも強くなって、自分の剣で、自分の力で、いかなる危険からもヴィンフリート殿下を護りたいと、そう思うようになっていた。

そうだ、あの時から私は、ただ騎士でいたかったわけじゃない。「殿下の騎士」でいたかったんだ。

その瞬間、頭の中の靄が一気に晴れて、不意に視界が大きく開けたような気がした。

「リアン」

振り返ると、そこには殿下とハロルドが立っていた。

「まだ、ここにいたのか。今日は特に長いな？」

「その、少し考え事をしておりまして……。何か、私に御用ですか？」

護衛交代後に殿下が私に会いにきたということは、なにか緊急の特別な用事があるということだ。

「ああ。実は明朝、急遽ある場所に向かうことになった。お前とハロルド、ふたりともに同行してもらうことになる」

「ある場所、ですか？　いったいどちらへ？」

「古都へ向かう」

「えっ、アルトシュヴェルトへ⁉」

「そうだ」

アルトシュヴェルト、そこは、千年前に現王都ノイシュヴェルトに遷都するまでの間、この国の都だった都市だ。しかし千年前のある年に突如出現した多数の魔物によって、大きな被害を受けた。最終的には王立騎士団の活躍で魔物は討伐されたものの、大きく破壊されたその街を再建するより、交通の便もよく災害なども起こりにくいノイシュヴェルトに都が移されることになった。

トラオベン州東部に位置するかつての都はその後、都市として再建されることもなく瓦礫も多数残されたままとなり、ごくわずかな住民だけで小さな村を形成して、それほど多くはない観光客を相手に商売をしながら、なんとか存続しているという。

「しかしまた、どうしてアルトシュヴェルトに？」

「ここしばらく、あの地域で魔物の出現数が増えていると、村民から報告があってな」

「魔物の⁉」

「ああ、そうだ。領地の騎士団だけでは対処が難しいレベルになってきたらしい」

「それは確かに気になりますが、それなら王立騎士団を行かせるだけでよいのでは？　なぜこの国の王太子であらせられる殿下が、現地に向かわれる必要があるのです？」

「もちろん、王立騎士団も同行する。だが、あそこには王族の同行なしには入れない場所があり、今回の魔物の討伐ではそこに入る必要があるのだ」

そんな場所があるとは、全く知らなかった。魔物討伐は騎士団の重要な役目であるし、短い王立騎士団員時代に私も魔物討伐で遠征（えんせい）したことがある。しかし「アルトシュヴェルトの災厄（さいやく）」と呼ばれる魔物の大量発生など……歴史的事件として扱われてはいるが、半ば伝説のようなものではないか。

「詳しい話は明日の道中で。ただ、出発が早朝になるので、今夜は早めに休んでほしい」

「承知しました」

――しかし、魔物討伐か。殿下の専属護衛騎士になってからは魔物と対峙（たいじ）するようなことは一度もなかった。私には魔法騎士としての実力で私より強い剣士はそういないだろうという強い自負がある。とはいえ、人にあらざる魔物の強さは完全に未知数。通常の魔物などわけもないが、大型ドラゴンなどが相手だと、騎士団員が総出でようやく一頭退治できるというようなこともある。

つまり今回の魔物討伐においてどのレベルの敵と遭遇（そうぐう）するかがわからない以上、用心し過ぎるということはないということ。そして、ただの騎士団員であった当時とは違い、王太子専属護衛騎士である私の役目はなにより、「ヴィンフリート殿下をお護りすること」。

強さには自信がある。だが当然、ただ戦うよりも誰かを護りながら戦うほうが、はるかに難しい。自分の身を護りながら攻撃に専念できる通常の魔法騎士としての戦い方と、護衛騎士として誰かを護りながら、かつ自分の身も護りつつ戦うのは、全く違う。しかし何があろうと明日、私は殿下を護り切る。きっとこれが、王太子専属護衛騎士としての最後の大仕事となるだろう。

翌早朝、私たちは王都を出発した。私の故郷でもあるトラオベン州は王都の隣の州なので移動にそれほど時間がかかるわけではない。しかし、今回の件について殿下から説明を受けるには十分な距離であり、そしてそこで聞かされた内容は、私たちが想像だにしないものだった。

それによると、我々の知る「アルトシュヴェルトの災厄」の歴史には、語られぬ部分があるという。私たち国民が学ぶ歴史では、千年前に魔物が出現した原因は不明とされている。しかし実際はそうではなく、ある封印が誤って解けたことにより旧王城内から出現したらしい。そしてその封印されていたものというのがなんと、この国の建国以前にこの地で悪政を敷いていた女王アムネシアが魔物と化した存在だというのである。

本来人間が魔物と化すことはないが、禁忌とされる黒魔法を使用すると、魔物の強大な力を得る代わりに精神を蝕まれ、心を完全に食われてしまうと自我を失い、自身が魔物と化すのだという。人間が魔物になるなど実に恐ろしい話だが、そんなお伽噺のようなことが現実にあるとは。

なお、その魔物と化した女王を倒したのが現王家の始祖となる英雄騎士だが、その騎士、つまりヴィンフリート殿下のご先祖様がこれを「封印」したそうだ。「建国神話」に「倒した」とあったので殺したのだと思っていたが、実際は倒しきれなかったので封印という方法を取ったようである。

しかし千年前になにかの拍子に封印が解け、魔物と化したアムネシアの亡霊が目覚めてしまった。その影響で王都に魔物が大量発生したのが、「アルトシュヴェルトの災厄」というわけだ。

「アルトシュヴェルトの災厄」の際には当時の国王と王立騎士団員らがアムネシアの亡霊をなんとか再び封印することに成功、その後は遷都によって旧王城の地下にその魔物を封印した「棺」だけが残されることになったとか。そして何者かによって誤って封印が解かれないように、棺の保管される旧王城地下の「棺の間」には王族が同行せねば入れない魔法結界が張られたようだ。

また、魔物封印の秘技は、最初に封印を行った騎士の血を受け継ぐ者が行う必要があるとのこと。

つまり今回の我々の任務は王族であるヴィンフリート殿下とともに旧王城地下の「棺の間」に入り、封印が解けていないかを確認、もし封印が解けている、あるいは解けかけているのであれば、そのアムネシアの亡霊を殿下が再び封印するということになる。

つまり、これは想像していたよりも遥かに重大事であるということだ。とはいえ、私がやることは変わらない。この命に代えてもヴィンフリート殿下をお護りする——それだけだ。

アルトシュヴェルトに入ると、至るところから魔物が出現した。とはいえ個々はそれほど強い魔物ではなく、旧王城地下の「棺の間」には思ったよりも簡単に辿り着くことができた。

しかし、ここは違う。部屋に入る前から既に強い邪気のようなものを感じる。これほどの邪気は、魔物の中でも特に凶悪なものしか発することはない。

ハロルドと私以外にも騎士団員たちが同行しているとはいえ、私たち以上に強い騎士はいない。私とハロルドに太刀打ちできない相手なら、その時点で我々の敗北は確定だ。私たちふたりの間に、静かな緊張が走る。

防衛魔法を纏いながら、異様なまでに大きな「棺の間」に足を踏み入れる。不気味なほど静かな地下空間には、息が詰まるような邪気が漂っていた。そしてその邪気の源は、ひとつの石棺。

「やはり、封印が解けかけている。しかもこのままでは、いつ完全に封印が解けてしまうかわからないな。なかのものを倒すには、一度この封印を解かねばならない。——皆、攻撃に備えよ」

ヴィンフリート殿下が、魔法剣を構える。騎士団は殿下を護る陣を組むと一斉に魔法剣を構え、私とハロルドもまた、殿下の隣で同様に魔法剣を構えた。

「――封印解除――」

緊張感のある殿下の声が、地下に響く。しばしの静寂。しかし間もなく、重たい石の棺の蓋が、なんとも不快な音を立てながらゆっくりと動き、次の瞬間、まるで海底から響いてくるような妖しげな声が、大きな地下空間に反響した。

『……待っていたぞ。あまりにも長い……悠久の時の中で』

石棺の中から現れたのは、醜悪な魔物の姿をした存在ではなく、一見すると妖艶な美しい女性だった。ただし彼女の纏う邪気は、防衛魔法を使えぬ人間ならこれにあてられるだけで十分失神できるほど凶悪なものだ。つまりこれが魔物と化した古の悪の女王、アムネシアの亡霊――。

『一度は焦り、失敗した。だが此度は、前のようには行くまい。……あれから、どれほどの時が経ったのだ？　永き時を経てもなお、憎きあの騎士の血を強く感じるとは。我を傷つけ、かような狭き所に閉じ込めた、あの騎士の血を。まだ、あの者の子孫が生きているのか……憎らしいものよ』

あの者の子孫、それがヴィンフリート殿下のことを指しているのは明白だ。彼女が未だに建国の騎士に対し、強い憎悪の念を抱いているのは間違いない。となると、なにをおいても殿下に危害を加えようとしてくるはず。私たちは防衛魔法を強化し、亡霊への警戒をさらに強めた。

『――おや？　もうひとり、おもしろい者がおるな？　懐かしい……。血の匂いは違うが、誰よりもあいつに似ているではないか。その勇ましき眼差しもよく似ている。……ああ、そういうことか。お前だけ、違うのか。お前だけが――』

「お前が、アムネシアだな？　いったい、どうやって封印を解いた？」

『一度目は落雷により、偶然に。だが二度目は――封印そのものがお粗末だった。エイドリアンは、かように粗末な封印を行わぬ。しかし此度は、あえて時を待ったのだ。我が力を完全に回復せんがために。前回は急ぎ外へ出たゆえに、再び封じられたからな？　だが……此度は違う』

エイドリアン、それはまさに王家の始祖となった、リッターラント王国建国の英雄騎士の名だ。その伝説の騎士が生きたのは、約二千年前。つまりこの亡霊は、本当に二千年の時を経て……。

と、次の瞬間、強烈な衝撃波を感じる。城の地下だったはずのその場所の視界が一気に開け、頭上には空が見えた。ほとんど瓦礫だったとはいえ、地下天井を地表ごとぶっ飛ばしたらしい。この一撃で、ばたばたと多数の騎士団員がその場に倒れ込んだ。

これは――強い。国内、いや、世界的に見ても最高戦力といえる我が国の騎士団員たちをたった一撃で三分の二にまで減らしてしまうとは。強い衝撃波の余波に、ビリビリと身体が痺れた。

「貴様っ……！」

『今の攻撃でそれだけ残るか。お前たちの戦力も、上がったようだな。前回はこれで大半が壊滅したというのに。だが我の回復が足りず、途中で力尽きてしまった。――しかし、此度はそうは行かぬぞ？　エイドリアンに奪われし我が国を、必ずや取り返さん』

妖しげな微笑みを浮かべた亡霊は、腰掛けていた石の棺から降りる。

地下に降りるまでは、空は晴れていたはず。しかし今や暗雲が立ち込め、遠雷の響きも耳に届く。

『聞け、エイドリアン！　復讐の時だ！　お前の国を滅ぼし、この地に再び、我が王国を建てん！』

アムネシアの姿が、一瞬にして巨大な漆黒のドラゴンの姿へと変化した。これが、いまの彼女の本来の姿なのだろう。人であることを捨て、魔物と同化して強大な力を得た、邪悪な存在である。

前衛の騎士たちが、魔法剣で勢いよく斬りかかる。しかし、ことごとく跳ね返されてしまった。

これでは埒が明かないと騎士団長が一斉攻撃の指示を出し、ようやく多少のダメージを与えられているように見えるが、どうやら歴然とした力の差があるらしい。

「……ハロルド、お前も参戦しろ」

「――！　承知しました。リアン、こちらのことは俺たちに任せろ。だからお前は、必ず殿下を護り抜け。わかったな？」

「ああ、必ず！」

ハロルドは私と並んでこの国、いやきっと、この世界で最強の魔法騎士だ。魔力こそ私のほうが上だが、純粋な剣の腕では、私はまだまだ彼に及ばない。そんな彼の参戦により、一気に力の差が縮まった。アムネシアも、ここにきて初めて表情を変えた。

ぎゅっと、強く魔法剣を握り直す。ここで私も参戦すれば、一気に戦況を変えられるかもしれない。そんな考えが一瞬、頭をよぎる。

「……リアン、お前も彼らと共に戦いたいか？」

「えっ？」

「お前は、ハロルドと同じくらい強い騎士だ。お前が参戦すれば、一気に方が付くかもしれない。お前とハロルドに鍛えられ、俺もかなり強くなった。そうだろ？　今の俺なら、自分の身くらい、自分で護れると思う。だから、もしお前も彼らと共に戦いたいなら……」

殿下も、私と同じことを考えたようだ。確かに、その可能性はある。ハロルドひとりの参戦で、これだけ情勢が変わったのだ。ここで私も戦闘に加われば――。

だが、アムネシアの一番の狙いは、間違いなく殿下のはず。自分を二千年ものあいだ狭い石棺の中に封印した彼の祖先のことを、強く憎んでいるようだから。

もしかしたら、殿下の護りが薄くなるのを待っているのかもしれない。私が殿下のもとを離れた瞬間に、殿下への攻撃を強める可能性も高い。ハロルドにも、私は殿下をお護りすることに専念するように言われている。それに、あの亡霊の再封印は騎士の血を受け継ぐ殿下でないと不可能。アムネシアの弱体化に成功しても、万が一にも殿下が封印をかけられない状態では意味がないし……。

いや、違うな。それでもかつての私なら、殿下の言葉に従ったはずだ。目の前で仲間の騎士たちが命懸けで戦っているのに自分は彼らの背後で防衛に徹するなんて、騎士になりたての頃の私には、きっと耐えられなかっただろう。

だが、今の私は違う。騎士として勇敢に戦うことよりも、ここにいるヴィンフリート殿下をなにがなんでも護り抜くということにこそ、私の騎士としての本懐があると強く感じる。

それが任務だからとか、自分が護衛騎士だからとかじゃない。ただ、この人を死んでも護りたいと強く思っている。だから、殿下のそばを決して離れるわけにはいかないのだ。たとえ殿下がそれを私に命じても、私は殿下のおそばを離れまい。

最初はただ「騎士」が夢であり、憧れであり、女でも立派な騎士になれることを証明したかった。

でも殿下の騎士になり、殿下を知れば知るほど、任務として王太子殿下を護るというのではなく、ただヴィンフリート殿下という人を絶対に護り抜きたいと思うようになっていた。たとえ自分の命を犠牲にしてでも、大切なこの方をお護りしたいという強い想い――それはハロルドから教わった、私が幼い頃に大好きだった騎士物語に描かれていた崇高な「騎士道精神」そのものじゃないか。

――ああ、そうか。私はやっと、本当の意味で「騎士」になれたのだ。

「いいえ、殿下。ここで殿下を護らせてください。私の役目は、殿下をお護りすることですから」

「……いいのか？」

こんな状況でも私の意志を尊重しようとする殿下に、思わず笑ってしまった。

「まあ確かに、私は剣が好きです。そして騎士として戦うことに、大きな喜びを感じます。生きているという実感というか、なんというか。ですが――それ以上に、私が騎士であることを実感する瞬間があるんです。殿下はそれがいつか、ご存じですか」

「いや……わからないな。いつだ？」

「殿下をお護りしているときです」

「えっ？」

「忠誠を誓った主人をお護りすることこそ、騎士の本懐なのです。大切な方を、自分の命をかけてお護りできることは、騎士にとっての最高の栄誉なんです」

「……大切な方、か」

「ええ。殿下は私にとって、誰よりも大切な方ですから」

「お前にそんな風に言われると、照れる」

「そうですか？　なら、せっかくなのでミンネザングでも歌って差し上げましょうか？」

「……ミンネザングだと？」

「ご存じありませんか？　騎士の、愛の歌ですよ」

「いや、それはもちろん知っているが……ミンネザングは騎士が貴婦人に対する献身的な愛を歌うものだろう？　なんだ、お前がそれを歌ってくれるのか？　俺に？」

「ええ。いりませんか？」

「ははは っ！　いや、悪くないな‼」

目の前で、現実とは思えないような戦闘が繰り広げられている。二千年前の亡霊と魔法騎士たちの、国の命運をかけた壮絶な戦いだ。

私たちふたりは最強の防衛魔法を使用しながら、その戦況を祈るような想いで見守っている。そのような状況下でのこのふざけた会話の、なんと不似合いなことか。

しかしこの会話こそが、今このような夢幻的な状況下において私たちを冷静でいさせてくれる、とても大事なものであるという気がした。

「――殿下、この戦いが終わったら、大切なお話があります」

「大切な話？」

「ええ。ですから、何があっても生き残ってください」

「ああ。わかってる。お前が俺を護ってくれるんだ、死ぬはずがない」

深い信頼と愛情のこもった、優しい微笑み。

「ええ、護ります。必ず、この命に代えても」

「馬鹿（ばか）言うな。死なんて、死んでも許さないからな。絶対に、お前も生き残れ。そしてその大切な話とやらをゆっくり聞かせてくれ。それに、俺のためにミンネザングも歌ってくれるんだろう？」

「……ええ、そうでしたね」

眼前で繰り広げられる、神話世界の戦いの如（ごと）き光景を見つめながら、私たちはただその時を待つ。

我が国最強の騎士であるハロルドの活躍により、アムネシアはかなりの痛手を負っているようだ。

このまま行けば、こちらが負けることはないだろう。

——でも、なぜだろうか。妙な胸騒ぎがする。確かに最初とは違い、騎士団のほうが優勢だ。しかしアムネシアが、全くこちらに攻撃を仕掛けてこないのが気になった。もちろん、強い衝撃波や流れ弾のような攻撃は、先程から数えきれないほど受けている。並みの魔法騎士なら、このうちの一撃でも受ければ戦闘不能となるだろう。とはいえ、二千年ものあいだ憎悪を抱き続けていた騎士エイドリアンの直系子孫であるヴィンフリート殿下の存在に、彼女はすぐさま気づいたのだ。それなら、何をおいてもまず彼に攻撃を仕掛けてくるのではないかと思っていた。

騎士団全体が殿下をお護りする形で陣を組んでいるし、その陣の最奥で私が最も強力な防衛魔法で殿下をお護りしている。こちらに直接攻撃を仕掛けたくてもできないのは当然かもしれない。

しかしアムネシアが明らかに劣勢となった今、彼女が悪あがきで最後の最後に殿下に捨て身の攻撃を仕掛けてくるのではないかという不安を感じている。

戦況が不利となった場面において、魔物というのはなんとしてもその最大の目的だけは果たそうとする。今回の場合、それが自分を封印した「騎士エイドリアンへの復讐」なのは間違いない。それなら、まず間違いなく殿下にその矛先が向くはず。

しかし私の心配とは裏腹に、ハロルドの魔法剣がドラゴンの急所である心臓を射貫いた。カッと強い閃光が曇天から垂直に落ち、落雷のような衝撃が起こった。それとともに、黒いドラゴンが大きな影となって消滅する。

封印するまでもなく、討伐に成功した——!? だがそう思ったのも束の間、そのどす黒い黒煙と深い影の中から、ゆらりと何かが立ち上がる。

『これで終わると思うな……ここからが――お前との雪辱戦だ、エイドリアン』

最後の語だけが、すぐ耳元で響く。声の方向へ瞬時に構え直した魔法剣に、強烈な衝撃を感じた。

「くっ……!!」

『やはり、そうか』

「な――!?」

ぐっと、何かに腕を掴まれた。

『もう――邪魔者どもはいらぬ』

「えっ!?」

ぐいっと、闇に引きずり込まれる感覚。感じたことのない恐怖を覚えた次の瞬間、背後から何か温かいものが私を包み込み――そのまま、意識が途切れた。


「――リアン！　リアン!!　目を開けてくれ!!」

聞き慣れた声が、私の名を呼ぶ。はっと目を開けると、目の前にはとても心配そうな表情で私を見つめる殿下の顔があった。

「よかった！　リアン!!」

殿下にぎゅっと抱きしめられるが、私は理解が追いつかない。つい先程まで、曇天のもと瓦礫のなかにいたはずなのに、ここは――？

シュテルネントゥルムで見た星空のなかに、身体が浮いているようだ。これでたった独りなら、私は自分が死んだのだと理解しただろう。しかし、ここには殿下が――。

「殿下……いったいここは……？」

「わからない。アムネシアがお前を闇に引きずり込もうとしたのでなんとかその後を追ったが――」

「なっ……⁉　つまり殿下は、自らあの闇の中へ⁉　なぜそんな危険なことを‼」

「お前が連れて行かれそうになっているのに、放っておけるわけがないだろう⁉」

「ですが、私はただの護衛騎士です！　殿下をお護りするのが私の役目なのに、私を助けようとして殿下が危険に晒されるなど、本末転倒――‼」

『なんだ、お前もついてきたのか。せっかく、邪魔者を抜きに楽しもうと思っていたというのに。――だが、そうか。お前は、「血を継ぐ者」であろう？　むしろ、好都合ではないか！　お前たち、ふたりまとめて亡きものにしてくれようぞ！』

どこからともなく聞こえる声――、間違いなく、アムネシアの声だ。

「どこにいる⁉　姿を見せろ‼」

目の前に怪しげな色の発光体が現れ、それが人の形となった。

「アムネシア……！」

私たちは魔法剣を構えた。

「ここはどこだ⁉　どうしてこんなところに連れてきた⁉」

『あちらは、邪魔者が多すぎた。特にあの黒髪に黒い瞳の騎士の男……あれは厄介だった。本懐を遂げられぬまま、再び封印されては堪らぬであろう？』

「それなら、なぜこいつを連れて行こうとした⁉　騎士エイドリアンに復讐したいのなら、俺を連れていくのが筋だろう！　どうして関係のないこいつを、こんな危険に巻き込んだんだ⁉」

ん？　いやいや殿下、怒るところはそこじゃない。むしろ、どうしてせっかくこの女の目が私に向いていたのに、わざわざご自分から危険のなかに飛び込むような真似を……。

　しかもご存じでしょうか、私は殿下を護るように剣を構えていたのに、今、殿下が私の前に進み出て私を庇うように剣を構え直されたせいで、これでは王太子殿下に護られる護衛騎士という謎の構図になってしまっておりまして――。

『……お前、エイドリアンだろう？』

「は……⁇」

　いったい何言ってるんだ、この人。

「エイドリアンというのは、二千年前に貴女を封印した騎士では？　私がそんな年齢に見えます？」

『我を封印したあの女に、よく似ている。先程の剣技も……瓜二つだった。確信があったのだが？』

「女……？　お前を封印したのは、騎士エイドリアンではなかったのか……？」

『なにを言っておるのだ？　お前たちは、エイドリアンを知っているのではなかったのか？』

「騎士エイドリアンなら、知っている。俺の祖先であり、この国の初代国王だ」

『……ああ、そういうことか』

「どういうことだ？」

『おかしいと思ったのだ、あの頃は彼女のほかにも女騎士が大勢いた。だが前に封印が解けたとき、女騎士はひとりもいなかった。今回も、女騎士はひとりだけ……』

「――女騎士？　それはいったい……」

　殿下は困惑の表情を浮かべている。やはりこいつ、私が女であることを見抜いていたか。しかし今の話が事実なら、初代国王であるエイドリアンはまさか――。

……いや、今はそんなことはどうでもいい。今はとにかく、この極めて危険な状況を脱する方法を見出さないと。そしてなにがなんでも、殿下を護り抜かねば……」

しかし、そうか。彼女を倒したのはつまり、最強の「女騎士」だった。そしてここには、彼女を倒した女騎士の子孫がひとりと――現代における最強の女騎士がひとり。根拠はないが……なぜか、やれそうな気がする。

「殿下、一度封印をされたものは、封印した者の魔力に弱いんですよね？」

「ああ。だからこそ、一度封印されたものは同じ血筋のものが封印することになる。封印に必要な力が圧倒的に小さくて済むし、成功率も大きく高まるから」

「では殿下、私に魔力を送っていただけませんか？」

「えっ、俺の魔力をリアンにか？」

「ええ、そうです！　私の剣に殿下の魔力を纏わせ、私の魔力も練り合わせることで、アムネシアにとって最高威力の攻撃が可能となるはずです。ただ、一撃で全てを終わらせる必要があります。ご存じの通り他者の魔力で戦うには多大なるエネルギーを必要とするため、魔力、体力ともに一度に大きく消耗します。つまり、一度外せば終わりです。――とはいえ、これまでのあいつの魔力を見る限り、あれに打ち勝つにはこの方法しかないでしょう。いずれにせよ、このままではふたりともやられます。次の一手に、全てをかけるつもりです。殿下、攻撃許可をいただけますか？」

「……わかった。攻撃を許可する。だが、捨て身にはなるな！　必ず、生きて一緒に戻るんだ!!　いいな!?」

「殿下こそ、必ずご自分の身を護ってくださいね！　怪我などなさったら、承知しませんからね！」

「ああ、わかった！」

「では殿下の魔力を私に――」

魔力の受け渡しは、肌を触れ合わせる必要がある。そのためグローブを片方外そうとしたのだが、外す前にぐいっと殿下に引き寄せられ、そして……。

「んんっ――!?　ぷはあっ……で、殿下!?」

「これが一番手っ取り早いだろ？　『癒し』によって、体力も回復できるしな！」

「ですがっ！」

『このような状況下で接吻とは……随分と余裕があるではないか？　なあ、エイドリアン？』

だから、私はエイドリアンじゃないってば!!　全然話を聞かないな、この人……。って、あれ？

アムネシア、顔は笑ってるのに、なんかさっきまでよりオーラがキレてません……??

――はっ、そうか!!　ただでさえ二千年間も強制的に引きこもりをさせられてたのに、目の前でリア充感見せつけられて怒り心頭ってこと!?　ちょっ、これはそういうんじゃないんですけども!?

とはいえ、確かに今ので一気に体力全回復！　加えて、清流が身体の中を巡るが如き素晴らしい爽快感……！　これは、「癒し」のときに感じる感覚にそっくりだ。ああ、殿下の魔力が自分の身体に入っているのをはっきりと感じる――!!

……わかる！　今の私なら、あいつを倒せる!!

「アムネシア！　決着をつけようじゃない！　この国の王太子専属護衛騎士にして、この国で唯一の女騎士リアン・ゼーバルトが、お前の相手になってやる！」

「……えっ？」

これが、最後になるのだろう。王太子専属護衛騎士リアン・ゼーバルトの、一世一代の大勝負というわけだ。一撃でケリをつけなければ。殿下にいただいた魔力の全てを、この一撃に込めるのだ。

魔法剣を振りかざし、全身全霊を傾けて、アムネシアに斬りかかった。

綺麗に入った!!　――と思ったが、刃先がガキーンと強い音を立てて、彼女の肩あたりでガチッと止まる。鋼鉄よりも硬く、刃がそれ以上進まない。

「くっ……!!」

『無駄だ、人間の力で我を断るなど。あのエイドリアンにすら、できなかった。だから、彼女も我を封印するしかなかったのだ。お前たちなどには無理――』

「そんなことっ――やってみなきゃ、わかんないでしょう!?　私はねっ……！　『無理』って言葉と『諦める』って言葉が、一番大っ嫌いなの!!」

『ああ……そんなところまで、エイドリアンにそっくりだな』

まるで親しき旧友に向けるような眼差し。その瞬間、走馬灯のようになにかの映像が頭の中を通り過ぎた。これは……誰かの記憶？　アムネシアと剣を交える、ひとりの騎士の――。

突如、身体に力が漲る。明らかに自分ひとりの力ではないし、殿下からいただいた魔力ともまた別のものだ。これはいったい――!?

『似ていて当然だ、アムネシア。今度こそお前を倒すため、私はこうして戻ってきたのだから！』

「「……えっ？」」

え、いま……誰が喋ったの……??

『エイドリアン！　やはり、お前……!!』

「えっ!?　いや、違いますけどっ!?」

肩で止まっていた剣が動き出してその身にめり込み、アムネシアの顔が悲痛に歪んだ。私は渾身の力を込め、殿下の魔力と自分の魔力、そしてもうひとつの未知なる力を練り合わせて、魔法剣を斜めに一気に振り下ろした。

耳をつんざくような悲鳴。そして、女の形をしていたそれが、目の前で崩壊していく――。

「リアン!!　大丈夫かっ!?」

力が抜けてその場に頽れそうになったところを、背後から殿下に抱き止められた。

「だ、い、じょうぶです……！」

「よかった……!!　だが、さっきのあの声はいったい――」

その瞬間、私ははっと気づく。

「殿下、危ないっ!!」

「えっ!?」

既に形を成さぬものが放った、強烈な邪気。それは、ものすごい勢いでこちらに飛んできて――

咄嗟のことで、魔法での防御ができなかった。

「殿……下、大丈夫ですか？」

「リアン……お前……!!」

『くっ……！　また……お前はそいつを庇ったか……いいだろう……エイド……リアン、おまえ、だけは……道……づれ、に……』

亡霊の声が、そのまま遠ざかる。どうやら、アムネシアは完全に消滅したようだ。

次の瞬間、私たちは白い光に包まれた。星々の煌めく空間が消え、ハロルドと騎士たちが一気に集まってくる気配を感じる。

――ああ、よかった。ちゃんと、戻ってこられたんだ。これで、殿下はもう大丈夫だ。

「リアンっ……！　リアン!!」

私を強く抱いたまま、殿下が叫ぶ。あまりに悲痛なその響きに、申し訳なさで胸が詰まる。

ああ……せっかく、あいつを倒せたのに。やっと、本当の意味で「殿下の騎士」になれたのに。でも。もしかしたら、ここでこの人を護るために、私は騎士になったのかもしれない。殿下の力をお借りして、あの場であの魔物を倒し、最後にこの命をかけて殿下をお護りするために。それが、私の運命だったのかも――。

もしそうなら……私は、やっぱり騎士になってよかった。だって、心から愛する貴方を護り抜くことができたのだから。そうして今、愛する貴方の腕の中で、こんな風に最期を迎えられるのだ。騎士にとって、こんなに幸せなことはない。

――でも本当は。貴方と、もっと一緒にいたかった。貴方に、ちゃんと好きって伝えたかった。そして誰よりも、何よりも愛していると。これからもずっと、貴方と共に生きていたかったと。

「殿下……」

「リアン、死ぬな！　必ず助けてやるから!!　絶対に、死ぬことは許さないぞ!!」

「ごめんなさい、これまで全部……本当に」

「何をそんな――！」

「でも」

「リアン、いいからもう喋るな！　少しだけ待ってろ、そしたら俺が必ず――!!」

「最期に、貴方を護れてよかった。私が、心から愛する貴方を」

「……えっ？　……リアン？　リアン!!　絶対に……ダメだ！　そんなこと、絶対に許さないからな!?　目を……目を開けてくれ……リアァ――ン!!!!」

◆　◆　◆

『私が、心から愛する貴方を』

とても美しい微笑みとその言葉を最後に、彼は目を閉じて、そのまま動かなくなった。

呆然(ぼうぜん)として、目の前が真っ暗になる。思考も感覚もなにもかもが一瞬にして消えて、まるで――時が止まったかのようだ。

「殿下！　いったい何が!?」

いち早く駆けつけたハロルドの声で、はっと我に返る。離れて待機させていた従軍医たちが負傷した騎士団員たちの手当てを行っていたようだが、俺たちふたりが戻ったことに歓声が上がったのも束の間、俺の腕の中でぐったりとするリアンに気づいて、動揺が広がっている。

「アムネシアの邪気にあてられた！　かなり強力なのをもろに食らってしまった！　俺のせいだ！　あの亡霊が最後の最後で俺を道連れにしようとして、それをリアンが庇って……!!」

邪気にあてられた場合、通常の医術ではどうしようもない。聖水は用意しているものの、これほどの邪気ではほとんど効果はない。あとは、本人の魔力と気力次第だが、直前のあの戦闘のせいでリアンの体力は完全に消耗して……とここで、あることに気づく。

……そうだ、「運命の紋章」――!!

彼の左手の魔法騎士のグローブを無我夢中で外すと、自分の右手の手袋を投げ捨てて、ぴったりと重ね合わせる。そして、そのまま彼に口づけた。

……まだ、息はある。まだ、リアンは死んでない――!!

「ぷはあっ……ハロルド！　どこでも構わない！　どこかに部屋を用意してくれ!!」

「――！　はい!!」

ハロルドは、俺の意図したことを一瞬で理解してくれたらしい。そう、俺にはまだ、リアンを救える可能性が残っているのだ。

しっかりとリアンの手を握りしめたまま、何度も何度も口づける。涙がひとりでに溢れてくるが、どうしようもなかった。

この息が、この鼓動が、不意に止まってしまうのではないか。この温もりが、今に永遠に失われてしまうのではないか。そんな恐ろしい予感を拭い去るために強く手を握り、唇を重ね続けた。

ハロルドが宿屋の一室を用意してくれたので、俺はそこにリアンを抱き運んだ。ひとりの騎士としてはあまりに軽すぎるその身体になんともいえない儚さを感じ、強い不安と恐怖に襲われる。

「紋章同士が重なっている間は『運命の相手』が死ぬことはない」と、何かで読んだことがある。それが事実なのか、ただの迷信に過ぎないのかは知らない。だが今はその話にすがるような思いで、ずっと、彼の手を強く握りしめていた。

「殿下」

「ハロルド……リアンは、必ず俺が助ける。絶対に——彼を死なせはしない」

ハロルドは、俺が何をしようとしているか、既に理解している。そしてそれが王太子で世継ぎを残さねばならぬ俺には本来許されぬことであるのも、彼にはわかっているはずだ。

だから、彼に止められる可能性も当然あるだろうと思っていた。リアンは彼にとっては実の弟のような存在だから、どんな手を使っても助けたいと思っているはずだ。しかしハロルドは本来こういうときに全く私情を挟まない。

もちろん誰に反対されようと、俺はなんとしてもリアンを助ける。たとえ可能性がほんの一パーセントに満たなかったとしても、彼が助かる可能性があるのなら、俺はなんでも差し出すだろう。

とはいえ、多少の説得は必要になるかと思っていたのだ。——だが予想に反し、ハロルドは一度も止めなかった。代わりに、俺とリアンを部屋に残していく直前、何故か深々と俺に頭を下げた。

「……ハロルド?」

「本当に申し訳ございません。俺は、あとからどのような処罰でも受ける覚悟です。ですが殿下、どうかリアンのことは、許してやってください。リアンはただ、本当に剣が好きだったのです。そしてただ、殿下を誰よりも近くでお護りしたかった、それだけなのです。殿下……どうか、リアンを救ってやってください。そして、リアンを許してやってください!」

ハロルドは俺の返答も待たずに部屋を出ると、そのままドアを閉めた。

俺は困惑した。今回のことでハロルドとリアンは賞賛こそされても、謝罪すべきことなど何ひとつなかったからだ。

とはいえ、一刻の猶予もない。まだ、息はあるのだ。文献によると、「運命の相手」同士の性交渉における「癒し」の効果は、男同士であっても問題なく得られるとのこと。

かなり重い病や猛毒に冒されても、「癒し」は有効だという。魔物の邪気にどれほどの効果があるのかはわからないが、これ以外に、方法はないのだ。できるだけ早く、彼とひとつにならねば――。

美しい顔を苦しそうに歪めているリアンに、キスをする。少しだけ表情がやわらぐが、すぐまた苦痛を感じ始めることだろう。

あのとき――アムネシアは、確かに俺を狙ったのだ。最後の最後に、血を受け継ぐ俺を道連れにしようとしていた。しかしリアンはそれに気づいて自分が盾となり、俺の代わりにあの邪気にあてられた。

――俺が、受けるべきだった。こんなに華奢なリアンが受けるより、幾分かはマシだったはずだ。そうでなくとも、リアンが俺のために傷つく姿なんて、死んでも見たくなかったのに……！

リアンが俺の専属護衛騎士であるということは、常にそういう危険を孕んでいたということだ。それなのに実際にこうして自分のせいで彼が傷ついたのを目の当たりにして、言いようもない後悔の念に苛まれた。

俺が、彼を自分の専属護衛騎士にしたのだ。確かに彼はこの国で最も強い魔法騎士のひとりで、王太子専属護衛騎士になる資質は十分すぎるほどある。だが、俺が彼をそばに置いたのは、本当にそれだけの理由だっただろうか？

――いいや、違う。最初から俺は、彼のことが好きだったんだ。最初から彼に強く惹かれていた。彼を誰よりも自分の近くに置いて、独占していたかった。ただの……俺のわがままだったんだ。

それで結局、彼をこんな目に遭わせてしまった。「それが護衛騎士の役目ですから」、そう言って明るく笑う彼の笑顔が不意に浮かび、涙が溢れる。

ごめん、ごめんリアン。俺が悪いんだ。俺がもっと強ければ、俺は自分を護れたのに。そしてお前のことだって――!!

……そうだ。俺はずっと、お前を護りたかった。俺よりもずっと強く、勇敢なお前を、それでも俺はずっと、護ってやりたかったのだ。俺のせいで傷ついたお前を前にして、ようやくそんなことに気づくなんて。

「リアン、脱がすよ」

本からの知識しかないうえ、それは全て男女の営みに関する解説書だったから、男同士など正直どうすればよいかわからない。故に全くもって自信はないが、挿れる穴が違うだけなら、解説書の知識だけでもなんとか――。

…………あれ?

下を脱がせると、明らかにおかしい。あるはずのものがない。というより、予想した下着ですらなかった。なんというかその……見慣れないものだ。そしてそれを下ろしたら、やはり――ない。

俺はベッドの上で硬直する。思考停止しかけるが、はっと気づき上を脱がせる。そして見つけた。きつく巻かれたさらしの下には、あるはずのないものが――あった。

「リ……アン?」

目の前に横たわる、美しい全裸の女性。これは、いつもの夢なのか？　いや、そんなはずは……。それについ先日は、彼の双子の姉の――……。

双子の……姉？　まさか、これはアヌーク嬢なのか？　一瞬、いつの間にかリアンがアヌーク嬢に入れ替わっていた可能性を考える。しかし、すぐに気づく。アヌーク嬢には、紋章がなかった。だがこの、目の前に横たわるリアンであるはずの女性には、紋章が、ある。

そして、思い出した。アムネシアとの戦いでの、リアンの言葉を――。

『この国の王太子専属護衛騎士にして、この国で唯一の女騎士リアン・ゼーバルトが、お前の相手になってやる！』

あのときは、てっきり聞き間違いだと思った。だが、思えばアムネシアも、まるで俺たちの中に女騎士がひとりいるような言い方を……。

――そうか。あの亡霊は、俺が騎士エイドリアンの子孫であることを一瞬で見抜いたのだ、男ばかりの騎士団にたったひとりだけ女が交じっていることに、気づかぬはずがない。

「リアン……まさか、まさか本当に、女だったのか……？」

……リアンが、女性？　俺が愛したこの人は、やはり女性だったのか？　だがそれなら、どうして黙っていたんだ？　いやそもそも、どうして女でありながら騎士団に――。

はっと、ある日の会話を思い出す。俺がリアンに、「本当は女に生まれるはずだったのに、手違いで男に生まれたのではないか」と言ったときのことだ。あのとき、リアンは確かにこう言った。

『この国ではどんなに実力があろうと、女であるというだけで騎士にはなれません。剣を握ることすら、よくないこととされるんです。だから、私は男にならざるを得なかった』

あとで、リアンは冗談だと言うように笑っていたが――もしや、あれが真実だったのではないか？

リアンは女として生まれ、素晴らしい剣才に恵まれた。しかし女であるがゆえに、騎士にはなれない。だからリアンは、男だと偽っていた――！

そうか、だからさっきハロルドは……!! 幼い頃から、実の兄弟のように育ってきたと言っていたのだ。ハロルドが、リアンの正体を知らないはずがない！

だからハロルドは、許してほしいと言ったのだ。ずっとリアンが抱えていた秘密を俺に知られてしまうから――！

それなら、アヌーク嬢が最後のデートで告白しようとしていた罪とは……！

さっきリアンが、この戦いが終わったらすると言っていた、大切な話とは……！

「ああ……リアン、本当に……本当にごめん！ どうして俺は、気づけなかったんだ!? 何度も、その可能性を考えたのに！ むしろずっと、そうであればと心から願っていたのに!! ――いや、そうじゃない！ 謝るべきは、君にずっと嘘を吐かせてしまったことだ！ 君にこの国が、そんな生き方を強いてしまったことだ！ そしてそれを俺が、すぐに変えてやれなかったことだ!! ああ、リアン！ 絶対に、俺が変えてやる！ 君が人生をかけて叶えようとしたその夢を俺が一緒に実現させる!! だから、死なないでくれ！ 生きてくれ!! 必ず新しい世界を君に見せてあげるから!!」

目を閉じたままの彼女の眦から、涙が一筋つうと流れた。

「リアン……？ リアン！ リアン、聞こえてるのか!? リアン!!!」

しかし、返答はない。ただ、苦しそうに顔を歪める。

俺は、再び彼――いや、彼女に口づけた。

「絶対に、俺が君を助ける。だから……絶対に諦めるな。生きてくれ、リアン!!」

第八章 運命の人

右手は彼女の左手をしっかりと握りしめたまま、やわらかな彼女の唇に口づける。左手で、彼女の秘部にそっと触れてみる。そこはまだ固く閉ざされていて、指すらまともに入らない。

「リアン、ごめん。少し開くよ」

返答がないのはわかっているが、確認するようにそっと囁く。

俺は今、意識のない女性の身体を勝手に暴こうとしている。そのうえ、愛しい人のあまりに美しい裸体を前に、このような状況にもかかわらず身体が熱くなり、なんとも言えぬ罪悪感を覚える。

そっと彼女の脚を左右に開くと、そこは花びらが重なり合うようになっていた。図解付きの本で見たときはなんとも卑猥な感じがして正直いい印象を受けなかったが、愛する女性のそれから受ける印象は全く違う。ぞくんと身体の芯が震え、目が離せないほど艶めかしくて美しい。そこに自身のものを挿れるのだと思うと――ああ、ダメだ。ただでさえ「癒し」のために繰り返した口づけで、身体は既にしっかり反応してしまっているというのに……！

――そういえば、リアンは初めてなのだろうか。そもそも女性だと思っていなかったから、リアンはそういう経験が豊富なのだと思い込んでいた。あんなにモテる男で、しかも女心もわかるなら、当然そうあってしかるべきだと……。

それにリアンは騎士仲間たちの卑猥な話にも特に嫌悪感を示していなかった。むしろハロルドとふたりで俺を童貞だのなんだのと揶揄ってきたくらいだから、彼が童貞のはずはないと思っていた。だが、「彼」が「彼女」だったのなら、話は別だ。彼女はつまり、ゼーバルト伯爵家のご令嬢ということになる。だったら、普通に考えて婚前交渉などしていないはず。とすると俺は、意識のない彼女の純潔を同意もなく散らしてしまうことになるのか……？

もちろんこの「癒し」しか、彼女を救う手立てはないはずだ。今更、迷う余地はない。だがもし、これが彼女にとっての初めてなら、きっと痛みを伴うはず。ただでさえ傷ついた彼女の身体を俺がさらに傷つけなくてはならないなど……。

――それなら、できるだけ痛くないように。たとえ意識はなくとも、もし彼女が何かを感じているのなら、少しでも気持ちいいと思ってもらえるように。

「リアン……すごく綺麗だ」

女神のように美しいこの愛しい人に、深い愛を込めて口づける。そのままそっと、舌を挿入する。意識のない彼女が俺の舌にいつものように愛らしく舌を絡めてくるようなことはなくて、それが言いようもなく悲しい。

それでも俺が深く口づけると、ほんの少しだけ、彼女の身体が動いた。やはり、意識はなくとも身体の感覚はあるのだ。ならきっと、少しでも彼女を気持ちよくしてあげることができるはずだ。

深いキスをしながら、彼女の胸の膨らみにそっと手を置く。そういえば先日、思わぬハプニングでアヌーク嬢の裸体に触れてしまったが――、思えば、あれもやはりリアンだったのか。リアンが俺に正体がバレることを恐れ、咄嗟に「アヌーク嬢」のふりを……。

ああ。だからふたりが揃って現れることは一度もなかったのだ。同じ人間が、同じ場所で同時に存在できるはずないのだから。

そうか。俺がリアンもアヌーク嬢もどちらも同じように愛しくてたまらなかったのは、どちらも君だったからなのだ。なんだ、そうだったんだ。俺はただ、ずっと君だけに恋していた。

先程までさらしで押さえつけられていたそのやわらかな膨らみは、どうすればあの護衛騎士の制服の中に隠せたのだというほどに豊かで、そして美しい。

女性を気持ちよくさせる行為のなかに胸への愛撫もあるが、手のひらに吸い付くようなそれに触れていると、自分のなかの熱情ばかりが膨れ上がっていく気がする。

膨らみの先端の、肌の色が変わっているその部分の頂がつんと尖っていることに気づく。先程までと少し形が変わっていて、妙に胸がざわつく。たまらず、その先端を指先で優しく摘むと……。

「んっ――！」

俺ははっとリアンの顔を見つめる。目覚めたわけではないようだ。だが今の声――なんというか、ものすごく色っぽかった。ぎゅんっと、下半身が強く反応する。

――それからは、頭よりも身体の方が本能的に何かを理解しているようだった。

手を繋いでいるために右手は使えないので、左手でリアンの右胸を揉みしだき、左胸の頂にちゅうと吸い付いた。するとリアンが「あんっ……」と甘い声を発したので、嬉しくなってさらに執拗に舐ってしまう。

リアンの身体からは堪らなく甘い、いい香りがする。その匂いには、ずっと前から気づいていた。ただ、リアンのことは男だと思っていたから、自分がどこかおかしいのだと思っていたわけだが。

今度は右胸の頂をそっと口に含む。すっかり硬くなっているそこを唇で甘噛みすると、またとても可愛い声が漏れる。そして下半身が少し動いたので、先程一度触れたそこに手を伸ばすと――。

「あっ……！」

そっと触れるだけで中から溢れてきた蜜に指先がぬるっと滑り、先程は固く閉じていた割れ目に簡単に入り込んでしまった。その刺激に、彼女は身体をびくびくっと震わせた。

感じたことのないような、強い興奮を覚える。身体が熱を持ち、彼女のそのやわらかなところを自分の硬く滾ったもので貫きたい衝動に駆られる。

――だが、ようやく濡れてきたばかりなのだ。まだだ、もう少し彼女をよくしてあげないと――。

再び、リアンに深く口づける。先程よりも、リアンの口の中が熱くなっている気がする。それが堪らなく心地よくて、「癒し」のためだと自分に言い訳しながら、無我夢中で彼女にキスを繰り返す。

左手は、彼女のようやく綻び始めた蕾を弄る。ねっとりとした蜜が指に絡みつく感覚は、なんだか妙にドキドキする。全く未知の構造をしたその秘められた場所、彼女の花びらの中を指で優しく探っていくと、中央よりやや上のあたりに、少しだけ固い、小さな豆のようなものの存在に気づく。

「ああんっ!!」

それに触れると、リアンがひときわ大きな嬌声をあげた。その声に、全身がぞくぞくと震える。

「……リアン、ここ、気持ちいい？」

返答など返ってこないのはわかっている。それでも、リアンがこうして可愛い声をあげるたびに、「大丈夫だ、リアンはちゃんと生きてる」、そう感じて、ほっとした。そして、もっと声を聴きたいと思う。だから、もっと気持ちよくしてあげたいとも。

くりくりと優しく指先で捏ねると、春の訪れによって蕾が膨らむかのごとく、愛らしいピンク色のものが顔を出す。俺は堪らず、手はしっかりと繋いだままで身体の位置を変えると、彼女のその愛らしいものにそっと舌を這わせた。

「はぁうっ……！」

どうやら、よほどここがいいらしい。先程までは強い邪気と身体が戦っているために苦悶の表情を浮かべることもしばしばだったが、今はなんというか、もっとその……すごく色っぽいというか、頬も紅く染まって、苦しそうだがただ苦しそうなのとは違って——。

そうか、粘膜接触。それにこうしてここを舐めるということは、体液交換にもなるのか。これが性的快感だけでなく、「癒し」の効果まであるのなら……！

もう一度、彼女のその敏感な愛芽に舌を這わせると、じゅわあっと蜜壺から愛蜜が溢れ出した。その扇情的な光景にぞくぞくと全身が震え、己の雄の部分がギンッと一層強く反応する。

冷静になれ、暴走するな。これはあくまで、彼女の命を救うための行為だ。彼女をできるだけ傷つけたくないから、しっかり解してあげ——。

「あはァ……ン」

リアンが少しだけ腰を上げ、俺の舌に秘芽を押し付けた。まるでもっと、もっととねだるように。

——その瞬間、ぷつりと何かが切れた。

「リアン！　リアン!!　ああ、好きだっ!!」

俺はもう無我夢中で、彼女の蜜壺から溢れるそれを啜った。花びらの一枚一枚をめくるように舌で執拗に舐り、薄紅の真珠をちゅうっと吸い上げてはまた舐った。

彼女の身体の反応と時折発される声から、俺の与える刺激が彼女の身体を悦ばせることができているのがわかり、言いようもなく嬉しくなる。舐めとれば舐めとるだけ、蜜がどんどん溢れてくる。

花の蜜を吸う蝶は、かような感覚だろうか。もっと、もっとと味わいたくなる。甘く、しかし酒のように人を酔わせる味だ。なんと甘美な蜜を、女性というのはその身体から出すのだろう？

いや――これはリアンだからなのだろう。リアンのものでなければ、こんなに甘いわけがない。声も、笑顔も、匂いも全て、いつだって彼女だけが、とてつもなく甘いのだ。

そうだ。そもそもリアンとでなければ、こんなことしたいとも思わない。リアンだから、全てが欲しい。この蜜の一滴すら愛おしく、全て自分のものにしたいほどに。

甘い蜜に誘われるように、舌を彼女の蜜壺の中に挿し込む。かなり狭いそこに己が雄芯が入るとはとても信じられないが、一方で今すぐ無理やりにでもその中に押し入りたいという強すぎる欲望が自分の中に湧き上がる。

舌で彼女の蜜壺の中を探る。奥までは到底届きようのないその短いもので、しかし、彼女の中の味と形をしっかりと味わおうとする。

「はっ……あ、あ……ああっ……！」

リアンの余裕のない嬌声が、ますます甘くなる。きっと、その時が近いのだ。俺はそこを優しく押し広げるように舌を動かしつつ、同時に左手で彼女の愛芽を撫で、そして――。

「やっ――！　イっ……ひぃあっ!!」

芽を少し強めに捏ねた瞬間、彼女の背がぐんっと弓なりになり、股を俺の顔に強く押し当てた。

舌を入れたままの中が大きくうねる。全身が一瞬だけ強張ったが、すぐ弛緩するとくたっと力が抜けた。彼女の呼吸は上がり、鼓動も速くなっている。

「……達ったのか」

女性は、悦さを極めると達するのだと解説書にあった。具体的な方法も説明はあったが、文章と簡易化された図解だけでは正直よく理解できず、悦くしてあげられる自信はあまりなかった。だがこうして自分の最愛の人が俺の手で悦さを極めたのだと思うと、なんだか嬉しくて堪らない。

もっと、もっと気持ちよくしてあげたい。ぐずぐずに溶かして、俺のことを求めてほしい。これまでに感じたことのない強い欲求と感動とに、俺は打ち震えていた。

くちゅくちゅと淫猥な水音が、小さな部屋に響く。ひとつは深い口づけによる互いの唾液が混じり合う音であり、もうひとつは既にびしょ濡れの彼女の秘部の中を俺の指がかき混ぜる音だ。

粘膜接触と体液交換による「癒し」効果か、リアンの反応が少しずつ大きく、よくなっていく。

未だ話しかけても返事はないし意識も戻らないが、彼女の身体は確かな快楽を感じているようで、先程までのような苦悶の表情はもう見られず、代わりに恐ろしいほど扇情的な表情を浮かべている。

それが俺の情欲を極限まで煽り立て、大いに悩ませもするが……。

一本ずつ増やしていった指は、既に三本入っている。入り口もかなり広がったようだし、愛蜜で溢れているその中は、最初とは比べ物にならないほどやわらかく解れている。

たぶん、もう中に挿れてもいいはずだ。きっと、俺のものを受け入れられるだろう。

必死で抑えつけていた欲望が、一気に膨れ上がる。本当は、とうに我慢の限界を超えているのだ。

そんな俺がまだなんとか理性を保てているのは、彼女をこれ以上苦しめたくないという切実な想いだけだ。できることならほんの少しも、リアンが痛みを感じずに済むようにしてあげたい。

もう一度、入り口を指で優しく広げる。最初に触れたとき固く閉じていたその蕾は、今や溢れる蜜を垂らしてやわらかく綻び、蜜壺のなかに誘いこもうとするように、愛らしくひくついていた。

「リアン……愛してる。君と、ひとつになっていい？」

返答がないことは百も承知だ。彼女の固く閉じたままの瞼の上に、そっとキスを落とす。そしてしっかりと片手は繋いだまま、彼女の脚を左右にさらに少し開かせると、甘美な蜜を滴らせるその花芯に滾った己が雄芯をぐっと押し当てた。

先走りが、彼女の蜜と絡み合う。触れているだけでぞくぞくと全身が震え、一気に中へ押し入り、最奥まで貫きたくなる。深呼吸し、その衝動を、過ぎたる興奮と熱を、なんとか逃がそうと試みる。

——幾度、この愛しい人を自分のものにする夢を見たことか。長らく男性だと信じていたにもかかわらず、その感覚はいつしか自分を騙せない程にまで膨れ上がり、毎夜毎夜、俺を深く悩ませた。

鼓動が、さらに速まる。溜まりに溜まったその熱が気を急かして堪らないが、ただひたすら精神を落ち着かせることに集中し、三度、深呼吸した。

「リアン、挿れるよ」

ぐっと、剛直をそのやわらかな花芯に押し入れる。先端が思いのほか簡単に中へと入ってしまう。その感覚だけで、全てを吐き出してしまいたくなるほどの強烈な快感だ。

「くうっ……!!」

一気に、最奥まで貫きたい。そして、激しく腰を打ち付けたい——！　内奥から湧き上がるこの強い衝動を抑え込むのが、これほどまでに苦しいとは。それでも、目を瞑り続けるリアンを見つめながら、その欲求に負けぬように必死で自己と闘い続ける。

「はあんっ――！　うあ……あぁぁっ……！」

リアンの小さな呻き声に、身体が固まる。やはり、痛いのか⁉　これでもまだ、早かったのか⁉

あるいは、こうしてゆっくりし過ぎると、逆に痛みを長引かせてしまうのか――⁉

「リアン……ごめん、本当にごめん！　もう少しだ、もう少しだから……！」

ゆっくり腰を押し進めつつ、少しでも痛みを癒せればとリアンに何度も口づけた。そして――。

「はっ……！　あぁぁっ――！」

俺自身が、リアンの最奥をぐんっと押し上げる。互いの腰と腰がぴったりとくっついて、リアンと俺が、完全にひとつになったことがわかった。

「はぁっ……はぁっ……くうっ――！」

あまりに強い快感を逃がそうと、必死で呼吸を整える。リアンのほうも、痛みなのか、それとも快感なのか、口をはくはくとさせながら、初めてのこの感覚になんとか対応しようとしている。

「はあ……はあ……、好きだ、リアン……」

口づけると、自然と涙が溢れた。こんな形で結ばれることなど、本当はあってはならないこと。それなのに君とひとつになれたことが、こんなにも嬉しいとは。俺はなんと愚かな奴だろう。

「やっと、ひとつになれた。ずっと君と、こうなりたかった。自覚するよりも前から、ずっと……ずっと君に、恋焦がれていたんだ。愛してるよ、リアン。どうか、目を覚ましてくれ。そして俺にミンネザングを――騎士の、愛の歌を歌ってくれ……」

もう一度そっと口づけ、ゆっくりと抽送を開始する。それに合わせてリアンの中も大きくうねり、俺のものを強く、優しく、抱きしめる。そのあまりの気持ちよさに、まもなく俺は限界を迎えた。

「くうっ——！　リアン、受け止めてくれ……！」

彼女の最奥を抉るように突き上げた俺は、熱情を彼女の中に一気に吐き出した。

彼女の中が俺のものをきゅんきゅんと強く締め付ける。まるで、俺を決して離すまいとするようなその熱い抱擁に、俺は深く酔いしれた。

リアン、こんな風に初めてを奪うことになってごめん。あとで、いくらでも謝るから。だから、お願いだ。目を開けてくれ。そしてどうか、永遠に俺と共に——。

「リアン、愛している……」

「でん……か」

——!!

「リアン!?　リアン!!　わかるか!?　俺だ、ヴィンフリートだ!!　ああっ……本当に……!!」

「……殿下……わ、たし」

「どうした!?　リアン、何か欲しいものが——」

「も」

「……も？」

「けほっ……」

「だっ、大丈夫か!?」

「キス……を」

「へっ——!?　あ、『癒し』か!!　ああ、もちろんだ!!」

美しい紫水晶色の瞳に自分が映っている深い感動に包まれながら、そのやわらかな唇に口づける。すると彼女は自ら舌を俺の口内に挿入する。より強い「癒し」を求めての行動とわかっていても、愛する人と深く繋がりながら舌を絡め合うキスができることの喜びは、計り知れない。

これが「癒し」のためだということも忘れ、貪るようにその甘いキスを味わってしまう。

「はっ……ああ、リアン……！　はあ……っ！」

「で、んか……むうっ……はあ、はあ……んんっ！」

これまでに感じたことのない、圧倒的な幸福感。互いの境界線が曖昧に感じられるほどに身体の全てを密着させ、それでもまだ足りないとでもいうように、上と下のものを互いに強く絡め合った。

「ぷはあっ……はあ……はあ……殿下っ……！」

「はあ……リアン……！　本当に……！　ああ、よく頑張ってくれた……!!　よく、あの邪気に打ち勝って……!!　だが本当に、本当にもう大丈夫なのか!?」

「ええ、もう……本当に大丈夫です。ですからその……」

「ああ……！　よかった！　神よ……心から感謝いたします!!」

リアンが動いてる！　喋ってる!!　胸に深い感動と喜びが満ちて、興奮が収まらない……!!!

「その……もう、本当に大丈夫ですから、その……」

リアンが恥ずかしそうに目を伏せる。それでやっと、俺たちのこの状態に対して、彼女が恥じらっていることに気づいた。

――確かに、驚くに決まっている。気づいたら自分の中に男が押し入っているなど、本来なら恐怖でしかないだろう。勝手にその無垢な身体を暴いてしまったことを深く謝罪し、彼女を楽にさせてあげるべきだ。そう、頭ではわかっているのに――。

「……嫌だ」

「えっ？」

「嫌だ、離したくない！」

まだこの手も、身体も、リアンから絶対に離したくない。

彼女の口から大丈夫だと聞き、あんな深く激しいキスまでしたくせに、無事目覚めたことがまだ信じられない。また急にさっきのような状態になってしまわないか、不安で堪らなかった。

「紋章同士が重なっていればその間は『運命の相手』が死ぬことはない」

なんの根拠もない言い伝えだったが、こうして今目を開けているリアンを見ていると、あれが真実だったような気がしてしまう。だからこそ、この手を離したら、今度こそリアンが死んでしまうのではないか――そんな強い不安に苛まれ、どうしてもこの手を離したくなかった。

そんな俺の子どもっぽい行動に、少し驚いた表情を浮かべるリアン。その様子も愛おしすぎて、更に強く彼女を抱きよせると、彼女は困惑しつつそっと俺の背中に右手を回して自分からも優しく抱き返してくれた。その力はまだ弱々しいが、それでも彼女が生きていることを実感させてくれるこの行動に、また深い喜びと感動が込み上げた。

深く繋がったまま、もちろん片手は繋いだままで、ふたりただ抱き合って、しばらく何も言葉が出なかった。リアンがこうして目を覚まし、俺の腕の中にいて、俺を抱きしめてくれている。その事実に、ただただ涙が溢れるばかりだった。

不意にリアンに「殿下」と呼ばれ、ぱっと彼女の顔を見る。すると彼女はその美しい目をとても優しく細めて、背中に回していた右手をゆっくりと動かすと、俺の頬に触れた。そしてそっと俺の顔を自分のほうへ引き寄せると、そのやわらかな唇を俺のそれに優しく重ねた。

「……リアン？」

自分で口づけたときも、彼女とのキスはとても甘かった。だが、彼女からのキスは、一層甘い。

その甘さに、頭がくらくらしてしまうほどに。

「殿下……本当にありがとうございます。私の命を……救ってくださって」

「それは、俺のセリフだ！　そもそも君がこんな目に遭ったのは、俺を庇ったからで――！」

そっと、右手で私の口元を抑えた。

「私は、貴方の護衛騎士ですよ？　貴方をお護りすることが、私の役目です。そして、私の最高の喜びなんです」

「……リアン」

ああ……いつもの、リアンの笑顔だ。

「本当にもう、大丈夫なのです。その、たぶん今朝起きたときよりも、元気なくらいだと思います」

「だが……！」

「殿下」

「私もです」

「……なんだ？」

「……へっ？」

「さっき、殿下が仰ってくださったこと」

「さっき？」

「……愛してる、って」

「えっ⁉」

「私もです、殿下。私も、殿下のことを愛しています」

「ほ、本当か……？」

感動のあまり、硬直してしまう。

「そして……本当にごめんなさい。ずっと……貴方を騙してました。絶対に、許されないことだとわかっていたのに。貴方の想いも知っていて、私の嘘のせいで悩み、苦しまれていることも知っていたのに、私は——‼」

「リアン、言わないで」

「……えっ？」

「わかってるから。別に、俺を傷つけようと思ってしたことじゃないだろ？　君はただ自分らしく生きるために、必死にもがいていただけだ」

「ですが、殿下……！」

「出会った頃から、君が時折とても哀しそうに笑うのに気づいていた。君のことを信じていると言うと、とても嬉しそうなのに、辛そうだった。だから何か俺に言えない秘密を抱えているのは、わかってたんだ。だが君が俺を裏切ることはないって確信があったから……秘密は秘密のままでもいいと思っていた。いつか君が、自分からそれを俺に話してくれるといいなとは思っていたが」

「でも、私のしたことは決して許されることではありません！　こんな大切なことを偽って、そのように信頼してくださっていた殿下を裏切るような真似をしてしまいました！　私はっ——！」

「リアン」

今度は俺が、彼女の口元を抑えた。但し、俺は唇で。

「んんっ――殿下……？」

「むしろ俺はさ、すごく嬉しいんだ」

「……え？」

「リアンが女性で、本当に嬉しい」

「……」

「リアンが女だったらよかったのにって、何度考えたと思う？　シュテルネントゥルムでも言ったが、俺は君が女性として生まれてきてくれて、本当に嬉しい。女性として、俺の『運命の相手』として生まれてきてくれて、本当に嬉しいんだ。女に生まれたことでずっと苦しんできた君にとって、これはある意味酷い言葉なのかもしれない。だが、それは俺の偽らざる本音だ。だから……」

「殿下、私……」

「……うん」

美しい紫水晶色の瞳が潤み、大粒の涙が宝石のように零れた。

「私、いま初めて、女に生まれてきて、本当によかったと思いました」

「……本当か？」

「ええ、本当です。ヴィンフリート殿下、貴方の『運命の相手』として生まれることができて、私は本当に幸せです。本当は、最初からずっとそう思っていたんです。この紋章が出て困ったことになったと、これのせいで、殿下の騎士でいられなくなってしまうと……それなのに私はこの紋章を見るたび、自分が殿下の『運命の相手』であることを、嬉しく思ってしまった」

きらきらと瞳を輝かせ、ふわりと微笑む。ああ、この笑顔だ。俺の一番大好きな、甘く、何より愛らしいリアンの笑顔。胸の中に感じたこともないような喜びが湧き上がり、目の前の最愛の女性への愛しさが溢れて、世界中の宝を全て手に入れるよりも大きな喜びに包まれた。

それから暫く、時折唇をそっと重ねるだけのキスをしながら、俺たちは抱き合っていた。本当に幸せで、永遠にこの時が続いてほしいと思った。そうして、気づく。そうだ、この時が永遠に続くように。リアンの笑顔を俺がずっと守り続けられるように――俺には、やるべきことがあるのだと。

「リアン、愛してる。もう絶対に、決して君を離さない」

「殿下……」

「だが、決してそれを君の自由を奪うものにはしないと誓う」

「……えっ？」

「前に、君が男として生まれてきたのは、この国では女性だと騎士になれないからかもしれないと言ったことがあったな。あれから俺は、ずっと考えてたんだ。これは、神が俺に与えた試練か何かなんじゃないかと。いずれ王になる俺に、この国の矛盾を正させるための」

「――試練」

「だってそうだろ？　俺が愛する運命にある人間をわざわざ男に生まれさせて、その理由がこの国のくだらない因習のせいかもしれないっていうんだからな！　本当に、いったいどんな罰だよって、本気で神を呪いそうだった！」

「殿下っ!!」

「ははは！　だが、どうやら神様は、そんなにいじわるじゃなかったようだ。――でも、それで思ったんだよ。君は素晴らしい剣才を持っているのに、あえて女性が騎士になれないこのリッターラントに、そして王太子である俺の運命の女性として、生を受けた。これはむしろ、それ自体が君……いや、俺たちふたりに与えられた使命なんじゃないかと」

「使命」

「そう。宿命じゃなく、使命だよ。俺たちだからできること。俺たちにしかできないこと。女性が騎士になれないことで、誰よりも苦しんだ君。運命に抗うため君は、女であることさえも捨てようとした。そのために、君を愛する俺もまた深く苦悩することになった。だが、それが全て必然だったとしたら？　君が女性に生まれたのも、俺が男で、この国の王太子に生まれたのも決して偶然ではなかったとしたら？　君にしか、変えられないことがあるのだとしたら？　そしてそれが、俺にしか手伝えないことだとしたら？」

紫水晶色の瞳がまた潤み、一層きらきらと美しく輝く。驚きと興奮とを孕んだその愛しい人の目を見つめながら、俺は決意を込めて言う。

「リアン、俺たちはこの国の未来をよりよく変えていくという重要な使命を担っているのではないかな。だとしたら――俺たちにできることはひとつだ。今これより先は俺たちふたり、運命に抗うよりも、運命を味方につけないか？　この国でこれから、女性も騎士になれるように。いや、騎士だけでなく、性別や身分に関わりなく、本人の努力と能力次第で自分が歩みたい道を歩める、誰もが自分らしく生きられる、そんな国になるように。リアン、俺の妃として、そんな国を一緒に作ってくれないだろうか？」

全ての星の光を集めたような銀の髪に、この国の新たなる夜明けを象徴するような色の瞳を持つ、誰よりも美しい人。俺の最愛のその人は、これまでにずっと見つめてきた彼女のどんな笑顔よりも輝く最高の笑顔で頷くと、うっとりする甘いキスで、俺の提案を受け入れてくれた。

◆　◆　◆

私は今、人生で感じたことのない感動と喜び、そして——猛烈な「気恥ずかしさ」を感じている。

感動と喜びを感じていることについては、実に容易くご理解いただけることだろうと思う。

——しかしこの「気恥ずかしさ」というのには、少しばかり説明が必要となるだろう。

そもそも、である。私は殿下を庇ってアムネシアの邪気というやつにあてられた。それはそれは強烈なダメージで、あのとき私は確かに死を覚悟した。

だからこそ、どうせ死ぬなら最後に自分の想いを殿下に伝えたいと思った。死ぬ間際にそんなことを言われたらあとで殿下をより深く悲しませることになるかもしれないのに、そんなことを考える余裕すら、全くなかったのだ。

『私が、心から愛する貴方を』

その言葉を聞いた殿下の表情は、死んでも忘れないだろう。そのまま目を閉じた私は、ふうっと意識が遠のくのを感じて、ああ、このまま死ぬのだろうなと思った。

後悔が、少しもないわけじゃなかった。でも……私は、私の人生を後悔してはいなかった。

もし騎士になる夢を諦め、大人しくただの伯爵令嬢として生きていたら、私は自分で自分の人生を選び、自分だけの未来を歩んでいるという実感と喜びを、生涯得ることができなかったはずだ。

私がどう生きていようと、「運命の紋章」は発現したのだろう。でもそれで殿下のお妃様になったとして、私はずっと心のどこかで、自分の人生を生きているのではないという感覚に悩まされ続けたと思う。

――きっとどのように出会っても、私たちは惹かれあったと思う。そして互いを深く愛することになったはず。でもそんな、今の私にはとてつもなく愛おしいこの運命すら、もしかしたら一種のしがらみのように感じたかもしれない。

男として殿下と出会った。男同士として最高の友情を育み、互いを深く信頼し、尊敬しあえる関係を築くことができた。そのおかげで、私たちは性別を超えた唯一無二の関係を築くことができた。

今や、私は左手のひらの「運命の紋章」を――ヴィンフリート殿下と自分が運命によって結ばれているというこの証を――なによりも好ましく、愛おしく思う。

「運命の相手」である殿下を独り残し、先に逝く不忠をお許しください。そしてもし私たちが本当に運命で結ばれているのなら、願わくばまた生まれ変わり、再び殿下とお会いできんことを――。

星の海の中に意識が溶けていくような感覚に深い安らぎを覚え、ああもう本当に死ぬんだなと、ある種の悟りの境地みたいなのに至った――そのときだった。

がちゃがちゃと金属音が聞こえ、粉塵の舞う息苦しさと不快感を覚える。なんなんだ、本当。まるで、戦場にでもいるような……あれ、戦場？　そういえばさっきまで、私ってどこにいたっけ??

と、不意にその不快感が消える。唇にやわらかなものがあたったのだ。――この感じ、知ってる。

目は開かない。身体も動かない。だけど、はっきりとわかる。これは殿下の……!!

殿下が、私にキスしてる。あと、どうやら手を握ってくださってる！　目も開かないし、身体も全く動かせないけど、感覚が徐々にはっきりと戻ってくる。繰り返されるキスで、周囲の音もよく聞こえるようになってきた。どうやら私は——まだ生きている!!

さて。殿下の癒しのおかげで一命を取り留めた私が、このあとどんな目に遭ったか。

意識も感覚もはっきりしていた。殿下と従軍医の会話もハロルドとの会話も、一言一句漏らさず聞こえていた。殿下が私の手を強く握ったまま私を抱きかかえ、宿の一室に私を寝かして「リアン、脱がすよ」も聞こえていたし、なんならその先も全て——とにかくはっきりと、鮮明に。

いやもう、死ぬほど恥ずかしかった。殿下ってば、泣かせるような嬉しい言葉ばかり言いながらいっぱいキスして、もどかしくなるほど優しく丁寧に私の身体を解してくださったわけですよ……。

意識があるのに、動けない。感覚があるのに、声も出せない。いや、正確に言うと、声は出た。但し、自分の意思では無理で、やたら恥ずかしい甘ったるい声が、どんなに我慢しようと思っても勝手に出てしまう!!

恐ろしいほどの快感に延々と蕩かされ続け、頭がおかしくなりそうなほど気持ちよくされてしまった。耳元ではあの甘い声で切なげにずっと愛を囁かれ、それだけでもう腰が砕けそうなレベルで……とにかく気持ちよすぎるし、愛おしすぎるし、でもあまりの優しさがもどかしすぎて……もし動けたら、私は痺れを切らして殿下を襲ってましたよ！　確実に!!

ようやく殿下が私の中に入ってきたとき、私がどんなに嬉しかったか!!　お陰様で初めてなのに痛みなど全くありませんでしたよ!!　いったいどれだけ丁寧に解し尽くしてくださったんですか!?

もちろんそれが全て殿下の優しさゆえだとわかるので、そんな焦れったさやもどかしさも含めてものすごく嬉しかったたし、愛おしさで胸がいっぱいだったわけですけどね。

そして今。殿下は、私をただずっとぎゅっと抱きしめている。まだしっかりと手を繋いだまま、そのうえ下もしっかりと繋がったまま——そう、ふたり、ず————っと深く、繋がったまま。

「癒し」の効果が持続するせいで確かに死ぬほど気持ちいいし、痛みもないからなんならずっとこのままでいたいくらいですけど——……恥ずかしい。そう、恥ずかしすぎるんです、この状況!!

しかも思えば、このものすごい状況で私は殿下からのプロポーズまで受け……うわ、顔から火が出そう。冗談じゃなく、比喩的にでもなく、物理的に火が出そう。

「殿下……その……」

「うん」

「あの……ハロルドとか騎士団のみんなも心配していると思うので……その、一度……」

「……うん」

「……で、んか？」

「うん……わかってるんだけど……やっぱりまだ離れたくない」

……きゅ————ん。

——ダメだ、殿下めちゃくちゃ可愛い。堪らずぎゅーっと、自分から殿下を抱きしめる。すると、一瞬だけ驚いた表情を浮かべた後で、ものすごく嬉しそうに笑った殿下に優しくキスされた。

「……なんだかまだ、夢みたいで。君が再び目を開け、俺をこうして見つめてくれてるのが。だから不安なんだ。このまま離れたら、またそのまま君が……あっ！　そういえば俺、意識のない君の純潔を無断で散らしてしまったことに、まだ何の謝罪も——！」

「なっ……殿下！　謝罪の必要など、全くないではありませんか!!　殿下が癒してくださらなかったら、そもそも私は死んでいたんですよ!?　それに殿下は、私に確認をとってくださいましたよね!?　私、ちゃんと全部聞こえてましたから。目も開けられないし、身体も動かせなかったですけど、意識も感覚もその……ずっと、ありましたので……」

「え……ずっとって……？」

「その……ずっと、です」

「本当に……ずっと？」

「……ええ、ずっとです。もっと正確に言うなら、旧王城でキスしてくださったときから完全に」

既に真っ赤だった殿下の顔がさらに耳まで赤くなった。うわあ、なんだろう。さっきまで恥ずかしくて死にそうだったのに、自分よりさらに恥ずかしがってる人を見たら、急に恥ずかしさよりもおもしろさが……。

「ぷっ……！　ふっ……ふふふっ……！　あはははははっ!!」

「なっ、なぜ笑うんだ!?」

「だって……殿下、可愛すぎです!!」

「は、はあっ!?　可愛っ——!?　ど、どういう意味だ!?」

「そのままの意味です！　あーもうっ！　やっぱり殿下はピュア過ぎですよ!?　十八の成人男性がそんなにピュアで大丈夫なのか、正直かなり心配です!!」

「へ、変なことを言うな！　うわ、なんだろう……頭ではわかってたのに、こうして揶揄われてようやくこのリアンがあのリアンなんだって実感する……」

「あはは……なんか本当、申し訳ありません……」

「……違うよ、嬉しいんだ」

「えっ？」

「リアンがリアンであることが。男でも、女でも、関係ない。リアン、君が好きだ。大好きだ」

「……殿下はやっぱり、素敵すぎます」

「惚れ直したか？」

「ふふっ！　そうですね。一生隣でミンネザングを歌って差し上げたいくらいには」

「そうか！　では是非、歌ってくれ!!」

「ええ、歌って差し上げます。でも歌うのは王宮に帰ってからですよ？　さすがにもう皆に無事を伝えないと——」

「王宮に帰ってから……ってことは俺の寝室で？」

「あら殿下、そのご発言はあんまりピュアじゃないですね？」

「なぜだ？　ただ、いつもの俺の部屋で歌うだけだろ？　リアンこそ変な想像したんじゃないか？」

「してませんっ！」

言い返すと、殿下はとても楽しそうに声を上げて笑った。そして私まで一緒になって大笑いしてしまった。……ああ、本当に幸せ。まさか本当の姿で、殿下とこうして笑い合えるだなんて——。

「リアン!?　殿下!!　リアンの笑い声が聞こえた気がするのですが、リアンが目覚めたのですか!?」

突然聞こえてきたドアの向こうのハロルドの声に、私たちは飛び上がるほど驚いた。

「あ、ああ！　リアンは無事だ!!　ただそのっ……少し待ってくれ！　まだその……！」

「ああ、よかった……！　リアン、大丈夫なんだな⁉　本当に、もう大丈夫なんだな⁉」

「え、ええ！　もうすっかり元気よ‼　殿下のおかげで――！」

と言ってから、ようやく気づく。ハロルドは今この部屋で私たちがどんなことをしたかってことを知っているのだということに……。うわあ、最悪だ。思いっきり「事後」だとバレている状態で兄のようなハロルドと顔を合わせなければならないとか、軽く地獄では⁇

ましてドア越しとはいえこうして話している今も私と殿下は素っ裸の状態で抱き合っているし、もっといえばまだ……その、繫がったままなんですよね。

殿下が焦って起きあがろうとするが、私はぎゅっと抱きついてそれを阻止する。

「えっ⁉　リアン⁉」

「あのっ……今抜かれると、こつ、声が出ちゃいそうなので、ハロルドにちょっと部屋から離れるように言っていただけませんか……？」

「あっ……ああ、わかった！」

もしずっと近くにいたのなら今更かもしれないし、そもそもそんなに大きな声は出ないと思う。でも気持ち的に無理だ。ドアのすぐ外にいるってわかっているのに、絶対無理っ‼

「ハ、ハロルド、すまないが濡れたタオルを用意してもらえないか？　少し、身体を拭きたいんだ」

「は、はいっ‼」

……いや殿下、それはそれでなんか生々しくって恥ずかしいぞ⁇

とはいえ、ハロルドが部屋の前を離れたようなので、今度こそ抜いてもらうことに。ずるっと殿下の大きなそれが私の中から取り出される感覚はなかなかに鮮烈で、必死で堪えようとしたけれどやっぱり「あんっ……！」と恥ずかしい声が漏れた。

そのうえ、殿下のものが抜け出た私のあそこからは、殿下が私の奥に吐き出された白濁のそれが、私の純潔の証と混じってピンクっぽくなって流れ出た。それを殿下もしっかり目撃なさったようで——うん、想像通りに真っ赤ですね。ピュアが過ぎますよ、殿下。でも、そのあとすごく嬉しそうに抱き寄せられ、ちゅっとキスされたせいで、なんだか恥ずかしさとかも正直どうでもよくなった。

「……殿下、手も離さないと」

「ああ……そうだな」

「まだ、心配なんですか？」

「……」

……可愛すぎる。

「じゃあ、こうしましょう」

「え……——んんっ!?」

思いっきりキスしながら押し倒すと驚いた殿下の力が抜けたので、そのときにパッと手を離した。

「リアン!?」

「ね？　大丈夫でしょう？」

「だ、だが、こんな……！」

「いいですねえ、この眺めも。やっぱり殿下は『受け』の方が似合うんじゃないですか？」

「なっ——！　そんなわけっ……！」

「殿下、タオルをお持ちしました!!」

「へっ⁉　あ、ああ‼　では取りに行くから、部屋の前に置いといてくれ！」

「は、はいっ‼」

——うん、やっぱり死ぬほど気まずいな。あと、殿下は可愛すぎ。

ハロルドが持ってきてくれた温かいタオルで殿下に優しく身体を拭かれ、それから再び護衛騎士の制服を身につけると、なんだかすごく恥ずかしいし、とても妙な気分だ。

ようやく部屋を出て、宿屋のロビーに降りていくと、そこで思いもよらぬ人の姿を見つけた。

「あっ、リアン‼」

「アヌーク‼」

「えっ、アヌーク⁉」

私の姿を認めてすぐにこちらに駆けてきた彼は、私をぎゅーっと抱きしめた。そしてハロルドもすぐ後ろからやってきて、一緒に私を抱きしめてくれた。

「リアン、このバカ！　お前、いったいなにやってんだよ⁉　死にかけてるって聞いて、死ぬほど心配したんだぞ⁉」

「本当にごめん。ごめんね、アヌーク。心配かけちゃったよね……」

「ほんとだよ‼　でもその割にピンピンしてないか？　なんだよハロルド、大袈裟すぎだろ！」

「大袈裟なもんか！　殿下がいらっしゃらなかったら、リアンは確実に助からなかったんだぞ‼」

「えっ、そうなの？　——っていうか、じゃあこの隣にいるこの方が、まさか……⁉」

「そのまさかだ」

「はじめまして、親愛なる……『アヌーク』くん？」

殿下のその言い方に、なんとも皮肉めいた響きを感じるが……。

ってことで殿下と本物のアヌークとの初対面も終わった。そのまま王宮に戻るのかと思いきや、殿下は騎士団だけ王宮に帰すと、私の実家であるゼーバルト邸に寄っていかれて、なんとその場で私たちの「運命の紋章」の存在を明かし、結婚の報告まで済ませることになってしまった。

うん、あまりの急展開に気持ちが追いつかない。でも、それがこんなに嬉しいのが一番想定外だ。

なお報告のあと、なぜかアヌークが殿下とふたりで話がしたいと言い出した。何を話したのか、あとで殿下に聞いても「今は秘密」とやけに嬉しそうに言われてしまったが……それより、本物のアヌークと殿下がああして普通に話しているのが、なんとも不思議な気分だった。

そして王宮に戻って来たわけだが、今から私には乗り越えなければならない大きな壁がある。

「リアン、大丈夫だ。俺からうまく説明するから」

「いえ、これは私が自分で解決すべき問題です。私が殿下と陛下、そしてこの国を欺いていたという事実は変わりませんし、間違いなく大罪なのですから」

「だがそれはこの国の――！」

「殿下。殿下のお気持ちは本当にありがたいです。ですが、私にやらせてください。自分で始めたことです。自分で幕引きもできないようでは、立派な騎士とはいえないでしょう？」

私は罪の告白のため、国王陛下への謁見を申し出た。ただ、本当はひとりで謁見するつもりだったのに、殿下が「どうしてもそばにいる、リアンは俺の専属護衛騎士なのだから異議は認めない」などと仰るので、結局隣にいていただくことになったが。

「……騎士ゼーバルト、今の話は誠か？」

「はい。全て、事実でございます。これまで陛下や殿下はもちろんのこと、この国を欺いておりましたこと、お詫びのしようもございません。どのような罰でも受ける所存です」

国王陛下は私の罪の告白をずっと静かに聞いていた。そして少し目を閉じて考え込んでいたが、しばらくして再び目を開かれた。

「騎士ゼーバルト」

「は、はいっ！」

「此度のアルトシュヴェルトの戦いに関する報告は、既に騎士アンカーやそのほかの騎士団員たちから受けている。君が、あの者を討伐したのであろう？」

「確かに最後の一撃は私が下しました。ですが、そこに至るまでに騎士アンカーと王立騎士団員たちが命がけであの者の力を削ってくれたのです。それに、私だけの魔力では到底敵わなかったので、騎士エイドリアンの『血を受け継ぐ者』である殿下の魔力を私に――」

「だがその秘策を思いついたのも、実行したのも君だ。リアンだからできたことだ！」

「あれはただ、運よく思いついただけです」

「たとえそうだとしてだ、騎士ゼーバルトよ。君がいなければあいつを倒せなかった事実に変わりはない。つまり君は、この国を大きな危機から救ったということだ。リッターラント王国の国王として、私は深く君に感謝している。君は紛れもなく、この国の英雄だ」

「英雄など、滅相もございません！　またそれが多少の功績になろうと、私の犯した罪は――！」

「その件だが、君の犯した罪とはなんだ？」

「……えっ？」

陛下がなんと表現してよいかわからない微笑みを浮かべてそう言ったので、私は当惑した。

「君は罪を犯したというが、私には覚えがない」

「わ、私は男だと偽って王立騎士団に入団し……!!」

「先程確認させたが、王立騎士団入団時に君が提出した身上書には、性別に関する記載はなかった。つまり、君が男だと偽証したという記録はどこにもない。また、王立騎士団則には『女性は騎士団に所属できない』とは記されていないから、君は団則にも特に違反していないことになる」

「それはそうかもしれませんが、そもそも女性は騎士になれないのでは……」

「慣習的に、女性が騎士になれないのは事実だ。騎士団員たちも国民も、皆がそう認識している。といって、それは明文化されたものではない。問題は、人々がそう思い込んでいるということだ。そして私自身もまた、そう思い込んでいた。だが君が今回投じた一石により、それは変わるやもしれぬ。君はこの国で最も名誉ある『王太子専属護衛騎士』であるとともに、救国の英雄となったのだから」

「……それでも、私が陛下や殿下を欺いていたという事実は変わりません。なにより『運命の紋章』が発現したにもかかわらず、女であることを隠しました。この罪は、到底許されません」

私がそう答えるとなぜか陛下が声を上げて笑いだしたので、私も殿下もすっかり困惑してしまった。

「陛……下？」

「はっはっは！　いや、すまない！　ごほんっ、騎士ゼーバルトよ！」

「はいっ！」

「今だけは、ひとりの子の父親として、話してもよいかな？」

「えっ？　あ、はい！」

「実を言うと、紋章だのなんだのが発現する前から、お前たちが互いに惹かれあっているのはわかっていた。だがまあ私自身、君のことを男だと信じておったゆえ、王としてお前たちの仲を素直に応援してやれんのが心苦しくもあったのだ」

……。

「だからだろうなあ？　君が大いに罪悪感を覚えてくれているその告白を聞かされても、怒りや失望などほんの僅かも感じないばかりか、むしろ安堵と笑いがこみ上げてくるのだよ！」

「陛下……」

「確かに王族に対する虚偽の申告は騎士の忠誠に反するため、本来なら処罰の対象となる。だが、先程も言ったように、君は自分の命をかけて我が息子の命を護り抜いてくれたのだ。これ以上の騎士としての忠誠心の示し方が、ほかにあるだろうか。そんな恩人に対して罰を下すような不義理な人間に、どうか私をしないでほしい」

「そんな、不義理など滅相も……！」

「だがもし、どうしても君が完全に不問にふされることには納得ができないというのなら、ひとつ君に重要な頼みがある。それは非常に厄介で重責もあり、命すらかけてもらう必要がある。しかしどうしても君にしか任せられないことだ。どうだ、私の頼みを引き受けてくれるかな？」

「はい、もちろんです！　どのような危険な任務であろうと、必ずこなしてみせます!!」

「素晴らしい。それでは、この国の王太子妃になってくれるな？」

「えっ⁉」

「父上、その点はもう心配ございません！　リアンはちゃんと俺のプロポーズを受けてくれましたから‼　なっ、リアン‼」

殿下は屈託のない笑顔でそう言うと、私の頬にちゅっとキスをした。嬉しいけれど、陛下の御前なので流石に慌ててしまう。

「はっはっは！　堅物息子のこんな姿を見られるとは、感慨深いものよ！　では騎士ゼーバルトよ、リッターラント王国王太子ヴィンフリートの妻として、王太子妃になることを承諾してくれるな？」

「――！　はい、リアン・ゼーバルト、謹んでお受けいたします‼」

私の答えにヴィンフリート殿下はすごく嬉しそうに微笑むと、今度は唇にとても甘いキスをした。

殿下も陛下もハロルドやほかの皆も、本当に私に甘すぎる。こんなに甘やかされたらダメなのに。

皆の想いがあまりに甘く、優しく、温かくて。胸が感謝の想いで溢れ、涙が溢れて止まらない。

その涙すら、殿下が隣で優しく拭ってくれるのだ。私はこのご恩を一生かけて彼らに返さなければ。

――ああでもそれは、なんと幸福な報恩の日々となるだろう！

◆　◆　◆

「殿下、おはようございます。昨夜はよくお休みになれましたか？」

「リアン、おはよう！　ああ、お陰様でぐっすり眠れたよ！」

今朝もきらっきらの笑顔で私を迎えてくれたヴィンフリート殿下だが、一瞬なにやら驚いたような表情を浮かべ、それからぱっと顔を背けた。

「殿下？」

「……そ、その……それは例の、新しい制服……だよな？」

「ええ、そうです！　お陰様で、特注の女性用専属護衛騎士の制服を配給いただきました！」

「……その、とてもよく似合ってる」

「でしたらなぜ、余所見なさってるんですか？」

殿下は余所を向いたまま赤面する。まあ本当は、殿下が余所見してる理由くらいわかっている。

彼は、照れてるのだ。というのも、これまでの制服とは違ってこの制服は胸元に余裕があり、固い素材とはいえ胸の形がこれまでよりはっきりとわかってしまうから。

これまでの男性用の護衛騎士の制服だと、固い素材の為にさらしで巻いてなくても胸元は圧迫感がある。でもこの新しい制服だと、同じく固い素材だが、私のバストに合わせて胸元だけ大きく余裕があるのだ！　お陰様でこれまでと比べ物にならない快適さだ！

とはいえ、変わったのはそこだけ。別にデザインが女っぽくなったわけでもないし、胸元が開いているわけでもない。ただちょっと、そこが膨らんでるだけ。そもそも、私の胸元が苦しそうだからと特注の制服を作るように指示されたのは殿下自身だ。それなのにこんな風に赤面するのは……。

「殿下、今、変なこと考えてらっしゃいます？」

「へ、変なことってなんだよ⁉」

「そうですね、例えば……『この服、なんかエロいな』とか？」

「え……ろ？　なっ――リアン!!　そんな卑猥な言葉を使うなっ！」

「それくらいで『卑猥』だなんて、せっかく童貞をご卒業なさったのに、ピュア殿下なのはやっぱり全然変わりませんねえ？」

「その呼び方をやめろリアン！」

「では、どうしてこっちを見られないんです？」

「そっ……それは……！」

うわあ、めちゃくちゃ可愛い。こういう殿下の姿を見ると私はどうも変なスイッチが入るらしい。

「殿下」

「何……えっ⁉」

「殿下が前に仰ったこと、覚えてます？」

「えっ、はっ⁉　ちょ、リアンっ⁉」

私にまたベッドに押し倒された殿下は、赤面して固まっている。この表情、やっぱり堪らない。

「殿下、この制服って露出も少ないですし、別にエロくないですよね？　それなのに照れちゃうのはどうしてですか？　もしかして……この服を脱がせるところとか、想像しちゃってるんですか？」

押し倒した殿下の上で私は新しい制服の釦に手をかけ、上から順にゆっくりと外していく。

「リ、リアン……いったいなにを……！」

「お忘れですか？　前に、殿下が仰ったのですよ？　俺の前で、その制服を脱げと。そして、鍛え上げられた騎士の逞しい胸板を見せるようにと、そう仰ったではありませんか」

「あっ、あれはリアンを男だと思っていたから……！」

「あら、殿下は男同士のほうがよかったのですか？」

「は、はあっ⁉　そんなわけっ……！」

「もし男同士なら……やはり私が、『攻め』のようですね？　ああ、その『受け顔』。やっぱり、ものすごくそそられますね。殿下……私を、『受け』入れてくれますか？」

私のはだけた胸元をガン見したまま固まる殿下。耳まで真っ赤になっているけれど、逃げることも、押し返すこともせずに照れている殿下が可愛すぎて、私はそのまま殿下の唇に――。

「ちょ……リアン、本当にダメだって……あっ……！　……んんっ――」

――と、ここでノックの音が。流石に我に返った私は殿下の上から飛びのくと、すぐさま制服の釦を留め直した（いやいや私ってば、何やってるんだ⁉）。

なお、連絡係は大したことのない用件で来ただけだったのだが、殿下があまりにも真っ赤なので「熱があるのでは」と心配され、殿下は赤面したまま「全く問題ない！」と答えている。

にしても……またもやピュア殿下を襲ってしまった。冷静になると羞恥心がヤバいが、殿下のあの表情を見ると、ダメなのだ。あんな風に可愛い顔で赤面されると、どうしても私の中の「攻め」の部分が覚醒してしまって……。

「……リアン」

「は、はい⁉　（さっきのは流石に怒られちゃうか⁉）」

「その……今週末、デートしないか？」

「へっ？　デート……ですか？」

「ああ！　あの討伐の日から、息つく暇もなかっただろ。だが、今週末は大きな予定もない」

あまりに予想外のお誘いに驚くが、そのとき私はふと、あることを思いついた。

「——でしたら、そのときにひとつ、お願いがあるのですが」

殿下は私の願いを聞き入れ、週末、私たちはやっとあの「約束のデート」を果たすことになった。

◆　◆　◆

王宮庭園の噴水前。ここも、思い出の場所だ。殿下にシュテルネントゥルムでのキスを謝罪され、でもあのキスを「なかったことにはしないでほしい」と言われた。忘れられない、甘く優しい記憶。

「アヌーク嬢。これが約束の……最後のデートだ。だから改めて。貴女の答えを聞かせてほしい」

ある意味、茶番である。しかし、これは私たちなりのけじめだ。

「ヴィンフリート殿下。半年間、お試しの恋人として想像以上に楽しい時間を過ごさせていただき、深く感謝しています」

あの舞踏会の夜に始まった、「偽りの関係」。だからこそ、きちんと終わりにしなければならない。

「その上で……私、『アヌーク・ゼーバルト』は、殿下の想いにお応えすることはできません」

——だって、この想いはもう、「本物」になってしまったのだから。

「——ああ、わかった。最初の約束通り、貴女の意思を尊重しよう。アヌーク嬢、貴女と過ごした時間は、その全てが本当に素晴らしかった。半年間、本当にありがとう。そして……さようなら」

「試合の始まりのようだ」と感じた最初の時と同じように、でも今度はその「終わり」を意味する握手を殿下と交わし、その場をあとにする。──これで、「アヌーク嬢」とは永久にお別れだ。

本当の姿に戻り、すぐに殿下のもとへ。もちろん殿下の、『専属護衛騎士』として。

「ただいま戻りました。……私の我が儘にお付き合いいただき、本当にありがとうございました」

「いや、俺にとってもとても必要なことだった！　これでふたりとも、ちゃんと前に進めるな？」

そう言って殿下はとても優しく笑い、私もすっきりとした気持ちで、殿下に笑い返した。

「ってことで、ここからは改めて、俺の専属護衛騎士であるリアン・ゼーバルトに『猛攻め』していくつもりだから、覚悟してくれ！」

「ふふっ！　ええ、望むところです！」

お試しの恋人だったアヌーク嬢としての最後のデートを終え、ここからはリアンとして──本当の私として、そして殿下の「本当の恋人」として、初めてのデートだ。

「そうだ、リアン！　これからは本当の恋人同士だ、俺のことはヴィンフリート、いや、ヴィンと呼んでくれないか？」

「えっ!?　いや、流石に王太子殿下を愛称でお呼びするわけには……第一、私は殿下の騎士ですし」

「……なんだ、なにかと俺のことを『馬鹿』って言うくせに、ヴィンとは呼べないのか？　『馬鹿』のほうがずっと不敬だと思うが」

「ばっ、馬鹿なんて言ってません！　流れ的にそんな感じに聞こえたことはあるかもですが──！」

「ぶはっ……!!」

ハロルドめ、護衛は自分に任せて「初のお昼間デート」を満喫しろというから一緒に来てもらうことにしたのだが──どうやら彼は、私たちのやりとりを逐一笑いに来たらしい。

「リアン、君はもうすぐ俺の妻になるんだぞ？　それなのに殿下はおかしいだろ！　このままでは結婚後、俺まで君のことを妃殿下って呼ばなきゃいけなくなる！」

「いいや、そうはならないでしょう⁉」

「いいや、そうなる！　それが嫌ならプライベートくらい、俺のことをヴィンって呼んでくれ！」

まーたこのパターンですか。いや殿下、どうしてこういうときだけ駄々っ子モードを発動なさる？

「いいじゃないかリアン！　デートのときくらい、呼んで差し上げろ」

「ハロルドまでっ！　他人事(ひとごと)だと思って……！」

「そうだ、ハロルドも俺のことをヴィンって呼んでいいぞ？　俺の義理の兄上になるわけだしな！」

「はっ⁉　い、いや、殿下！　法的には俺とリアンはあくまで従兄妹(いとこ)関係ですから……！」

「なに言ってるのよ、ハロルド！　貴方は私の本当のお兄ちゃんでしょ⁉」

「えっ、いや、まあそうだが‼」

「なら、やはりお前も俺のことをヴィンと呼べ！　ハロルドがヴィンって呼べば、きっと妹は勝手に真似するさ！　兄妹ってそういうもんだろ？」

「なにをむちゃくちゃな……」

すっかり困り果てているハロルドを見て私たちが声を上げて笑うと、結局ハロルドも笑い出した。

ああ、この感じ。本当に、少しも変わらないな。それがものすごーく幸せだ。

行き先を秘密にされたまま馬車で移動後、馬車を降りるとすぐ殿下が私に目を瞑るように言った。

私は言われた通り目を瞑り、殿下に手を引かれてゆっくり歩いていく。するとすぐに、ふわりと甘い香りが鼻腔をくすぐった。……ああ、この香り、よく知ってる。

「目を開けて」

そっと目を開けると、一面に見事なスミレ畑が広がっていた。あまりの美しさに、思わず固まる。

「気に入った？」

「……ええ、とーっても！　本当に、すごく綺麗です。近くにこんな素敵な場所があったなんて」

「よかった‼　実はかなり前から計画して、ここ一帯をスミレ畑にしたんだ。世界中のさまざまなスミレが見られるよ。もちろん、君の好きなニオイスミレもたくさんある」

「えっ⁉　まさか、私のためにですか⁉」

「リアン、スミレの花がすごく好きだろ？　王宮から近いここなら来やすいし、もともとこの土地は余ってたんだ。それで、せっかくなら有効活用したいと思ってさ。これなら観光資源にもなるし」

「でも、だからってわざわざこんな……」

「嬉しくないのか？」

「それはもちろん……すごく嬉しいですけど」

「だったら、素直に受け取ってくれ！　本当はもっと、君にいろんなことをしてあげたかったんだ！　ずっと我慢していたから、これからはめいっぱいリアンを甘やかしたい‼」

「ヴィンは十分すぎるほど私に甘いですから！」

「君からのキスよりも甘いものはないけどな？」

「……そんなことばっかり仰ってたら、まーたハロルドに爆笑されちゃいますよ？」

「ははは っ！　大丈夫だよ」

「えっ、なぜですか？」

「先日アンカー侯爵と会う機会があったので、ハロルドとイルマ嬢のことを少し話したら大喜びでさ？　侯爵が、今度のハロルドの誕生日を祝う会にイルマ嬢を招待すると言ってたんだ。その話をさっきハロルドにしてやったから、今はそのことで頭がいっぱいだと思う」

「まあ！　あのアンカー侯爵がそんなことを知ったら、イルマをハロルドのお嫁さんにするために命をかけちゃいますよ!?」

「だからあえて話したんだよ。これならイルマ嬢への『保証』の一環にもなるしな。そんなわけでハロルドは今、気が気じゃないはずだ。俺たちが少しぐらいイチャイチャしてても気にならないよ」

「ヴィンったら、なかなかの策士ですね！」

　ふたりで笑いながら、スミレ畑の中に設置された長椅子に腰を降ろす。風が愛らしい小さな花々を撫で、甘い匂いを辺り一面に漂わせる。その中に、私の心をひときわ安らげるうっとりする香りが混じっていることに気づく。そしてそれが、私を優しく抱き寄せる彼自身の匂いなのだとわかり、なんだかすごく恥ずかしく……でも、とっても幸せな気持ちになってしまった。

「――あれから、いろいろあったな」

「ええ、本当に！　イルマが騎士になると言い出したのも驚きましたが、ヴェロニカが作家としてデビューしたのも、殿下のご提案で彼女の作中にアヌークの例の新説を取り入れ、それで女性騎士に対する人々の印象が一気に変わってしまったことも……まだ、なんだか夢を見てるみたいです」

　二千年前に魔物と化したアムネシアを倒し、リッターラント王国を建国した騎士エイドリアンが女性だったという事実を歴史学的に立証したのは、私の双子の弟、アヌーク・ゼーバルトだった。

私たちがあの戦いでその真実を知るよりも前に、彼はエイドリアンが女性だった事実に気づいて、これを立証しようとしていたのだ。それも——女である私が、「騎士」であり続けられるように。ただ、決め手となる史料が足りなかったので、彼は殿下に事情を説明したうえで協力を依頼し、王家に伝わる門外不出の古文書などを見せてもらえることになったのだ。その結果、エイドリアンの恋人だった「聖女」が実は男性で、このジークフリートがのちに王配となっていたことが、王家の始まりの重要文書として完全な状態で残っていたふたりの「結婚証明書」により明らかとなった。

——そう、この国の初代国王は、女王だった。それがどうして男だと思われていたかというと、この国の古語には名詞の性がなかったことが、原因のひとつのようだ。そのため単語だけでは「王」も「騎士」も男か女か判別できなかった。それが、時代が進んで名詞に性別ができた際、この国で特に地位の高かった騎士職を男性たちが独占したいと考え、騎士エイドリアンが女性であったという事実が意図的に隠されるようになった。そして約二千年という時の中で、英雄騎士エイドリアンが女性であるという事実は忘れ去られたのである。ある意味で国家規模の意図的な健忘だったというわけだ。

アムネシア本人は封印されていたにもかかわらず結局アムネシアに翻弄されたような歴史だが、その呪いからも、あの亡霊を本当に打ち倒したことでようやく解放される、ということだろうか。

——でもまさか、私が騎士でいられるために、アヌークがあんなことをしてくれていたなんて。

私を想い、助けてくれる人たちに囲まれていた。私が道を間違えそうになったとき、諭してくれる人がいた。何があっても私を信じ、心から愛してくれる人がいた。私は——本当に幸運な人間だ。

「なあリアン」

「なんですか？」

「やっぱり、リアンは騎士エイドリアンの生まれ変わりなんじゃないか？」

「……は!?」

「ほら、アムネシアも君のことをエイドリアンって言ってたし、それにあの時の『声』も」

「あれは私じゃありません！」

「でも、君の口から出た言葉だったろ？」

「それはそうなんですけど、私じゃないです！　あっ、あれですかね!?　あのとき殿下の魔力を注いでいただいたので、魔力の中に残ってたエイドリアンの記憶みたいなのが突然ほわっと……！」

「それでたぶん、俺はジークフリートだったんだと思う」

「えっ？」

「二千年前にも、俺たちは恋に落ちたんだ。だがそのとき君は俺を庇って腕を負傷し、アムネシアの討伐を完遂できなかったうえ、そのときの傷のせいで二度と剣を握れなくなってしまった」

そう、それはアヌークの研究で明らかになった、もうひとつの真実――。

「俺たちはきっと、今度こそアムネシアを本当に倒すために、そして君が今度こそ俺のために騎士をやめなくて済むように、こうしてまた一緒に生まれてきたんじゃないかな」

「……なんとも、ロマンティックなご想像をなさいますね？」

「だって、俺たちは『運命の相手』だぞ？　きっと、生まれてくるたびにそんなドラマチックな恋愛をしながら、ふたりで幸せになってきたんじゃないかな。そしてもちろん、これから先もずっとそうだよ。ずっと『運命の相手』として、俺は生まれ変わるたび、必ず君に恋をするから」

ヴィンはびっくりするほどのロマンチストさんだったようだ。

――でも不思議。そんなヴィンの言葉が私には嬉しくてたまらないし、なぜだか素直に、ああ、本当にそうなのだろうなと、ごく自然に信じることができてしまった。

「……私もです」

「えっ？」

「私も、これから先、たとえ何度生まれ変わっても、ヴィンに恋をすると思います」

微笑み、どちらからともなく唇を重ねる。あまりに幸福な感覚に、思わず我を忘れそうになった。

不意に唇が離れ、どうしたんだろうと思ったら、ヴィンが私の前に跪(ひざまず)いた。騎士である私の前に主人である彼が跪くというおかしな状況に慌てるが、優しく微笑む彼に「そのままで」と制される。

彼はそっと私の手を取ると優しくそれに口づけ、空色の瞳が真剣な眼差(まなざ)しで私を見上げた。

「リアン、君が好きだ。君の、どんなところも好きだよ。夜明け色の美しい瞳も、星の光を集めたような銀の髪も、澄んだ綺麗な声も、甘い唇も……うっとりするほど好きだ。剣を握る勇ましい姿、スミレの花を見つけたとき嬉しそうに微笑む横顔、俺に対して遠慮のないところも、かと思えば俺の体調の変化に敏感で、とても細やかな配慮をしてくれるところも、困っている人を見つけると放っておけない優しい性格も、お菓子を前にして目を輝かせるときの可愛い顔も……全部、大好きだ」

そのひとつひとつの言葉に、想いに、胸が苦しくなるほどの深い愛おしさと幸せとが込み上げる。

「でも、なかでも一等好きなのは、自分で切り開いた道を堂々と歩き続ける、勇敢(ゆうかん)な騎士の『君(リアン)』だ。いくら剣才に恵まれ、剣を愛していても、いくら騎士になるという夢を抱いていても、女性が騎士になれない世界に生まれた以上、女性に生まれたということを理由にそれを諦めるほうが普通ならはるかに容易いことだ。だが君は、決して諦めなかった。男になってまで騎士となり、そのまま皆を見事騙し抜いて、この国最高の騎士である王太子専属護衛騎士にまで上り詰めてしまったんだ！　俺は、君の生き方が好きだ。だから俺は、俺のせいで君が君らしく生きられなくなることを望まない。君にはずっと、これからも君らしく生きてほしい。俺の妻になるということは、確かに王太子妃になることでもある。だが、君が王太子妃になろうとする必要は全くない。王太子妃が、リアンなだけだ。だからこれからも、リアンはリアンのままでいい。いや違うな？　リアンのままでいてほしいんだ」

「ヴィン……」

「だから王太子妃になっても、そしていずれ王妃になっても、リアンはずっとリアンのまま、ただ俺のそばにいてほしい。俺の専属護衛騎士にして、最愛の人であるリアン・ゼーバルト。どうか、俺と結婚してほしい」

じわっと滲んだ、どこまでも広がる青空と紫の大地の中に、貴方がいる。私がこくんと頷くと、貴方は私の大好きな甘いものたちよりももっと甘くて素敵なキスをくれる。

ああ、私はなんと幸せな人間なのだろう。こんなに愛する人と、共に生きていけるのだから。

エピローグ

私は今日、国で初めて王太子専属護衛騎士を兼任する王太子妃となる。

騎士になるのが、夢だった。騎士になってからは、それが誇りだった。でもあるときから、騎士であることは目的ではなく、手段になった。ただ騎士でいたいのではなく、騎士として大切な殿下を何があってもお護りすること、それが、私の願いとなった。

「最強の騎士」になることが私の目標ではなくなり、「大切な人を護ること」が私が騎士であり続ける理由になった。それによって私は、やっと本当の意味で「騎士」になれたと思う。

だからもう、私が「騎士でなくなること」は決してないのだ。たとえ私が殿下の妃となり専属護衛騎士の役職を降りることになったとしても、私は一生、大切な殿下を一番近くで支え護り抜く、「殿下の騎士」であり続けられるのだとわかったから。

――でも殿下は、私よりはるかにロマンチストだったみたい。

純白のドレスに身を包み、頭上には王族の妃の証である美しいティアラが輝く。新婦である私の隣には、騎士である私の主人でもあるヴィンフリート王太子殿下が、新郎として立っている。

殿下の騎士となった際に騎士叙任式が行われたのと同じこの場所で、私は今日、彼の妃となる。

目の前の祭壇の後ろには、大きなステンドグラスが陽の光で虹色に輝いている。そこに描かれるのは、この国の初代国王となった英雄騎士が聖女を護りながらドラゴンを打ち倒す場面だ。

今では誰もがその騎士が実は女性であり、聖女が男性であったことを知っている。そして二千年の時を経て復活したドラゴンを、今日夫婦となる私たちが、今度こそ本当に打ち倒したことも。

思えばこの図柄、幼き日に私が騎士を志すきっかけとなったあの「建国神話」の本の挿絵と全く同じものだ。そして騎士エイドリアンが護る「恋人」は、こうしてみると、自分の隣に立つ男性と驚くほどよく似ている。――『やっぱり、運命だったのね』。そう思ったら、自然と笑顔が溢れた。

いよいよ、誓いの言葉だ。その空色の瞳が私を優しく見つめる。と、不意に彼が私の手を取ると、参列者のほうへ向き直った。予定になかった行動に驚く私の手を、彼がぎゅっと握った。

「リッターラント王国王太子ヴィンフリートは、今この瞬間より最愛の女性リアン・ゼーバルトを我が唯一の妃とし、永遠に愛することを誓う。そして彼女がこの国で初めて王太子専属護衛騎士を兼任する王太子妃となることをここに宣言し、皆にはその歴史的瞬間の証人となってもらいたい！」

割れんばかりの拍手が響き渡る。予想だにしなかった彼の宣言に、私の胸は大きな喜びと感動、そして深い感謝の想いに包まれて、涙が溢れた。その涙を優しく拭いながら、ヴィンは微笑む。

「リアン、俺の運命の人。最愛の人。永遠に君を愛することを誓うよ」

「ヴィンフリート、私の運命の人。最愛の人。私も、永遠に貴方を愛することを誓います」


そして初夜。窓の外の美しい星空には満月が浮かんでいる。

「……全部、ヴィンやみんなのおかげですね」

「違うよ、リアン。君自身が成し遂げたことだ」

「そんなことありません。だって私ひとりなら、アヌークのように騎士エイドリアンが女性だったことを立証するなんてできなかったでしょうし、殿下のように物語を通してそれを広め、人々の考えまで一気に変えてしまうなんてこと、絶対に思いつきませんでしたから」

「だが、俺たちにそうさせたのは君だ。君が、ずっとひとり闘ってきたから。君は運命に抗ってでも決して自分の夢を諦めず、道を切り拓き、自分の人生を自分で描いた。そんな君の物語が俺を、そしてみんなを動かしたんだよ」

「私の物語が……？」

「ああ、そうだ。君の物語がみんなを変え、歴史を変え、国を変えた」

その優しく温かな言葉に感動と感謝と愛しさで胸が満たされて、ぎゅうっとヴィンを抱きしめた。すると彼は、少し驚いたように一瞬だけ身体を固くしたけれど、すぐに優しく抱き返してくれた。

「ふふっ！　やっぱりヴィンは『受け』なんじゃないですか？」

「何を言う！　俺は猛烈な『攻め』だと、何度も言ってるだろ!!」

「どうでしょうね？　今だって……」

「うわっ!!」

「ほーら、また殿下は、貴方の専属護衛騎士に押し倒されてるんですよ？」

「……ああ、俺の専属護衛騎士にして――俺の妃でもある君に、どうやら俺はすこぶる弱いらしい」

私たちはくすくす笑い合う。

「リアン、君は今、どんな気分だ？」

「んー、私の主人にして愛しい夫である殿下に、ミンネザングでも歌って差し上げたい気分です」

「ああ、ようやく聴かせてもらえるんだな⁉」

「ええ、ようやく！　だってヴィンったら、本当に初夜まで私に手を出さないんですから！」

「なんだ、手を出してほしかったのか？」

「さあ、どうでしょうね？　でもまあ、ヴィンは馬鹿真面目過ぎるとは思います」

「あっ、リアンめ！　また俺に馬鹿って言ったな⁉」

殿下はわざと怒った風にそう言うと、急にがばっと私に抱きついた。

「リアン、確かに君は最強の騎士だが、こうして俺に抱きすくめられたら逃げ出すこともできないこと忘れた？　そんな風に煽ったら、俺は恐ろしい狼になってしまうかもしれないのに」

一気に立場逆転で、今度は私の上に覆い被さる殿下。思い返せば、これまでにも何度かこういう状況に陥ったっけ。そのたび彼は必死でいろいろ耐えてて……本当は身の危険なり感じるべき場面だったのに、妙に可愛く感じてしまったり。

「狼、ですか。こんなにピュアで優しい狼さん、私は知りませんけどね」

「そんなことないぞ？　今日まで必死に我慢したんだ、今日は俺だって……！」

「それならヴィンも覚悟してくださいね？　肉食獣も雌の方が強いことは少なくないんですから！」

額をコツンと合わせ、ふたりでくすくすと笑い合う。それからとても控えめな、まるで初めてするみたいな、唇をそっと合わせるだけのキス。それがゆっくりと深く、一層甘いものになっていく。

そっと、ヴィンが私の背中を撫でる。とても優しく、まるで宝物にでも触れるみたいに。

「――ずっと、こうして君に触れたかった」

「ええ、知ってますよ？　『癒し』の手合わせでさえ、ものすごくいっぱい我慢してらしたでしょ？」

「ははは っ！　まあそれはそうなんだけど……それよりもずっと前から、君に触れたいと思ってた。ずっと――好きだったから」

「男だと思ってらしたのに？」

「知ってるくせに」

「ふふっ！　ええ、そうですね。男のリアンのことを好きって『アヌーク嬢』に告白なさったときは、ヴィンってば本当にそっち系だったのかなーってちょっとだけ引きました」

「リアン‼」

「あははっ！　嘘ですよ‼　本当は……すごく嬉しかった。男とか女とか関係なく、ヴィンはいつも私自身を見てくれた。そして私のことをまっすぐに愛してくれたから」

そっと、唇にまたキスを落とす。すると、またとても嬉しそうに私にキスしてくれる。本当に優しく甘いキス。そっと重ね合わせるだけなのに、ものすごく気持ちいい。「癒し」の効果もあるんだろうけど、それだけじゃない。この人から感じる、とても温かくて深い愛情のせいだ。

「ところでヴィン、まさかこのままずっと、こんな紳士的な愛撫とキスしかしないつもりですか？」

「えっ⁉」

「キスもとっても素敵ですけど、このままじゃ本当にキスだけで初夜が終わっちゃいますよ？」

かなり明かりを落としているのに、わかりやすく真っ赤になるヴィン。

「ヴィン、もしかして照れてます？」

「なっ⁉　べ、別に、照れてなど――！」

「それなら、もうお互い初めてというわけでもないんですし、遠慮なさらなくていいんですよ？

あっ、それともやっぱり私のほうから――」

「その必要はない！　俺は、猛烈な『攻め』だからな!!」

よほど「受け」と思われたくないらしい。でもその反応が可愛過ぎるからよけい揶揄(からか)いたくなる。

「じゃあ……解(ほど)くよ」

小さく頷(うなず)くと、彼はそっとネグリジェの前のリボンを解く。初夜のために用意されたこの薄衣はそれだけで簡単に脱げてしまうような代物で、ヴィンの眼前に胸の膨(ふく)らみが完全に晒(さら)された。彼に胸を見られるのは初めてでもないのに、どうしようもなくドキドキしてしまう。

「……あの日は、本当に驚いたんだからな」

「えっ？」

「男だと思って服を脱がせたら、あるはずのものはないし、ないはずのものがあるし……」

「あっ……ふふふっ!!　本当にごめんなさい！」

「リアン！　全然悪いと思ってないだろ!?」

「そんなこと、ないですってば！　ふっ……あのときのヴィンの反応……あはははははっ！」

「ああもうっ！　意識ないんだって思ってたのにがっつりあったとか、恥ずかしすぎるだろっ!!

ああ俺、本当にどんなこと言ったんだっけ……」

またまたピュア殿下の恥ずかしがり屋さんモードを発動させてしまった。でも、ヴィンのそんなところもすごく愛おしいし、あの日、これ以上ないほど大切に抱いてくれたのを思い出すと……。

「えっ、リアン!?」

裸の私にぎゅっと抱きつかれて、すっかり固まるヴィン。ああもう、本当――。

「好きです」

「へっ⁉」

「大好きです、ヴィン」

「リアン……」

「あのとき、ヴィンがとっても優しく抱いてくださったから。初めてなのに、ほんの少しも怖くなかったし、痛くもなかったです。それどころかとっても気持ちよくて……すごく幸せでした」

ヴィンは少し驚いた顔をしたが、ふわっと少年のように無邪気に笑い、私に優しくキスをした。

キスをしながら、そっと胸に大きな手のひらが置かれて、優しく揉みしだかれる。くすぐったいだけじゃない、とても不思議な感覚。硬くなった胸の頂を指先で優しく捏ねられると、小さな電撃にも似た快感が全身をじんわりと甘く痺れさせた。

やわらかな春の雨のようなキスが顔中に落とされ、そのまま耳や首筋、鎖骨、そして胸の上へと下りてくる。その甘く優しいキスの感覚が、あまりにも気持ちよくて――。

「んっ――」

「リアン、可愛い。その声も、この……つんっと尖ってるとこも」

「やあんっ……そこ、そんな風に吸っちゃ……」

「ん、やっぱり甘いな。リアンはどこもかしこも甘い。ずっと、この甘い匂いに狂いそうだった」

そう言うヴィンの声も、また優しく浴びせかけられるキスも、この上なく甘い。

「いっぱい濡れてる」

「だって……すごく気持ちいい……」

「リアン……そんな可愛いこと言われたら、我慢できなくなってしまう」

「我慢、しなくていいですよ……？」

「ああもうっ……そんなこと言ったら、あとで後悔するからな⁉」

「ふふっ！　……しませんよ？　騎士の体力、舐めないでください！」

「言ったな⁉　今夜は、絶対に寝かしてやらないぞ！」

「望むところです！」

軽口を叩き合いながらくすくす笑っていると、あの頃と全く変わらない。女だとバレてしまったらきっとヴィンとの関係は変わってしまうだろうと、ずっと思っていた。でもヴィンの妃となり、こうして男女として交わろうとしているときですら、私たちは全く変わらない。

——その事実が、こんなに嬉しいなんて。男とか女とか関係なく、ただリアンとヴィンフリートとしてお互いを深く想い合っているのを感じられることが、こんなにも幸せだなんて。

ヴィンの指が私の中を優しくかき混ぜると、自分でもわかるくらい蜜が中から溢れてくる。奥がきゅんきゅんと疼いて堪らない。もっと奥まで、ヴィンのもので、一番奥まで満たしてほしい——。

「ヴィン……もう、挿れて……貴方が、ほしいの」

「リアン……‼」

空色の瞳が、今は青く燃える星に見える。炎の色の中で青い炎が最も高温なのと一緒で、星も青い色が最も高温だという。彼の瞳を見ていると、なぜかそんなことを思い出した。

次の瞬間、激しく口づけられる。窒息しそうな情熱的なキスで、全身が甘く蕩けてしまいそう。

「ぷはあっ……ヴィンっ……！」

「リアン……挿れるよ」

私がこくんと頷くと、両脚を左右に大きく開かされる。蜜で濡れそぼったそこが少しスースーしたけれど、すぐにとても熱くて硬いものがあてがわれる。その感覚にじゅんっと蜜がさらに溢れてくるのがわかる。鼓動が大きくなり、奥が早く彼を受け入れたいと疼くのをはっきりと感じる。

「リアン……」

そっと、私の左手にヴィンの右手が重なる。ああ、この感覚。やっぱりすごく安心する。「癒し」の効果もあるのだろうけれど、もっと単純に、ヴィンとこうしている感覚が、すごく好き。

「んっ――！」

先端の部分がぐんっと一気に中に入ってくる。痛みは全くない。そのまま彼が奥へと入ってくるのを鮮明に感じる。だけどやっぱりまだかなりキツいみたいで、なにかを必死で抑え込もうとするように、ヴィンは小さく唸った。

「ヴィ……ン、大丈夫です……痛く、ありませんからっ……奥まで、一気に挿れていただいても――」

「なに言ってるんだ！　こんなに狭いのに、無理に挿れたら、君を傷つけてしまうだろ……！」

本当に、大丈夫なのに。でもヴィンの過保護なまでの優しさが、額に汗を滲ませいろいろ必死で抑え込みながら私の身体を気遣う彼の姿があまりにも愛おしくて、右手で彼の顔をぐっと自分のほうへと引きつけると、私は思いっきりキスをした。彼は私の突然の行動に一瞬驚いたようだけど、すぐにとても情熱的なキスで応えてくれて、それがとても気持ちいい。

キスに集中することで、無意識に強張っていたらしい身体の緊張も解けた。それで中のきつさも一気に和らいだのか、ものすごく鮮烈な快感を伴って彼のものを一気に最奥まで受け入れた。

「ああっ……！　すごい、深いっ……」

「くうっ——はあ……はあ……リアン、苦しくはないか……？」

私は首を横に振り、そして微笑んだ。確かに一番奥までヴィンのもので満たされていて、それはものすごい圧迫感だ。でもそれは、痛いのとも、苦しいのとも全く違う。なんていうか——全てが満たされるような、たとえ難い幸福感だ。

「とても……幸せな気分です。このまま、溶けてしまいそう」

「俺もだよ。本当に——幸せだ、こうして君をこの胸に抱いて……こうして君と、ひとつになって。そして君の美しい夜明けの空のような色の瞳には、俺が映っている」

甘く、蕩けるようなキス。ふたり深く繋がったまま、何度も、何度も。天国にでもいるみたい。

「リアン、動いてもいい？」

こくんと頷くと、ヴィンはとてもゆっくりと抽送を開始する。どこまでも私の身体を気遣ってくれるその優しさに、胸がきゅうっとなる。

ゆっくりと優しく与えられ続ける快楽に、全身が甘く痺れる。気持ちいい。まるで、ずっと心地よい夢の中を漂っているような感覚だ。でも、こんなにゆっくりでは、ヴィンは辛いのではないだろうか。もっと激しく動いてくれても、きっと大丈夫だ。多少痛くても、我慢できるのに——。

「んっ……ヴィン……もっと、好きにしてくださっても、大丈夫ですよ……？」

「好きにしてるよ。君の甘い身体を、これでもかってくらいに——ゆっくり味わってる」

そんなこと言ってるけれど、いっぱい我慢してる表情だ。そのヴィンの表情がなんとも色っぽい。

「そんなことばっかり仰って……ヴィン、私を甘やかしすぎですよ？　んっ……私ばっかり気持ちよくなって……ヴィンにももっと気持ちよくなっていただきたいのにっ……ああんっ！」

「わかってないな？　こうしてゆっくりするほうが、君と、長く繋がっていられるだろう？　どうやら俺は、思ったよりも独占欲が強いらしい。それに、こうしてゆっくりしてると……君が感じるところが、よくわかるから。最強騎士の俺しか知らない弱点……たくさん見つけてあげるからね？」

「えっ……ひ、ひゃあっ⁉」

「ずっと、君の表情を観察してたんだ。ほら、ここの……一番奥のところ。好きじゃない？」

「だ、だめっ……！　そこ、おかしくなるっ……！」

「くっ……君の中が、すごく締まる。君に、強く抱きしめられるみたいだ。最高に、気持ちいい」

「あっ……ヴィ、ヴィンっ！　そこばっかり、だめぇっ……‼」

「くうっ……リアン、一緒に……！」

「あっ……ふわあっ⁉　ああぁんっ‼」

ひときわ深く最奥を穿たれ、鮮烈な快感が全身を駆け抜ける。ぱあんと何かが弾ける感覚に頭の中が一瞬、真っ白になる。最奥に熱いものがどくどくと注ぎ込まれ、その感覚に全身が悦びに打ち震えた。本当に、天にも昇るような心地だ。

「リアン……好きだよ」

「私もです……ヴィン。貴方が大好き」

深く繋がったまま、とても甘いキスを繰り返す。何度も、何度も、このままふたり、溶けてしまいそうなほどに。身体も心もぽかぽかして、胸には喜びと幸福感が満ちて――。

「リアン、君が俺の『運命の人』で、本当に幸せだ」

「私もです。ヴィンが私の『運命の人』で、本当に幸せ」

「今も、夢みたいだ。リアン……君が、俺の妃になってくれたなんて」

「そして、殿下の騎士でもあります」

「ああ、そうだね。君は、真の騎士だ」

殿下はそっと私の手を取ると、恭しく私の手の甲に口づけた。

「あら、これではどちらが騎士かわかりませんね？」

「これでいいんだよ。だって俺は……リアン、君の騎士になりたいから」

「えっ？　……ふふふっ！　この国の王太子殿下である貴方が、貴方の護衛騎士である私の騎士になりたいと、そう仰るのですか？」

「──決めたんだ、俺も、君を護るって。君の夢を、俺は奪いたくない。でも、もう二度と君を危険な目に遭わせたくない。それなら、俺が強くなればいいんだ」

「……殿下」

「なにより、ひとりの男として、最愛の女性の唯一の騎士になりたいと思うのは当然だろ？」

「ふふっ！　ですが、お忘れですか？　殿下よりも私の方が、ずーっと強い騎士なんですよ？」

「ははっ！　ああ、もちろん覚えてるよ。君は俺の、最強の騎士だ！　だが、自分の大切な人を命をかけて護りたいという気持ちがあれば、騎士になれるんだろう？　それならリアン、俺は君の騎士になりたい。俺には君の騎士になる資質が十分あると思うが、どうかな？」

「……ええ、そうですね。そういう意味では、殿下は間違いなく、私の騎士様です」

「だったら──リアン、ふたりだけの『騎士叙任式』をしてくれないか？」

「叙任式？」

殿下が、いつものように右手のひらを私の前に嬉しそうに差し出した。私はくすっと笑いながら、殿下の右手のひらに自分の左手のひらを重ねる。

私たちが「運命の相手」であるという証の「運命の紋章」同士が重なり、ふわりとそよぐ春風のような心地よさを全身に感じる。

「私、リッターラント王国王太子ヴィンフリートは、その妃にして我が専属護衛騎士リアン、貴女(あなた)を我が主人とし、騎士として貴女に生涯の忠誠を誓います」

その真剣な声と眼差し(まなざ)に、胸が震える。彼の想いが、深い愛が、私の胸を満たす。

「私リアンは汝(なんじ)が誓約を受け入れ、汝、我が最愛の夫ヴィンフリートを生涯ただひとりの我が騎士とすることをここに宣言します」

首打ち式(リッターシュラーク)の代わりに、そっと、彼の首筋に口づけを落とした。

「――これで、俺は君の騎士だ」

「そして私は、これまでもこれからも、貴方の騎士です」

ふたりのこの上なく幸せな笑い声が、重なる。ミンネザングが、最愛の相手に捧げる「騎士の愛の歌」が、静かな夜に重なる。それからまた唇を重ね、影が重なり、ふたりはまたひとつになる。

「運命のふたり」の未来は、重ね合わせたその美しい紋章のようにいつまでも完全に調和したまま、幸せな瞬間を積み重ねていく。それこそが、愛し合う私たちの「運命」だから。

あとがき

はじめまして、もしくは、おひさしぶりです！　夜明星良です。

この度は『殿下の騎士なのに「運命の紋章」が発現したけど、このまま男で通しちゃダメですか？』をお手に取っていただき、誠にありがとうございます！

前作でお声がけいただいたのも到底信じられなかったのに、eロマンスロイヤル様からこうして二作目を刊行していただける運びとなったことに、今なお喜びと感謝の想いでいっぱいです!!

本作は女性向けR18小説投稿サイト「ムーンライトノベルズ」に投稿していた作品に改稿と加筆を行ったものです。Web掲載時二十三万字強あったものを十九万字にまとめる作業は大変でしたが、担当編集様がとても丁寧な改稿指示を出してくださり、重複箇所を削ったり、大筋から逸れる話は割愛したりしながら、最終的にリアンとヴィンフリートふたりの物語としての面をより際立たせることができたと感じており、こうして機会をいただけたことを本当に嬉しく、ありがたく感じます。

Web掲載時には感想欄での読者様とのやりとりがとても楽しく、「ピュア殿下が不憫可愛い」

とか「ハロルドは本当にいいお兄ちゃんだ」とか「リアンの成長が本当に嬉しい」と仰っていただけて、物語の中のキャラクターたちが読者様の中で生きているのを感じられたのが本当に嬉しかったです。執筆中も読者様からのご感想は大きなモチベーションとなりましたが、今でも何度も読み返しながら、またいろんなお話を書きたいなという創作の大きな原動力となっていて、感謝しかありません!

今回、イラストをさばるどろ先生に描いていただけたことも本当に嬉しくて、想像を遥かに超えたイメージぴったりの素晴らしいイラストを描いていただけて大感動でした……! 表紙イラストの美麗さはもちろんですが、挿絵のキャラクターたちの表情がとてもいきいきしていて、さばるどろ先生のイラストを並べて、終始にまにましながらの幸せな改稿作業でした。

最後になりますが、この本の刊行に携わってくださった全ての方、特に、今作でも引き続き大変お世話になりました担当編集様、素敵過ぎるイラストを描いてくださったさばるどろ先生、そして今回もサイト掲載時より応援くださった読者の方々と、今こうして本書を手にしてくださっているあなたに、心からの感謝を申し上げます。

またいつかどこかで、素敵なかたちで再びお目にかかれることを、心から願っております。

夜明星良

本書は「ムーンライトノベルズ」(https://mnlt.syosetu.com/top/top/)に
掲載していたものを加筆・改稿したものです。
この作品はフィクションです。実在の人物・団体・事件などにはいっさい関係ありません。

●ファンレターの宛先
〒102-8177　東京都千代田区富士見 2-13-3　eロマンスロイヤル編集部

殿下の騎士なのに「運命の紋章」が発現したけど、このまま男で通しちゃダメですか?

著/夜明星良

イラスト/さばるどろ

2023年10月31日　初刷発行

発行者　山下直久
発行　株式会社KADOKAWA
〒102-8177　東京都千代田区富士見2-13-3
(ナビダイヤル) 0570-002-301
デザイン　AFTERGLOW
印刷・製本　TOPPAN株式会社

●お問い合わせ
https://www.kadokawa.co.jp/ (「お問い合わせ」へお進みください)
※内容によっては、お答えできない場合があります。
※サポートは日本国内のみとさせていただきます。
※Japanese text only

ISBN978-4-04-737679-3　C0093

Printed in Japan
定価はカバーに表示してあります。